SAMANTHA CHASE

De volta *para* você

São Paulo
2015

UNIVERSO DOS LIVROS

Return to you

The Montgomery Brothers

Diretor editorial: Luis Matos

Editora-chefe: Marcia Batista

Assistentes editoriais: Aline Graça, Letícia Nakamura e Rodolfo Santana

Tradução: Suria Scapin

Preparação: Grazielle Veiga

Revisão: Mariane Genaro

Arte: Francine C. Silva e Valdinei Gomes

Capa: Dawn Adams

Foto de capa: © Getty Images/Lumi Images

Dados Internacionais de Catalogação na Publicação (CIP)

Angélica Ilacqua CRB-8/7057

C436d

Chase, Samantha

De volta para você / Samantha Chase ; tradução de Suria Scapin. – São Paulo: Universo dos Livros, 2015

256 p. (Montgomery Brothers, v. 1)

ISBN: 978-85-7930-855-0

Título original: *Return to you*

1. Literatura norte-americana 2. Romance I. Título II. Scapin, Suria

15-0495 CDD 813.6

Universo dos Livros Editora Ltda.

Rua do Bosque, 1589 • 6º andar • Bloco 2 • Conj. 603/606

Barra Funda • CEP 01136-001 • São Paulo • SP

Telefone/Fax: (11) 3392-3336

www.universodoslivros.com.br

e-mail: editor@universodoslivros.com.br

Siga-nos no Twitter: @univdoslivros

Prólogo

Não há nada como um bom desafio para agitar as coisas e acelerar o coração. Nos últimos anos, William Montgomery andou se desafiando bastante, e seu coração nunca esteve em melhor estado. Quem diria que arranjar casais poderia ser tão gratificante? Arrumar casamentos perfeitos para seus três filhos com certeza havia sido um desafio, mas nada que se comparasse ao que tinha à sua frente no momento.

– Você tem certeza? – ele perguntou, cauteloso, enquanto via os arquivos em suas mãos.

William adorava seu papel de casamenteiro da família, mas esse caso em particular era um pouco mais delicado. Olhou para o sobrinho e viu que ele também não considerava a tarefa simples.

Ryder Montgomery concordou:

– Acredite, não foi fácil tirar essas informações dele. Por sorte, James fica mais falante depois de algumas doses de tequila.

William riu e observou mais algumas folhas:

– Parece que você encontrou alguma coisa, mas quero ter certeza antes de continuarmos. Falou com seus irmãos? Alguém pode nos ajudar?

– Acho que sim. Na verdade, está aqui… – Ryder levantou-se, foi até a porta do escritório do tio e a abriu. – O nome dela surgiu em uma conversa durante o casamento e não foi difícil localizá-la. – Ele se aproximou da mulher que estava na entrada. – Tio William, essa é Jen Lawson.

William levantou-se e cumprimentou a visitante com um sorriso:

– Obrigado por aceitar nos encontrar. Por favor, sente-se.

– Preciso admitir que me sinto um pouco pressionada com tudo isso – Jen disse, ao se sentar. – Quando seu sobrinho me ligou, achei que estivesse louco.

Outra risada escapou. William não podia se conter. Olhou para Ryder e sorriu:

– Bem, nós, os Montgomery, tendemos a ser pouco ortodoxos de vez em quando – ele ficou sério ao se inclinar sobre a escrivaninha. – Minha família é tudo para mim. Nem em um milhão de anos imaginaria que Ryder me procuraria com um pedido desses. Ultimamente, a maioria dos meus sobrinhos muda de direção quando percebe que estou me aproximando. Acredito que ele tenha mencionado meu hobby...

– Você se refere a arranjar casais? – ela perguntou, rindo.

William olhou para a mulher e abriu um grande sorriso antes de virar-se para o sobrinho:

– Gosto dela, acho que vai ser um ganho para essa jogada.

– O que estão planejando exatamente? – Jen perguntou.

– Há pouco mais de dez anos – William começou –, Ryder teve essa conversa com meu filho no casamento de Mac. Foi a primeira vez que James mencionou o que havia acontecido naquela época. Ele se distanciou da família e está levando uma vida muito solitária. Não suporto ver isso e acho que já faz tempo demais.

Ryder puxou uma cadeira e se recostou:

– James é meu irmão e eu não tinha ideia do que tinha acontecido com ele. Quando crianças, éramos próximos mas, na adolescência... bem, as coisas mudaram. Ele se tornou rebelde e brigava sempre com nosso pai. Um dia foi embora, morar com uns parentes distantes da minha mãe. Tenho vergonha de admitir, mas estava tão centrado que não dei muita atenção ao que estava acontecendo. Parece que meus pais suspeitavam do que se tratava, mas esconderam de todos. Ninguém tinha ideia.

Jen olhou para os dois, ajeitou-se e disse:

– Não acredito que James venha de uma família tão rica. – Ela balançou a cabeça. – Quero dizer... quando o conhecemos, ele trabalhava como paisagista, não tinha carro e parecia bem pobre. Acho que isso diz muito sobre a personalidade dele, ainda mais com o que soube agora. Mas por que alguém tornaria a própria vida mais difícil?

– Acho que ele via o fato de carregar o sobrenome da família mais como um fardo do que como uma bênção – disse Ryder. – O sobrenome abriu muitas portas para nós, mas meu irmão queria crescer pelos próprios méritos, não por causa do nome da família. Além disso, meu pai estava nos preparando para carreiras corporativas e isso nunca foi o perfil de James. Acho que ele sentiu que precisaria tomar medidas drásticas para ser quem queria.

– Esse é um dos pontos negativos de ser de uma família tradicional – suspirou William. – Existe uma grande pressão sobre os homens Montgomery para dar continuidade às tradições da família nos negócios. James queria seguir seu próprio caminho. Vivendo nessa casa, não seria possível. Meu irmão Robert não gostou quando James se mudou para longe, apesar das diferenças entre os dois. Infelizmente, ele não tinha escolha além de deixar o filho cometer os próprios erros.

– Ainda não acredito em tudo o que ele passou – disse Ryder. – Não sei se tinha algo que eu pudesse ter feito, mas odeio pensar que ele passou por tudo sozinho.

– Era pior viver isso com eles, com Selena e James – Jen disse, triste. – Nunca me senti tão impotente em toda a minha vida.

Os três ficaram em silêncio por um longo período. William esticou-se na cadeira:

– E é por isso que estamos fazendo isso. Muito tempo se passou. Essa situação nunca deveria ter chegado a este ponto. Acredito que nós três podemos ajeitar isso. – Seus olhos estavam fixos em Jen. – Preciso saber se você está mesmo comprometida com isso. Você vai ter o envolvimento mais direto e vai precisar manter a história para que tudo funcione.

– Na verdade, o momento não poderia ser melhor – ela disse, com um tímido sorriso. – Quando voltar para casa, parece que terei um motivo convincente para procurar ele de novo. Selena vai ser o problema.

William queria sondar melhor essa situação mas, no momento, o futuro e a felicidade de seu sobrinho eram prioridades:

– Você mantém contato com ela? Com Selena?

– Nos falamos pelo menos uma vez por semana, mas ela não aparece na nossa cidade há... bem... – ela encolheu os ombros e olhou para os dois – há muito tempo.

William bateu palmas e deu um risinho:

– Bem, então está na hora da senhorita Selena Ainsley receber um convite irrecusável para voltar. – Ele se levantou e esticou o braço para apertar a delicada mão de Jen. – Ryder vai lhe dar todos os detalhes. E, se precisar de mim para mais alguma coisa, fique à vontade para me procurar. A qualquer hora. Dia ou noite. – Pegou um cartão de visitas e anotou no verso. – Esse é meu número pessoal. Espero que me mantenha informado.

– Queria ter a sua confiança, senhor – ela disse, hesitante, ao pegar o cartão. – Espero que não tenha se passado tempo demais para isso funcionar.

– Tenho bastante experiência, querida. Meus filhos sempre foram muito teimosos e tinham a certeza de que não precisavam de ajuda. E agora? Estão todos casados e com filhos a caminho. Aliás – ele olhou para Ryder –, como vai Casey?

Ryder sorriu diante da menção de sua esposa:

– Enfim está livre dos enjoos matinais e recuperando a energia. Preciso lembrá-la, todo dia, de ir com calma. Estamos mais do que animados com a chegada do bebê. – Ryder virou-se para Jen e disse – E não deixe meu tio enganar você: ele vai tentar assumir o crédito pelo meu casamento também, mas eu já estava em uma missão para reconquistar a Casey.

– Você pode dizer o que quiser, Ryder, mas ambos sabemos que, se não fosse por mim, não teria uma festa de casamento para colocar seus planos em prática.

Ryder revirou os olhos e não pôde evitar sorrir para o tio:

– Eu já estava por perto e não tinha ideia da festa quando fui para a casa de praia de Casey. Desculpe, meu velho, mas essa união é mesmo minha.

William piscou para a convidada.

– Marquei quatro em quatro. Não importa o que ele diga.

– Com um placar desses, não acho que James e Selena tenham alguma chance – ela riu.

– Isso, garota! – William festejou, com seu característico entusiasmo. – Eu sabia que iríamos convencer você. Fico aguardando, ansioso, notícias num futuro próximo.

William, então, desculpou-se e saiu do escritório. Sorriu e acenou para a secretária Rose:

– Se precisar, estarei no celular. Acho que vou levar minha amada esposa para um almoço de comemoração.

Rose já estava acostumada com a alegria do chefe e suas muitas desculpas para celebrações:

– E o que estamos celebrando hoje, senhor?

– Mais uma união!

Sim, nada como um desafio para agitar as coisas, e se o desafio culminasse o resultado esperado, William Montgomery ficaria realizado por muito tempo.

Capítulo 1

– Não entendo. Achei que fosse um assunto encerrado. Não há fundos suficientes para fazer isso; achei que tínhamos terminado – disse Selena Ainsley ao telefone.

– Assim como todos nós – Jen continuou –, mas parece que alguém tomou a frente e está conseguindo o dinheiro para cobrir os custos da reunião. Tudo o que precisamos agora é de uma pessoa capaz de organizar um evento desse tamanho tão depressa. Você sabe, o tipo de mulher superorganizada, que sabe delegar, é boa com números e que, talvez, por acaso, trabalhe com isso. Soa familiar?

– Você não pode estar falando sério – disse Selena, mais bem-humorada do que descrente.

– Claro que é sério.

– Jen, por mais que eu quisesse ajudar, não tenho como me ausentar por tanto tempo. Você precisa encontrar alguém daí que possa organizar a reunião. É muita coisa para cuidar a quase mil quilômetros de distância.

Ela também poderia ter dito que era melhor procurar alguém que se interessasse pelo trabalho e que realmente quisesse ir à reunião, pois, com certeza, não era o caso.

– Oh, por favor! – Jen disse, com um pouco de dissimulação. – Você sabe tão bem quanto eu que não dá pra delegar muitos dos detalhes. Já temos um local e você pode falar com o bufê quando quiser, mesmo estando longe. Tenho certeza de que, com todos os seus contatos, pode organizar os convites e as atividades e o que mais for necessário para a reunião. Vamos! Diz que sim!

Selena estava dividida. Em geral, esse era o tipo de trabalho que ela adorava: um grande evento, pouco prazo e muito desafio. O problema não era o trabalho em si; era o lugar. Fazia anos que ela tinha ido embora da pequena cidade de Long Island, onde havia crescido, e a simples ideia de voltar para lá agora a fazia suar frio.

Se outra pessoa estivesse ligando, ela não teria problemas em dizer não. Mas era Jen. Sua melhor amiga. Sua confidente. Sua consciência.

Droga.

– Não faça isso comigo, Jen – ela implorou.

– Fazer o quê? Te oferecer um desafio desse tamanho? Sei que você adora isso. Está tudo pago. O doador deu um cheque generoso. Não tem que resolver nada. Tudo o que precisa fazer é falar com algumas pessoas e aparecer. Você consegue fazer isso dormindo.

– Então tenho certeza que você ou qualquer outra pessoa pode fazer. Sério, não tenho tempo para...

– Ok, ok, veja – Jen interrompeu a amiga –, acho que fui mais do que compreensiva. Você se mudou e nunca mais voltou. E nunca fiz pressão. Eu vou aí e te visito, adoro encontrar você, mas começo a sentir que só existe esforço de um dos lados.

– Isso não é justo...

– Não terminei! – Jen disse grosseiramente, mas logo se arrependeu. – Não estou dizendo que não tenha esse direito, mas já faz... séculos. Já basta. Não me conformo com a ideia de ter nossa reunião de dez anos sem você. Você era presidente do corpo estudantil, Selena. Todos vão querer te encontrar lá. Além do mais, sou sua melhor amiga e... bem, pra ser honesta, as coisas não estão indo muito bem. Preciso mesmo de um tempo com você.

Jen sabia que estava jogando baixo ao usar seus assuntos pessoais para convencer Selena, mas situações desesperadoras exigem medidas igualmente desesperadas.

– O que está acontecendo? – Selena perguntou, com a voz preocupada.

– Se lembra do cara que comentei com você? Todd?

– Mais ou menos.

Jen teria ficado irritada com a falta de memória da amiga, mas Todd não tinha sido nada além de uma possibilidade.

– Bom, ele está meio que me perseguindo. Tô começando a ficar com medo.

– O quê? Ai, meu deus! Jen, você tá bem? Já foi à polícia?

– Fui, e basicamente eles não podem fazer nada porque ele não está me ameaçando ou algo assim. Só está me perseguindo.

– O que tá acontecendo?

– Ele liga *muito*. Esbarro nele em todos os lugares. Pra falar a verdade, é meio assustador.

– O que ele faz quando você atende as ligações ou encontra com ele?

– Ele é gentil.

– E? – Selena indagou.

– Até eu dizer que não quero mais sair com ele. Aí ele fica um pouco agressivo.

– Mas ele não te ameaçou?

– Não – Jen suspirou. – Como disse, fui à polícia e fiz a ocorrência mas, se ele não me ameaçar, não podem fazer nada. As mãos deles ficam atadas e as minhas também.

– Já pensou em mudar seu número de telefone?

– Uma dúzia de vezes por dia.

– E por que não mudou?

– Porque continuo achando que ele vai me deixar em paz. Odeio ter que mudar a minha vida porque esse babaca não consegue aceitar um não como resposta.

– Jen, você precisa fazer alguma coisa. Isso não pode continuar.

– Sabe, enfim sinto que minha vida está caminhando bem: tenho minha casinha, um bom trabalho... Se eu pudesse me livrar desse babaca, ficaria tudo perfeito. E também não seria nada mau se minha melhor amiga viesse à reunião de dez anos que planejamos juntas.

Selena riu.

– Golpe baixo, Jen.

– Não tenho vergonha de implorar.

– Só não acho…

– Então não ache! – Jen interrompeu.

– Mas e se…

– Não vai.

– Como pode ter certeza, Jen?

Era em momentos como esse que Jen odiava a distância física entre elas. Tudo o que ela queria fazer era abraçar a amiga:

– Selena, você é uma adulta, dona de um negócio de sucesso e nunca foge de um desafio. Exceto esse. Tá na hora de encarar a situação.

O estômago de Selena revirou.

– E se as pessoas, você sabe, comentarem?

– E daí? Aconteceu, Selena, e toda a negação do mundo não vai mudar isso. Não estou menosprezando sua história, mas é isso. E, acredite ou não, todos seguiram a vida. Tenho certeza que você e James Montgomery não são um assunto que todos estejam desesperados pra comentar. As pessoas se casaram, tiveram filhos, estão em bons empregos, e algumas têm perseguidores malucos em sua vida… As coisas não giram em torno de você, sabe. – O fim foi dito com um sorriso que Selena pôde perceber mesmo pelo telefone.

Era difícil dizer qual a emoção mais forte no momento. Ouvir o nome de James pela primeira vez em anos tirou seu ar e a deixou tremendo, mas o tom de provocação de Jen ajudou a deixar o clima mais leve. Talvez ela fosse a única a se lembrar ou a pensar em sua relação com James. Era claro que ele não pensava a respeito, já que nunca se preocupou em procurá-la. Talvez fosse o momento de colocar alguns velhos fantasmas de lado e voltar para sua cidade, rever os amigos.

– *Se* eu disser sim… – ela começou, mas a comemoração de Jen a interrompeu e fez que ela caísse na gargalhada. Quando se acalmaram, Selena continuou. – Se eu disser sim, vou precisar que me passe todas as informações imediatamente pra que eu possa começar. Qual nosso prazo?

– Oito semanas – Jen respondeu, torcendo para não estar acelerando demais o processo.

Selena pensou em sua agenda e em tudo o que teria de ser feito para realizar tal evento.

– Vai ser apertado, Jen, mas, se você prometer me ajudar e reunir logo um comitê, acho que podemos fazer uma reunião incrível de dez anos!

– Já tenho um comitê escalado e os e-mails rascunhados. Só estava esperando o seu sim.

– Confiante você, hein?

– Esperançosa! E, sim, são coisas diferentes.

– Só você pra me colocar nessa, Jen. Sabe disso, né?

– Era com isso que eu estava contando – ela disse, e soltou a primeira respiração relaxada durante toda a conversa. – Então, quando acha que vem?

Boa pergunta, Selena pensou.

– Devo conseguir fazer o grosso daqui mesmo, mas vou para a cidade uns dias antes, ver se tudo tá certo.

– Uns dias? Uns dias? – Jen resmungou. – Abro meu coração pra você e você não separa um tempinho pra mim? Isso é muito frio.

Selena contou até dez e esperou a amiga terminar o drama. Por fim, ela cedeu.

– Tá bom. Vou reservar duas semanas. Uma antes e uma depois. Que tal?

– Tem como eu convencer você a ficar mais?

– Não.

– Então tá bom – Jen suspirou. – Duas semanas, mas preferia mais tempo antes da reunião.

– Por quê?

– Porque assim você viria mais rápido. Não imagina o quanto significa para mim você voltar para casa, Selena.

Selena fez questão de lembrar a si mesma que não estava voltando para casa, estava retornando a um lugar onde viveu, para visitar uma amiga. Sua casa, agora, era na Carolina do Norte. Ela queria lembrar Jen disso, mas a emoção na voz de sua amiga a impediu.

– Sinto muito por ter ficado tanto tempo longe. Não sabia que estava magoando você.

– Entendo porque você foi embora, mas sinto saudades.

– Bom, depois dessas duas semanas vai ficar cansada de mim. Fico na sua casa, certo?

– Como se eu fosse deixar você ficar em qualquer outro lugar! Vou fazer o possível para que meu quarto de hóspedes seja um lugar de onde você nunca mais queira sair!

– Vamos com calma, doidinha – Selena disse, rindo. – Tenho um negócio que precisa de mim, e funcionários que dependem de mim aqui na Carolina do Norte. Vão ser duas semanas. Depois vou voltar pra minha casa.

– Tá bom, tá bom, tá bom... – Jen disse, querendo mudar de assunto – Que seja. Só estou dizendo que eu espero que não demore mais dez anos pra você voltar.

– Uma viagem por vez, Jen. Uma viagem por vez.

Quando desligaram, o nó no estômago de Selena estava começando a se desfazer. A reunião em si não seria um problema; ela, de fato, conseguia organizar algo assim com muita facilidade. O problema seria enfrentar as memórias que tanto se esforçava para esquecer. O antigo ditado que diz "o tempo cura todas as feridas", não se aplicava a ela. Ela ia por Jen, mas seria necessário um enorme esforço de todo o seu ser para não ter uma crise nervosa. Parecia que não importava quão em ordem sua vida estivesse, algumas coisas tinham a capacidade de derrubá-la e fazer com que duvidasse de si mesma. Retornar para Long Island era uma delas.

Dez anos atrás, sua vida virou de cabeça para baixo por forças além do seu controle. Por muito tempo, deixou outras pessoas decidirem sua vida. Não mais. Selena se libertou de muitas forças negativas, mas só porque deu esse passo, não significa que superou a dor. Ela duvidava que seria capaz de um dia superar tudo o que aconteceu; era algo com que precisava aprender a conviver.

Jen tinha razão. Era hora de enfrentar os demônios e provar para si mesma, e não a ninguém, que ela podia voltar ao local onde viveu sua maior decepção e partir de lá com o coração intacto. Ela não estava muito animada. Se não fosse pela reunião, nunca faria a peregrinação de volta à sua antiga cidade. Sua vida estava boa sem voltar para lá. E, embora soubesse que Jen realmente precisava dela, Selena estava certa de que, com um pouco mais de insistência, convenceria a amiga a passar uns dias na Carolina do Norte com ela. Claro que teria a questão da reunião de dez anos mas, com a situação do perseguidor, Jen entenderia a razão de sair um pouco da cidade.

– Já passou – ela resmungou ao pegar a agenda e começar a fazer anotações. – Sou uma mulher adulta. Estou no controle da minha vida. Não devo satisfação a ninguém além de mim.

Era um bom mantra.

Se ela acreditasse.

•

James Montgomery era um líder, não um subordinado. Gostava de estar no controle de sua própria vida, sem dar satisfações a ninguém. Era verdade que sua carreira no exercício da lei o fazia dar satisfações a muitas pessoas, mas isso era diferente de dar satisfação para sua família e lidar com as expectativas que tinham para ele. Nesse ponto de sua carreira, estava estabelecido, e a única pressão que sentia vinha dele próprio. Ele queria fazer melhor, ser mais forte, ter mais controle sobre si mesmo.

Talvez um dia fosse suficiente.

Talvez um dia ele fosse capaz de acordar, olhar no espelho e saber que era um homem bom o suficiente para... bem, para qualquer coisa.

Já fazia um tempo que ele tinha assumido para si a luta contra a sensação de se sentir inadequado. E, não fosse pelos eventos recentes, não teria admitido isso. Olhando para a porta, James recostou-se na cadeira e quase fungou de frustração. Jennifer Lawson havia saído há menos de dez minutos e ele, em vez de sentir que estava firme no presente, teve a sensação de que sua visita o levara de volta ao passado.

Dez anos atrás, para ser mais preciso.

Dizer que havia sido um choque encontrá-la seria um grande eufemismo. Por muitos anos, James se manteve distante de tudo e todos que conhecera. Era preciso para que ele pudesse se tornar o homem que queria ser – e que precisava ser. Ainda assim, uma hora de conversa foi capaz de trazer tudo de volta, como se tivesse sido ontem.

– Estou procurando James Montgomery.

Foi o que Jen disse, ao entrar no escritório, e tinha sido uma coincidência que ele estivesse entrando no mesmo momento. Não fosse assim alguém teria anotado um recado. Os olhos de Jen logo o reconheceram e James de repente se sentiu como o garoto que havia sido – aquele que não era bom o suficiente. Ele se pegou olhando em volta, suspeitando que os colegas de trabalho estivessem observando-o e percebendo como se sentia; como se pudessem descobrir seus segredos e exigir que ele devolvesse seu crachá ou algo assim. Estranho como antigas inseguranças podem reaparecer nos momentos mais inoportunos.

– Bom ver você, Jen – ele disse, fazendo o melhor que podia para parecer impessoal e profissional. Mas o sorriso dela sempre foi contagioso.

– Digo o mesmo – ela olhou em volta, ansiosa. – Preferia que fosse uma conversa casual, mas preciso falar sobre um possível assunto criminal.

Sua declaração aguçou a curiosidade de James, não que ele achasse que, depois de tantos anos, Jen fosse aparecer para uma visita. Ele a acompanhou até sua mesa, ambos se sentaram e James ouviu a história sobre o ex-namorado que agora a perseguia. Infelizmente, o rapaz não havia quebrado nenhuma lei, portanto, não havia nada que ele pudesse fazer além de oferecer sua solidariedade e orientá-la a manter uma agenda a respeito do comportamento dele. Embora soubesse que isso não a ajudaria ou confortaria muito, não havia nada que ele pudesse fazer.

Ele odiou ver a expressão de derrota na face dela. Houve um momento em sua vida que ele conheceu essa sensação muito bem. Em geral conseguia se manter firme mas, em alguns momentos, como aquele, ele tinha recaídas.

– Sinto muito mesmo, Jen. Gostaria de poder fazer mais. Vou verificar o sujeito e ver se tem algo que mude isso.

Depois de tratar desse assunto, Jen relaxou na cadeira e abriu um sorriso.

– Ainda não acredito que é você, quer dizer, sabia que te encontraria aqui, ainda tenho contato com seu primo, Kent. Foi ele que disse pra eu falar com você. Acho que eu esperava que tivesse algo a se fazer apesar da minha pesquisa na internet ter indicado que não.

– Vou abrir uma ocorrência e vamos manter contato com você pra saber como vão as coisas e se o padrão de comportamento dele muda ou se torna mais agressivo.

– Obrigada. – ela fez uma pausa para pensar em suas próximas palavras. – Então, como vão as coisas? Faz muito tempo mesmo. Há quanto tempo trabalha na polícia? Onde você tá morando? – Jen deve ter percebido que disparou muitas perguntas e corou. – Desculpe. Estou feliz por te rever. Mas, de verdade, como você tá?

Como ele deveria resumir sua vida desde a última vez que se encontraram? Deveria mencionar todas as vezes que tinha ido ao inferno e voltado? Que estava se matando para provar ao mundo – ou pelo menos a uma pessoa em particular – que ele era bom o suficiente e que tinha conseguido conquistar algo? Provavelmente, não. Em vez de entrar nesse discurso, James decidiu simplificar:

– Tô bem. Estou na polícia há oito anos. Na verdade, hoje sou detetive.

– E você gosta? Quero dizer, não que seja uma profissão divertida, ou algo assim, ou pode ser... Nunca se sabe... – ela parou de novo de falar sem parar e sorriu. – Combina com você. Você parece estar bem. Feliz.

James se encolheu. *Feliz*? Não era para tanto, mas também não negaria que ter entrado para a corporação havia lhe garantido certo grau de satisfação.

– E você? O que tem feito?

– Sou professora da educação infantil agora. Terceiro ano. Adoro.

Mesmo se ela não dissesse que adorava, seu rosto e seu sorriso já diziam tudo. Jennifer Lawson tinha mudado muito pouco: os cabelos loiros estavam um pouco mais curtos, as roupas mais formais, mas ela mantinha uma aura de energia e entusiasmo. Anos atrás, ela costumava cumprimentar as pessoas com um sorriso e sempre era gentil com ele. Isso fez James lembrar de quanto sentia falta de sua amizade. De seu sorriso. De seu otimismo.

– Que ótimo, Jen. Tenho certeza que as crianças adoram você.

Ele podia, com facilidade, imaginá-la na sala cheia de crianças de oito anos, rindo e fazendo projetos juntos. Ela sempre falava de sua vontade de ser professora, mesmo quando ainda estavam na escola. James ficou feliz por ela ter seguido seu sonho.

– Oh, não tenho tanta certeza – ela disse. – As crianças gostam muito de mim durante as férias ou os projetos de artes mas, na hora das provas, sou a professora mais cruel do planeta.

James sorriu para ela.

– Lembro de me sentir assim na minha época. Os professores eram ótimos desde que não estivessem aplicando provas.

– Dou aula na mesma escola em que estudei. É um pouco estranho andar por aqueles corredores sendo uma adulta. Quando éramos alunos, tudo parecia enorme, agora, ando por lá e me sinto uma gigante.

– Nem pagando eu voltaria pra escola – ele disse, com a voz um pouco mais séria do que esperava. – Não via a hora de sair. Admiro você por fazer o que faz. Com o diploma na mão, minha única vontade era ir embora correndo e não voltar mais.

– Sempre gostei da escola... e não pelo social, embora seja muito importante. Sei que pareço uma nerd, mas eu gostava da competição entre os colegas de classe, da sensação boa de quando tirava notas altas. – Ela ouviu o que dizia e estremeceu. – Uau, pareço mesmo uma nerd, né?

James riu antes de concordar com ela.

– Tudo bem. Ser nerd funcionou pra você. Então, quais desafios vocês vêm enfrentando no terceiro ano?

– Além das questões comportamentais, nada muito emocionante. Temos um programa que devemos seguir, então não posso ser tão criativa na sala de aula quanto gostaria. Mas tudo bem. No momento tenho um grande desafio nas mãos. Tô planejando nossa reunião de dez anos. Acredita que já saímos da escola há tantos anos?

– Bom... – James começou.

– Ah, é mesmo. Desculpa.

James havia largado a escola aos dezesseis, então toda essa conversa de reunião e outros eventos não fazia sentido para ele. Ainda assim, ele percebia que Jen estava muito animada com isso, então, colocou um sorriso e aceitou ouvi-la:

– Sem problemas. Conte, o que tá planejando?

Jen discorreu uma lista de detalhes, incluindo o local, o tema, a resposta dos colegas de classe, as atividades para o final de semana e até o cardápio.

– Isso parece muito trabalho. Espero que você tenha um grande comitê pra te ajudar.

– Juntando tudo, estamos em cerca de vinte. É incrível quantas pessoas estão oferecendo tempo ou serviços para colaborar. Muitos dos formandos ficaram por aqui e têm negócios próprios. Então tem um oferecendo a impressão dos convites; outro cedendo os balões; outro, as flores e a decoração. Temos até quem ofereceu boliche. Vai ser um final de semana fantástico, mas tem muito o que fazer pra isso acontecer.

– Com certeza – ele disse, rindo. – E você é o quê? A presidente do comitê?

Isso a fez rir.

– Sou ótima pra seguir orientações e delegar, mas não sou organizada o suficiente pra dar conta de algo assim. É muito grande.

– Ah, pera aí – ele disse, brincando. – Você só pode ser organizada. É professora, coordena lições, planos de aulas e tudo mais. Fora que você fica em uma sala cheia de crianças de oito anos. Não pode dizer que não é organizada. Isso é impossível.

– É verdade, sou organizada na minha classe. Mas isso é diferente de coordenar um evento desse tamanho. Com meus alunos, tenho um programa e lições planejadas. Posso dar uma mexida mas, na maior parte, a organização já vem pronta. No caso da reunião, é muito diferente, e não tem um plano formal pra seguir. Por sorte temos um presidente... quer dizer, uma presidente, e eu lido muito bem com o fato de seguir ordens. Isso me deixa feliz e tenho certeza que a turma toda vai gostar tanto quanto eu.

– Desde que você se divirta, não pode ser algo ruim, certo?

Ficaram em silêncio por um momento enquanto James lutava com a pergunta que estava na ponta de sua língua desde que Jen havia aparecido. Ele sabia que não teria paz a menos que perguntasse. Então, respirou lentamente para o ritmo cardíaco baixar e se esforçou o máximo para parecer casual:

– Você deve estar animada por encontrar todo o mundo. Toda a turma vai estar presente?

Jen queria sorrir, mas se esforçou para manter a expressão neutra. Ela estava surpresa por ter demorado tanto para chegarem ao assunto.

– Bem, Kent virá e acho que Tom, Russ, Chris e Kerry também – ela fez uma pausa para dar um efeito dramático. – Selena não vinha, mas consegui convencê-la a ser nossa presidente e agora ela precisa vir. Falei com...

James sabia que Jen continuava falando, mas só ouvia um zumbido em sua cabeça. Seu coração saltava e ele tinha certeza de que tinha começado a suar. Ela estava voltando. Finalmente.

Estaria perto o suficiente para que ele pudesse vê-la.

Perto o suficiente para poderem conversar.

Perto o suficiente para que pudessem se tocar.

– Bom, de qualquer forma – Jen disse, ao se levantar –, obrigada por ter me recebido. Vou fazer como me orientou, vou anotar todas as vezes que Todd me ligar ou que eu encontrar com ele. Espero que se canse e me deixe em paz, mas nunca se sabe. Achei que ele já teria se cansado. É muito triste, na verdade. – Ela sorriu. – Mas que seja. Foi muito bom ver você de novo, James. Espero que não se passem mais dez anos pra nos vermos outra vez.

Antes que ele pudesse perceber, ela o estava abraçando e tinha dado um leve beijo em seu rosto. Tudo o pegou de surpresa e ele só sabia que ela estava se despedindo.

Quando Jen partiu, James não tinha certeza se tinha conseguido não soar como um idiota e, se ele se lembrava direito, tinha dito que apareceria em algumas atividades da reunião... só para ver a antiga turma, claro.

Certo.

Se Jen suspeitou de algo diferente, guardou para si. James olhou sua agenda e viu que tinha cerca de seis semanas para se preparar e conseguir uma boa desculpa para entrar no caminho de Selena sem que parecesse que ele estava tentando estar ali. Não tinha ideia de como seria vê-la de novo. Fazia muito tempo e, embora não passasse um dia em que não pensasse nela, ele não tinha ideia de como era a mulher que ela tinha se tornado. Será que ficaria feliz por vê-lo? Será que viria sozinha? Esse pensamento fez seus punhos cerrarem. Ele não tinha mais nenhum direito sobre Selena, mas isso não significava que ficaria feliz se a visse com outro homem.

Ela era dele.

Não importava quanto tempo tivesse passado desde a última vez que se viram. James sempre consideraria Selena como sua. Ele só não conseguia definir se isso era bom ou ruim. De qualquer maneira, tinha seis semanas para decidir o que faria.

Parte de seu trabalho como detetive era ter confiança e não fugir de um desafio ou de uma situação perigosa, mesmo se houvesse risco de morte.

E não havia nada mais perigoso para James Montgomery do que ficar cara a cara com a mulher que, basicamente, destruiu sua vida.

Capítulo 2

– O Facebook foi muito útil. Temos uma incrível responsabilidade. Acredite ou não, parece que noventa por cento da turma virá. Não é incrível? – Jen disse, entusiasmada, quando ela e Selena sentaram à mesa para jantar e conversar sobre os detalhes do evento.

– Redes sociais são incríveis – Selena respondeu, sem muita animação, enquanto observava as listas de cada comissão. Sua paixão por artes fazia esse tipo de evento ainda mais divertido. Ela mesma criou os convites e os avisos que seriam usados. Não existia a menor chance de ela deixar a reunião cair na mesmice. Na época da escola, Selena era conhecida pelas grandes festas que dava e essa seria a cereja do bolo.

– Você se lembra de Dena Michaels? Agora ela faz bolos customizados e outros enfeites, e vai fazer todas as sobremesas.

– Hum-hum. – Enquanto observava os papéis, Selena encontrou na internet fotos dos doces que desejava que Dena recriasse. Ela pensou que, com um pouco de criatividade, poderiam usar as cores da escola como tema. Depois, fez uma anotação para que pensassem em mais aperitivos que fossem fáceis de servir, em vez de opções que precisassem de talheres.

– E Rick Walters? A gráfica dele fez um ótimo trabalho com os convites. E deu um grande desconto.

– Aham. – Ela continuava vendo a pilha de papéis e encontrou o desenho que tinha feito. Rick Walters tinha resistido um pouco em copiar sua criação, mas acabou aceitando. Trezentos convites, mais envelopes, etiquetas e selos. Selena anotou o desconto e sorriu ao ver que os convites também tinham ficado mais baratos do que o orçamento.

– A família de Christy Williams ainda tem aquele negócio de suprimentos para festas em Smithtown, e eles vão doar toda a decoração! Isso vai nos economizar uma fortuna!

– Hum... – Christy e Selena costumavam trabalhar juntas em todos os comitês de bailes e formaturas, então, tinham uma ótima sintonia em relação a esse assunto. Selena enviou-lhe um e-mail com uma lista descritiva do tipo de decoração que desejava, e Christy se encarregou de encomendar tudo. Era perfeito. Só faltava montar, e Selena sabia que conseguiria fazer isso em uma tarde, com uma pequena equipe.

– Mas a melhor notícia é que consegui que Magic Mike venha se apresentar! Dá pra acreditar? Cinco dos caras mais lindos de Hollywood na nossa festa, fazendo striptease pra gente. Eles são lindos na telona, só posso imaginar quando estiverem dançando pelo salão. Pessoalmente, espero lamber o peito de Matthew McConaughey.

– Com certeza. – Diversão... diversão... Já tinham decidido a banda ou o DJ? Em algum lugar, na pilha de papéis, estava a playlist que ela tinha criado com músicas da época da escola.

Jen parou e esperou uma resposta mais consciente de Selena. Como ela não reagiu, continuou:

– Já fiz aulas de dança do ventre e de pole dance, talvez possa me juntar a eles. Vou precisar de alguma coisa pra perder esses últimos cinco quilos, mas acho que vai ser incrível. Claro que eu deveria cortar os carboidratos se vou dançar com a barriga de fora, mas...

– Espera... o quê? Do que você tá falando?

– Sabia que não estava prestando atenção – Jen resmungou. – Esses relatórios foram enviados semanalmente pra você desde que começamos os preparativos, Selena. Largue esses papéis e converse comigo! Já faz umas três horas que tá na minha casa e não disse três frases completas. O que foi?

Selena suspirou, irritada, e afastou os papéis. Pegou o garfo, espetou-o em um pedaço de brócolis e deu uma mordida.

– É um evento muito grande. Os detalhes tendem a me absorver, quero ter certeza de que não estamos esquecendo de nada, de que seremos reembolsados e tudo isso. – Ela remexeu um pedaço de frango. – É importante pra mim, Jen, voltar e tudo mais. Me dá uma folga. Só o caminho do aeroporto já foi mais difícil do que pensei. Tudo está tão... diferente.

– Faz tempo.

– Eu sei.

– Olha, tudo o que estou dizendo é que as coisas mudam e que isso não é ruim. Amanhã vamos dar uma volta, ir a lugares conhecidos. Sei que muita coisa mudou, mas vai se surpreender com tudo o que permanece igual. A gente vai na escola, acredite em mim quando digo que nada mudou. Às vezes acho que as salas ainda têm as mesmas mesas e cadeiras que usávamos.

– Não! Isso seria horrível! A escola não tem orçamento pra esse tipo de coisa?

Jen encolheu os ombros.

– Se tem, não usa. Muita coisa na minha sala é antiga; uso meu dinheiro pra atualizar o que dá. Mas com certeza não posso comprar mesas e cadeiras novas pra mais de trinta crianças.

– E nem deveria – Selena disse, ofendida com a situação.

– De qualquer forma, vamos ver a escola, vamos almoçar... Sua sorveteria preferida continua no mesmo lugar!

– Sério? Com os mesmos donos? Eu adorava o senhor e a senhora Davies. Faziam os melhores milk-shakes.

– Os filhos cuidam de lá agora, mas continua tudo igual. Paro pra tomar um milk-shake por você pelo menos uma vez por semana.

– E eu gosto?

– Às vezes gosta até demais – Jen disse, soltando uma gargalhada. – Enfim, você planeja visitar sua família?

Selena quase engasgou.

– Você tá brincando, né?

– Que foi? O que eu disse?

– Eu não disse pra ninguém que estava vindo. Não consigo lidar com eles junto com essa história de reunião. Mas minha avó tá morando em uma dessas casas de repouso. Espero que possamos almoçar.

– Ela deve estar muito admirada com sua visita!

Selena encolheu os ombros:

– Não contei ainda. Pensei em fazer uma surpresa.

Jen franziu o cenho:

– Ela tem oitenta anos. Acha mesmo uma boa ideia fazer surpresa? Ela pode morrer.

– Que pensamento agradável! – Selena riu. – Por que você diz isso?

– É só que ela tá velha, o coração pode estar fraco... não se faz *surpresa* pra idosos, Selena. É cruel.

– Você ficou mesmo muito dramática nos últimos anos. Sabe disso, né?

– É um dom.

Elas riram.

– Pensei em ligar e avisar que vinha, mas não quero que ela avise ninguém da família e eu tenha que passar por uma reunião com eles. Basta uma reunião.

– Quando foi a última vez que você viu seu pai? – Jen perguntou, cuidadosa.

A simples lembrança de seu pai fez a ira de Selena aumentar. Ele foi a primeira influência negativa de quem ela se afastou. E, nos quatro anos em que não se viam, Selena nunca tinha sido tão feliz.

– Faz... bastante tempo.

– Ele procura por você?

Selena balançou a cabeça.

– Não. De vez em quando minha irmã tenta me deixar culpada: *O papai sente sua falta. Você deveria dar uma chance pra ele, ele mudou.* Blá-blá-blá. Nunca nos entendemos enquanto eu era nova. Ele nunca me deixou esquecer como eu o havia desapontado e, pra ser honesta, não preciso desse tipo de negatividade na minha vida. Digo que ela não deveria forçar essa aproximação, que pode pegar o prêmio de filha do ano que sempre desejou porque não quero nada disso.

– Mas é seu pai...

– Pais não fazem o que ele fez. Ele não foi apenas cruel, Jen; foi abominável. Você sabe disso, eu sei disso. Ele queria controlar meus passos e, quando desviei dos planos dele, passou a ser mau. Acredite, minha vida é muito melhor sem ele. Às vezes, quando cometo um erro no trabalho, meu primeiro pensamento é "ai, meu deus, o papai vai me matar". Não deveria ser assim! Sou uma mulher crescida e, mesmo assim, ao primeiro sinal de erro, fico preocupada com a reação dele. Não é muito errado?

Jen não sabia ao certo como responder.

– Acho que é uma resposta natural, Selena. Está programada dentro de você. Espero que com o tempo fique mais leve.

Selena não sabia se concordava com a amiga, mas não queria discutir esse assunto.

– E como vai a sua mãe?

Selena encolheu os ombros de novo.

– Bem. Minha mãe sempre está bem. – Era verdade, mas parte disso se devia ao fato de sua mãe nunca ter gostado de confronto: ela fingia estar tudo bem e Selena às vezes se ressentia disso. Seria bom saber que ela não era a única na família que perdia o eixo e ficava emotiva de vez em quando. – Depois do divórcio, ela ficou mais confiante e, no ano passado, começou a namorar de novo.

– Não!

– Sim! Verdade. É estranho e desconfortável, às vezes, mas é verdade. – Na última vez em que Selena tinha falado com a mãe, tinha tido de ouvir tudo sobre o último encontro, no qual tinham ido jantar e dançar, e sobre todos os anos em que o pai de Selena nunca a tinha levado para dançar. Sim, às vezes era doloroso.

– Então sua mãe está namorando. E você?

– Por favor. Os negócios me mantêm muito ocupada. Não dá tempo.

– Então crie tempo – Jen pediu, tocando a mão de Selena sobre a mesa. – Acredite, você vai se divertir.

– E depois? Terminar com um louco me perseguindo? Não, obrigada. – Selena levantou o olhar e viu a cara devastada da amiga; pediu desculpas imediatamente – Isso foi imperdoável, Jen. Sinto muito. Eu... – as palavras pararam em sua garganta enquanto Jen se virou e saiu. Se não estava enganada, Selena tinha ouvido a amiga fungar, o que a deixou dez vezes pior. *Boa, Selena*, ela disse para si mesma. *Você voltou para a cidade há algumas horas e já conseguiu desapontar a pessoa que sempre esteve ao seu lado.*

Em pé, Jen limpou os pratos e os lavou sem dar uma palavra até voltar para a sala de jantar.

– Nem todos os caras são loucos – ela disse, com firmeza. – Achei que você estivesse de olho naquele contador do escritório em frente ao seu. O que aconteceu?

Eca. Por mais que Jen a conhecesse melhor do que ninguém, Selena não se sentia confortável em admitir como se sentia desconfortável em encontros. O primeiro contato desajeitado, a conversa... Não havia apelo nenhum nisso. Na maioria das vezes ela apenas contava os minutos para ser aceitável fingir uma dor de cabeça e ir embora. Além do desconforto, tinha... a sensação. Ela sabia que era muito seletiva, mas nenhum homem a fazia *sentir* ou *querer* há muito tempo.

Nenhum depois de James.

Droga. Bom, não demorou muito, né? Três horas de volta no estado e já começou a incômoda jornada pelas memórias. Ótimo.

Isso não significava que ela vivesse no celibato. Havia apenas longos períodos de seca no departamento de sexo e romance. Ocasionalmente, os amigos lhe arranjavam encontros e ela saía algumas vezes. Mas, depois de um mês, Selena encontrava uma desculpa para terminar. Sexo casual não era a praia dela, e os homens com quem se envolveu, mesmo que por períodos curtos, não atingiam suas expectativas. Ela se acostumou, estava em paz com isso. *Inferno*, ela mal pensava nisso. Até agora.

Droga.

– Selena? – Jen chamou.

Ah, sim, o contador.

– Nossas agendas não batiam. Ele tem o período dos impostos, eu tinha a temporada de formaturas e casamentos, depois de um tempo concordamos que não ia funcionar. – Selena se lembrou de ter, na verdade, se sentido aliviada quando ele parou de ligar e de ter aceitado suas justificativas.

– Você não parece muito triste por isso.

Selena olhou para Jen como se ela tivesse duas cabeças:

– E por que eu estaria triste? Mal o conhecia, só nos encontramos para tomar alguns cafés. Não era nada demais. Além disso, não havia uma ...

conexão entre a gente, sabe? – Ela encolheu os ombros. – Se te deixa feliz, vou entrar em um desses sites de encontros e sair com alguns caras. – Ela não ia, mas achou que poderia divertir Jen e mudar de assunto.

– Não seja ridícula – Jen disse um pouco alterada. – Você não sabe que tipo de gente louca pode conhecer assim. Talvez... talvez você conheça alguém enquanto estiver aqui.

Incapaz de se conter, Selena soltou uma gargalhada.

– O que isso tem de tão engraçado? – Jen perguntou.

– Você não desiste, né? Quero dizer, estou aqui. Vim pra reunião e tal. Tradução, Jen: eu vim pra ver você, minha avó, ir ao evento e voltar pra casa. Fim da história. – Esse era seu plano e ela se manteria nele. Além do mais, não havia nenhuma chance de conhecer ninguém naquele lugar com quem ela fosse querer passar um tempo junto. Já tinha feito isso tudo, ali mesmo.

Jen queria protestar, mas preferiu apenas concordar:

– Ok, tá certo. Só achei que pudéssemos sair, ir dançar e, você sabe, ver gente. – Talvez ela precisasse descobrir onde James gostava de ir e orquestrar esse primeiro encontro.

Selena sorriu:

– Podemos sair e fazer tudo isso. Só não pretendo encontrar ninguém enquanto passeamos. – Ela tomou um gole de água, que estava lá há tanto tempo a ponto de o gelo já ter derretido, e decidiu virar o jogo com a amiga – E você? Além do cara que te persegue, tem mais alguém em quem esteja interessada?

Jen corou.

– Na verdade, conheci um cara quando fui à polícia prestar queixa. – Isso não soava nada estranho, né? Uma cena de *Curtindo a vida adoidado* lhe veio à mente, aquela em que a irmã está na delegacia flertando com o criminoso que vestia uma jaqueta de couro. Ela quase riu.

– Sério? – Selena perguntou, apoiando o queixo nas mãos ao se aproximar de Jen. – Pode contar!

Como uma adolescente, Jen corou e enrolou os dedos nos cabelos loiros:

– Bom, ele é um policial, claro. O nome é Mike, ele é superalto, tem mais de um metro e oitenta...

– E isso é superalto? – Selena perguntou com um tom de deboche.

– É sim, quando você mal chega a um metro e sessenta. – Jen brincou.

– Ah... continue.

Jen tinha uma expressão sonhadora.

– Ele tem o cabelo loiro, um pouco mais escuro que o meu, olhos castanhos e um corpo incrível. Sinceramente, quase pedi pra ser revistada. – Ela riu e Selena não pode evitar rir também – Só falei com ele um minuto antes de encontrar Ja... Quero dizer, antes de falar com o oficial encarregado, mas ele foi um doce.

– É solteiro?

– Não vi aliança, mas isso não significa nada. Fui à delegacia outras duas vezes pra atualizar eles sobre o comportamento de Todd, e Mike estava lá. Ele sempre abre um belo sorriso ao me ver, e acho que se eu der um sinal de que estou interessada, ele pode estar também.

– E por que você não dá mais do que um sinal?

– Oh, por favor, Selena – Jen desconversou. – Sou uma mulher de 28 anos sendo perseguida. Como posso colocar um cara bacana no meio disso?

– Por que você pensa nisso? É ridículo!

– Sei que estão me achando um pouco dramática lá. Todd não fez nenhuma loucura; ele só está me assustando. Caras como Mike conhecem pessoas com perseguidores reais, muito mais violentos do que Todd. Aposto que Mike acha que estou exagerando. Isso ou ele acha que vou lá só pra poder encontrar com ele.

– E você tá fazendo isso? – Selena perguntou, meio sem jeito.

– Não! – Jen respondeu, com firmeza. – Isso é só um bônus. – As duas riram. – Fora que, por mais que eu saiba que não sou horrorosa ou algo assim, os caras não prestam atenção em mim. Não da forma como prestam atenção em você.

Selena arregalou seus olhos verdes:

– Em mim? Do que você está falando? De onde veio essa ideia?

– É um saco você ser tão bonita e nem se dar conta.

– Fiquei perdida, Jen.

Como foram parar nesse assunto?

Jen suspirou:

– Ok, primeiro tem o seu cabelo.

– O que tem de errado com ele? – Selena perguntou, sem jeito, passando a mão nos cabelos.

– Nada! É isso que tô dizendo! Você tem esse cabelo... fabuloso, não importa o que faça.

– Não seja ridícula.

– Não me faça pegar fotos antigas.

– Você tem fotos do meu cabelo? Isso é estranho, Jen.

– Não do seu cabelo, de você! Somos amigas há séculos e nunca vi você em um dia de cabelo rebelde. Assim fica difícil não te odiar pelo menos um pouquinho.

– Tá. Tenho um cabelo bom. Os caras não prestam atenção nisso, prestam? – ela perguntou, um pouco confusa.

– Sim, eles reparam. Ainda mais combinando com a pele perfeita, os olhos grandes e as curvas.

– "Curvas" é um jeito de dizer que estou gordinha, imagino.

Jen olhou para ela.

– Hum... não. Você tem esse... esse jeito de *pin-up* dos anos 1950. Isso é sexy.

– Ok, agora você tá me assustando – Selena disse rindo. – Você acabou de ver eu me acabando em comida chinesa. Será que preciso lembrá-la de todas as pizzas e milk-shakes que consumi nesses anos todos? E, no fim das contas, preciso emagrecer pelo menos uns dez quilos pra chegar perto de ser uma *pin-up*.

– Você continua igual a quando estávamos na escola. É como se o tempo tivesse esquecido de você, no bom sentido.

– Por favor, me lembre como passamos a falar de mim em vez de por que razão você não dá seu telefone pro tal cara.

Jen encolheu os ombros:

– Achei meio esquisito estar na delegacia, prestando queixa de algo que me parece um crime e ficar flertando com o cara do outro lado da mesa. Aí que iam achar mesmo que sou louca.

Ela tinha razão, Selena pensou. A situação não era mesmo a ideal.

– Tá certo, então isso significa que precisamos achar um jeito pra você falar com ele sobre outros assuntos.

– Fácil falar... – Jen disse, triste.

– Não é o ideal, claro, mas acho que, com um pouco de esforço, podemos pensar em algo. Quem sabe, talvez a gente se meta em alguma encrenca e precisemos de um policial gostoso e solteiro para nos salvar!

Selena soltou uma gargalhada e riu quando Jen se juntou a ela. Depois disso, colocou os papéis em uma pasta e os guardou no quarto de hóspedes. Uma rápida olhada no relógio bastou para ver que não eram nem oito horas.

– Chega de trabalho por hoje. Vamos fazer alguma coisa.

– Sério? – Jen disse, realizada. – Você quer sair? Não está me enrolando, né?

Selena forçou um sorriso e concordou.

– Sério. Pode ser legal sairmos pra beber alguma coisa, dançar um pouco... uma noite de amigas. – Tão divertido quanto ir ao dentista, mas significava muito para Jen. Então, nessa noite, Selena manteria um sorriso e suportaria. Iria beber e dançar e talvez até fingir flertar com alguém, e depois ficaria livre por um tempo, ao menos no que se referisse a Jen.

Toda feliz, Jen começou a pensar nos lugares aos quais poderiam ir e nas coisas que poderiam fazer.

– A gente vai se divertir tanto. Prometo! – Ela praticamente saltou do corredor para o quarto e continuou falando animada sobre a diversão que teriam.

Sem estar muito certa disso, Selena apenas concordou e viu Jen ir embora. Com um forte suspiro, foi até o quarto de hóspedes como uma pessoa caminhando no corredor da morte. Não tinha mais como escapar disso, e era apenas por uma noite, ela sobreviveria. Tomara.

Com esse agradável pensamento, Selena fechou a porta para poder se arrumar.

Jen esperou até ouvir a porta do quarto de hóspedes se fechar e telefonou para William Montgomery, repassando as novidades. A situação era estranha para ela, mas Jen estava tão comprometida com isso quanto os Montgomery. Esperou enquanto a assistente de William a colocou na espera e ficou acompanhando a música.

– William Montgomery – uma voz jovial respondeu.

– Oi... hum... senhor Montgomery. Aqui é Jen Lawson. Como vai?

– Senhorita Lawson! Que maravilha receber uma ligação sua. Selena já chegou?

– Chegou hoje – ela disse, mantendo a voz baixa para o caso de Selena sair do quarto. – Vamos sair para comemorar.

– Isso parece bom. Vai levá-la a algum lugar onde possam encontrar James?

– Infelizmente, não. Ainda não consegui descobrir onde James costuma ir, mas estou trabalhando nisso. – Jen o atualizou sobre a situação com Todd e sobre as diversas visitas que fazia a James.

– Você está bem? – William perguntou, preocupado. – James está cuidando disso?

– Ele está fazendo tudo o que a lei permite que faça. No momento, é apenas um incômodo mais do que qualquer outra coisa. Mas James está atento à situação.

– Isso é bom. Gostaria que você não precisasse lidar com isso. Agora me sinto mal por envolver você em meu hobby – ele disse, rindo.

– Está brincando? – Jen soltou uma gargalhada. – Tem sido uma ótima distração.

– Selena já mencionou James? – ele perguntou, esperançoso.

– Mais ou menos... como uma lembrança ruim. Mas estou confiante de que conseguiremos mudar isso.

– Ah, sei que vamos conseguir, senhorita Lawson. Não vejo problemas em ir até aí e... orquestrar... se for necessário. Precisei colocar um pouco as mãos na massa com meus filhos para guiá-los na direção certa. Não hesitarei em fazer o mesmo por meu sobrinho, se for preciso.

– Ainda não acho que precise. Mas vou mantê-lo informado.

– Excelente! Divirta-se com Selena, senhorita Lawson. Esperarei ansioso por um novo contato seu.

•

Tudo com moderação. Esse seria o novo lema de Selena a partir de hoje e para sempre. Ela amaldiçoava o dia em que nasceu. Até seus cílios doíam.

Jen manteve a palavra de que se divertiriam – esse foi o acordo. Havia muitos lugares que Selena não tinha tido a chance de conhecer antes de partir, então as duas decidiram tirar o atraso. Selena nunca foi muito de boates, a princípio ficou intrigada com a ideia de uma noite dançante. Mas, na terceira casa, ela acabou tirando os sapatos e percebeu que seria mais uma maratona do que uma saidinha rápida.

Quando voltaram para a casa de Jen, já eram quase quatro horas da manhã e ela mal conseguiu chegar até o quarto de hóspedes sem cair de exaustão. Com cuidado, abriu os olhos para ver o relógio. Já era quase hora do almoço. Com o máximo de elegância possível, Selena desceu da cama e foi em busca do banheiro. Ao se ver no espelho, soltou um grito.

– Shh... – Jen disse ao passar pela porta aberta do banheiro, segurando a cabeça – É muito cedo pra esse tipo de barulho.

– Cedo? – Selena disse, com a voz rouca e seca – Já é hora do almoço.

– Bom, como chegamos em casa na hora do café da manhã, ainda é cedo e você continua fazendo barulho. Então, vamos com calma.

Vendo que seria uma discussão perdida, Selena fechou a porta e fez o que pôde para se recompor. Foi preciso um longo banho quente para que voltasse a se sentir um ser humano, mas seria necessário muito analgésico e um balde de café para ela ficar nova. Pena que ela odiava café.

Selena encontrou-se com Jen na cozinha e a viu com uma enorme caneca de café.

– Quer um pouco? – Jen perguntou, mal dava para ouvir a sua voz.

Selena caiu na cadeira ao seu lado, segurando a cabeça na esperança de parar com a dor. Como era possível ela continuar ouvindo a música da noite passada?

– Não bebo isso.

Jen ergueu a cabeça devagar e olhou para a amiga:

– Como assim você não bebe café? Você é adulta, certo?

– Adoro o cheiro, odeio o gosto.

– Não tenho palavras. – Jen tomou um gole de seu café. – Tem suco na geladeira e analgésico no balcão.

Selena queria fazer piada com o estado de sua amiga mas, infelizmente, não estava em melhores condições.

Alguns minutos depois, as duas começaram a voltar a si.

– Não acredito como tudo dói – Jen disse, por fim. – Eu nem lembro quando foi a última vez que dancei tanto. Quando foi que dançar virou algo tão cansativo?

– Até a noite passada eu achava que estava em forma. Nem conhecia a maioria das músicas. Quando tudo ficou... tão alto? – ela perguntou com as sobrancelhas franzidas.

– Você vive numa ilha? Não sai nunca?

– Eu saio – Selena respondeu, na defensiva. – Só não vou a bares ou boates ou...

– Lugares com pessoas? Vamos, Selena, você está vivendo isolada. Pelo menos você se divertiu ontem à noite?

Selena mexeu a cabeça:

– Com certeza. Nem lembro quando foi a última vez que saí pra dançar. Tinha esquecido como era divertido. – Por mais que fosse triste, era a verdade. Ela tinha se surpreendido com o tanto que tinha se divertido.

– Você me mata.

– Mas sabe o que foi mais estranho? Todos os anos em que não podíamos entrar nesses lugares, ficava imaginando como eles seriam. Entrar neles, agora, é um pouco decepcionante.

– Não temos mais 21, isso eu lhe garanto.

Não é preciso dizer que elas gostariam de ter tido a oportunidade de explorar essas coisas juntas; não precisa chutar cachorro morto. Depois da noite de diversão, a mulher de negócios em Selena voltou à ativa.

– O que temos planejado pra hoje? Podemos dar uma olhada no local? – Seria um esforço hercúleo fazer com que Selena voltasse ao ponto de se sentir humana e pronta para encarar as pessoas, mas tinha muito trabalho a fazer e ela não gostava da sensação de não dar conta.

– Afe... por que você é assim? – Jen resmungou e soltou a cabeça na mesa da cozinha, seus cabelos loiros cobriam seu rosto. Então ela resmungou da força com que tinha batido a cabeça.

– Assim como?

– Por que não pode apenas voltar a dormir, jantar sorvete e não pensar no trabalho até segunda? Sabe, assim como nós, meros mortais. Venha, junte-se a nós do lado negro. Temos cookies.

– Porque quero que venha comigo e na segunda poderá trabalhar. Vamos, Jen, um banho e uma boa refeição farão você se sentir melhor. Posso ligar pro gerente e ver se podemos fazer uma visita por volta das três da tarde. Isso daria tempo para nos recuperarmos. O que me diz?

– Que você é o diabo.

– Pois é, mas você me ama.

•

James estava folheando o relatório à sua frente sem prestar atenção de fato. O cara que estava perturbando Jen era um tanto esquivo e ele estava sendo cauteloso para ser discreto e não fazer nada que chamasse atenção para si. Esperar já estava cansando e ele sabia que Jen estava ansiosa para que isso terminasse. James tentou convencê-la a fazer uma ordem de restrição em sua última visita, mas ela estava otimista de que Todd se cansaria. James duvidava.

Ele estava no limite há dias. Além da conversa sobre a ordem de restrição, Jen havia comentado que Selena ficaria em sua casa enquanto estivesse na cidade para os preparativos da reunião. Pelas suas contas, ela já devia estar na cidade. Não seria completamente despropositado ele passar na casa de Jen para verificar como ela estava, ainda mais considerando o tempo que vinham gastando em conversas sobre a sua situação.

Por mais que os motivos soassem bons o suficiente, o verdadeiro problema era o que ele diria ao dar de cara com Selena. Como deveria agir? Toda essa situação o estava enlouquecendo. Ele não conseguia mais se concentrar no trabalho, não conseguia descansar quando chegava em casa. Não. Nada daria certo até se encontrarem. Então, talvez...

– James, você tem um minuto?

Ao levantar o olhar, James se deparou com um dos policiais que tinha trabalhado com ele em um homicídio no começo da semana. Ele precisava disto: ser forçado a pensar em algo além de Selena e a possibilidade de vê-la outra vez. Desvencilhando-se dos arquivos de Jen, James recostou-se na cadeira:

– Como posso ajudá-lo?

Capítulo 3

Embora nada agitada, a visita ao local foi exatamente como Selena esperava e, apesar de estar muito mais devagar do que de costume, ela estava confiante de que tudo correria bem até o final de semana. Após uma manhã muito lenta, ela e Jen recuperaram o ritmo. Depois de todas as reuniões de negócios, foram ao shopping comprar roupas e jantar, e só então voltaram para a casa de Jen.

Sentadas na frente da televisão, com seus pijamas e com um pote de sorvete nas mãos, elas assistiram a *Friends*.

– Sempre achei que seríamos assim – Jen disse, apontando a colher de sorvete para a televisão.

– Assim como?

– Como o elenco de *Friends*. Sabe, dividindo um apartamento, saindo sempre. Lá atrás, digo, isso parecia ser o ideal. Lembro das nossas conversas quando éramos jovens e eu mal podia esperar pra gente crescer e tudo virar realidade.

Selena sabia que a amiga não estava tentando fazê-la se sentir mal, estava apenas compartilhando seus sentimentos. Em vez de pedir desculpas por se distanciar, ela optou por entrar na brincadeira:

– Quem você seria? Monica? Rachel? Phoebe?

– A Monica seria você – Jen disse, rindo. – Você tem TOC igual a ela.

– Não acho que isso seja ruim. Mas... e você?

– Hum... Acho que eu seria a Rachel, porque... bem, você sabe, ela é a mais bonita. Mas acho que sou muito maluquinha pra isso. Então, acho que eu seria a Phoebe. E isso é bom porque ela é a divertida. – As duas riram vendo as cenas na televisão e, quando o episódio terminou, Jen perguntou para Selena:

– Você consegue imaginar a gente vivendo juntas na cidade? Quem a gente ia querer morando do outro lado do corredor?

Elas riram penando em possíveis cenários até o sorvete acabar e não conseguirem mais manter os olhos abertos.

– Por mais que eu esteja adorando isso tudo – Selena disse, ao se levantar e bocejar –, preciso de uma boa noite de sono que não venha depois de dançar até cair.

– Concordo.

No espaçoso quarto de hóspedes, o sono não derrubou Selena tão depressa quanto ela havia imaginado. Deitada no escuro, ela pensou mais na conversa que teve com Jen. A verdade é que mesmo que ela não tivesse se mudado, ela e Jen não dividiriam um apartamento porque, na época, ela e James estavam juntos e planejavam se casar.

Só de pensar nisso, seu estômago se contorceu, como de costume. Se as coisas tivessem sido diferentes, se o destino não tivesse sido tão cruel, será que estariam casados? Como seria a vida deles hoje em dia? Selena virou-se para ficar mais confortável, manteve os olhos fechados e sentiu o corpo começar a relaxar. Não era sempre que pensava em como as coisas poderiam ter sido, mas parecia o momento para fazer isso.

Os dois teriam filhos, ela pensou, pelo menos três. Esse era o plano. Tinham conversado a respeito muitas vezes. Queriam um menino e duas meninas. Selena tentou, mas não conseguiu lembrar por que queriam essa combinação, mas era isso. Queriam o menino primeiro e, depois, duas meninas – preferiam que fossem gêmeas, mas não havia histórico nas famílias, então, desistiram.

James teria sua empresa de paisagismo. Ele sempre dizia como queria estudar design de exteriores e arquitetura e Selena achava que ele teria uma grande empresa nos dias de hoje, com muitos funcionários. Ela ficaria em casa, cuidando da família. Naquela época pensava em cursar uma faculdade, mas o que queria mesmo era ser esposa e mãe. Quando estava com James, ela sabia que isso também era o que ele queria. Ela sorriu. A vida era tão simples. Embora estivesse feliz com sua vida atual, a que lhe havia sido tirada era seu verdadeiro sonho.

Uma lágrima rolou por seu rosto quando ela, enfim, caiu no sono.

•

– Ei! Pare o carro, é meu primo – gritou Kent, amigo de Selena, do banco de trás. – Vamos ver se ele quer almoçar com a gente. Quanto mais, melhor, certo? – ele completou quando ela desacelerou o carro.

Selena revirou os olhos por trás dos óculos escuros cor-de-rosa.

– Claro – ela disse, educadamente, pensando em como enfiariam uma sexta pessoa no carro já lotado. Eles se revezavam na direção e tinham apenas quarenta e cinco minutos de intervalo para ir e voltar da pizzaria; fazer uma parada imprevista para colocar um completo desconhecido no carro parecia uma baita perda de tempo. E Selena odiava perder tempo.

Todos falavam quando Selena parou o carro e viu a pessoa em questão se aproximando. Sua boca ficou seca.

– Espere. Quem é esse? – ela perguntou a todos.

– Meu primo James. Vai ficar um tempo com a gente. Você já conheceu ele, não? Mês passado, na festa do Ryan?

Selena balançou a cabeça.

– Deve ter sido enquanto eu tava viajando com minha família.

Jen preparava-se para responder quando abriu a janela e James se aproximou, abaixando para olhar dentro do veículo. Naquele momento, Selena se deparou com os mais profundos olhos castanhos que já tinha visto. Ele abriu um grande sorriso sensual, antes de cumprimentar a todos.

– Não sabia que você estava trabalhando por aqui – disse Kent. – Estamos indo almoçar, quer vir com a gente?

– Não sabia que vocês podiam sair da escola pra almoçar – James disse, olhando para Selena.

– Temos só quarenta e cinco minutos – disse Jen.

– Oi, meu nome é James – ele disse, olhando diretamente para Selena.

Ela sentiu as bochechas corarem.

– Eu ouvi falar do... da... ahn... – em vez de continuar gaguejando, ela gesticulou para o restante da turma.

– E o que diz? – Kent perguntou. – Vamos?

– Desculpe, hoje não dá. Não posso sair agora, mas obrigada. Vejo vocês por aí.

Assim, se despediram e James foi embora. De repente, Selena se sentiu só, como se o ar tivesse sido tirado do carro. Apenas quando Kent tossiu ela se lembrou que o plano original era ligar o carro e ir almoçar na cidade.

– Você tá quieta demais, Selena – Jen disse quando se sentaram para almoçar.

– Desculpa. Acho que me perdi nos meus pensamentos por uns minutos.

– Tá pensando no James, né?

Selena se irritou.

– O quê? Do que você tá falando? Por que disse isso?

– Porque ele é lindo, por isso. O que eu não daria por uma hora sozinha com ele! – Jen se abanou com um guardanapo. – Não me entenda mal. Ele é um pouco mais velho que a gente, e com certeza tem coisas melhores pra fazer do que sair com um bando de estudantes, mas ele é um cara bem legal.

– Quanto mais velho? – Selena perguntou, esforçando-se para parecer desinteressada.

– Acho que Kent disse que ele tem 21. Ainda assim... se quisesse sair comigo, eu não diria não! – Jen provocou a amiga enquanto dava uma mordida na pizza – E você?

– Eu? – Selena retrucou. – Não pensei a respeito. Aliás, só vi o cara por um segundo.

Todos chegaram à mesa e a conversa passou a ser sobre o jogo de futebol, a prova de história que teriam ao voltar do almoço e os planos para o fim de semana. Selena se sentiu aliviada pela interrupção. Ela mordeu sua pizza e observou os olhos de Jen.

– Mentirosa – Jen sussurrou, rindo, antes de se juntar ao restante do grupo.

•

De algum lugar distante ouviu-se um estrondo. Primeiro, Selena achou que estivesse sonhando e se aconchegou mais no travesseiro e no cobertor. Mas, quando ouviu os passos de Jen passando pela porta, levantou-se num salto. Jogou o cobertor longe e foi até a porta quando ouviu a amiga gritar. Em um segundo estava ao lado dela.

– Meu deus! O que aconteceu? – Uma rápida olhada em volta e viu muito vidro estilhaçado pelo chão e pelos móveis. No meio da sala, um tijolo – O que é isso?

– Não pode ser coincidência! – Jen murmurou ao olhar à sua volta – Não é possível.

– Você acha que foi o Todd? – Selena perguntou, verificando a sala.

– Com que frequência você ouve falar de tijolos sendo arremessados pela janela da sala, Selena? – Jen admirou-se.

– Ok, ok... vamos nos acalmar e chamar a polícia – Selena disse enquanto andava, com cuidado, entre os cacos de vidro. – Tome cuidado, tem vidro pra todo lado.

Jen foi procurar o celular e, quando estava se aproximando da amiga, mais um estrondo. Gritando, jogou o telefone para Selena:

– Peça pra virem agora! – ela disse. – Esse veio da cozinha!

Selena não teve tempo para pensar, uma voz já falava do outro lado da linha.

– Alô! Tem alguém aí? – uma grave voz masculina disse.

– Hum, sim... – Selena respondeu nervosa, movendo-se pela sala e abaixando-se ao passar pelas janelas, rumo ao corredor, onde achou que estaria mais segura – Meu nome é Selena Ainsley. Estou na casa de Jennifer Lawson. Alguém arremessou dois tijolos nas janelas da casa dela e achamos que continua lá fora. Você pode enviar alguém para cá agora? – Ela passou o endereço da amiga enquanto o coração batia acelerado.

– Estamos a caminho – o oficial disse.

Selena desligou o telefone e chamou por Jen:

– Onde você tá?

Jen saiu das sombras e chegou ao corredor.

– Acho que aqui é o lugar mais seguro da casa agora. – Jen pegou o telefone da mão de Selena. – Eles estão vindo?

– Estão a caminho. Tomara que tenha um carro de patrulha na região, ou algo assim. – *Os tiras ainda patrulham os bairros?*, ela pensou. Tudo o que sabia é que precisariam esperar sabe-se lá quanto tempo até alguém chegar. Elas se abraçaram. – Sinto muito, Jen. Não acredito que isso esteja acontecendo! – Ela não sabia quem tremia mais naquele momento.

– Nem eu. Quer dizer, Todd estava louco, mas isso é muito além do que eu podia esperar! – Pelo canto dos olhos, Jen viu as luzes do carro da polícia – Chegaram. Foi rápido. – O alívio podia ser ouvido em sua voz. – Vou colocar um robe e um chinelo. Você abre pra eles?

Selena também não estava vestida para a ocasião, mas em comparação com a camisolinha de Jen, seus shorts de flanela e regata justa pareciam mais apropriados. Passou com cuidado pela parte mais destruída e foi até a porta. Ao abri-la, não havia ninguém, mas ela podia ver as luzes enquanto os policiais revistavam o jardim e a área em volta da casa. Sem querer interrompê-los, Selena ficou em silêncio na entrada.

– Já falou com eles? – Jen perguntou, parada atrás dela.

Selena negou com a cabeça.

– Parece que estão fazendo uma busca no jardim. – Ao ver Jen vestida, Selena decidiu que era a sua vez de colocar algo sobre o pijama. – Você fica aqui enquanto vou vestir alguma coisa.

Sem esperar resposta, Selena foi até o quarto e fechou a porta. Em sua mala, encontrou uma calça legging e uma camiseta, que colocou sobre a cama. Ao longe, ela ouviu vozes e percebeu que os oficiais enfim haviam entrado na casa.

Depressa, ela tirou os shorts e colocou a calça. Estava começando a tirar a regata quando se assustou com uma batida na porta. Sem jeito com a ideia de alguém vê-la vestindo metade de seu pijama, ela largou mão da vaidade e abriu a porta assim mesmo.

E ficou frente a frente com James Montgomery.

•

James fez o que pôde para manter a expressão neutra, como se não fosse nada de mais dar de cara com Selena depois de dez longos anos. Passou os olhos depressa pelo rosto dela e percebeu que estava em choque; seus olhos verdes estavam arregalados; sua pele, pálida e sua boca, em um perfeito *O*. Sua reação imediata seria tomá-la nos braços, perguntar se estava bem, se estava ferida, então se lembrou de que estava ali a trabalho.

– A tela dessa janela foi arrancada e estava jogada no jardim. Você ouviu alguém do lado de fora? – ele perguntou examinando a janela. Quando ela não respondeu, James se virou e viu que ela o observava, mas não parecia capaz de falar – Selena? – ele a chamou, cuidadoso, ignorando como seu próprio coração estava acelerado por estar no mesmo quarto que ela.

– Oh... hum... não. Não ouvi ninguém – ela disse, quebrando o transe em que estava. – Ouvi o primeiro estrondo e então me levantei quando ouvi Jen correndo pela casa. Depois, ficamos entre a sala e o corredor até vocês chegarem – Sua voz tremia e ela se odiava por isso. Talvez ele atribuísse isso ao fato de haver um louco por perto.

James certificou-se de que a janela estava trancada e segura antes de voltar sua atenção a Selena. Ele queria manter a conversa impessoal, queria falar apenas do chamado policial. Observando ao redor, ele viu o robe dela pendurado atrás da porta. Foi até lá e o entregou a ela.

– Talvez você devesse se cobrir. Não precisa desfilar por aí assim.

Ele errou.

– Primeiro, não estou desfilando por aí – ela retrucou. – E, segundo, eu estava aqui me trocando quando você bateu na porta. Se tivesse esperado cinco minutos, eu teria me vestido direito.

– Podia ter pedido para eu esperar.

– Essa conversa é mesmo necessária?

– Não era você na porta quando chegamos? – ele perguntou, franzindo as sobrancelhas.

Ela revirou os olhos.

– Sim, para Jen poder se trocar. E, de verdade, o que isso tem a ver com o caso? – ela perguntou. Mas antes que ele pudesse responder, Selena acrescentou – Por que você não vai pegar mais informações com Jen enquanto eu me troco? É com ela que você devia estar falando, não comigo.

Selena estava bem satisfeita consigo mesma até James se aproximar:

– É aí que você se engana – ele disse com a voz grave, quase sem esconder a raiva.

Ela empalideceu diante de suas palavras e, antes que pudesse responder, ele já tinha saído. Com as mãos tremendo, Selena fechou a porta do quarto, terminou de se trocar rapidamente e colocou sapatos para se proteger dos cacos de vidro. Quando estava pronta, viu Jen conversando com James e outro policial na sala.

– James disse que, quem quer que tenha feito isso, ia tentar entrar pelo quarto de hóspedes – Jen disse com a voz trêmula. – Graças a Deus ele não entrou.

Ela esticou o braço e puxou Selena para perto.

– Você viu alguém? – Selena perguntou ao outro policial, esforçando-se para ignorar a presença de James. Isso não era fácil; ele parecia preencher o espaço e ela tinha dificuldade em manter a voz firme. Seus olhos doíam por não olhar para ele.

– Não. Quando vocês começaram a acender as luzes e fazer barulho, é provável que ele tenha fugido. – O oficial olhou suas anotações e dirigiu-se a Selena. – A senhorita Lawson acredita que seja o mesmo rapaz que a vem importunando. Você chegou a conhecê-lo?

– Todd, você quer dizer? – Selena perguntou e balançou a cabeça. – Não moro aqui, e Jen só falou dele algumas vezes antes dessa loucura começar. Vocês vão prender ele?

Dessa vez foi James quem respondeu:

– Vamos levá-lo a interrogatório, mas não temos provas concretas de que tenha sido ele. Pode ter sido um moleque da vizinhança ou pode ter sido um ato isolado. A menos que alguém o tenha visto, não podemos fazer muita coisa.

Isso disparou a ira de Selena e a forçou a olhar para James:

– Então Jen vai ter de viver com medo, é isso? Quero dizer, ela foi até você e contou tudo o que esse cara tem feito e nada se faz a respeito. A polícia não deveria proteger e servir? Por que não aplicaram alguma medida restritiva contra ele?

– Existem leis, Selena – James disse, com os dentes cerrados.

– E servem pra quê? – Ela soltou. – Ela está com medo, está sendo assediada e a casa dela foi atacada. O que precisa acontecer antes de poderem fazer alguma coisa? Ela precisa ser estuprada? Atacada? Ter a casa destruída?

– Chega! – Jen gritou e respirou fundo – Olha, essa é uma situação tensa por muitas, muitas razões, mas não posso aguentar vocês discutindo. – ela interrompeu e olhou para James – Agradeço por terem vindo. Sinceramente não achei que você fosse um dos oficiais que viria, mas preciso que me prometa que vai fazer tudo o que puder pra pegar quem fez isso.

– Você tem minha palavra, Jen – ele disse, solene. Odiava que as coisas tivessem ido tão longe a ponto de Jen ter agora danos materiais para lidar além do resto. Talvez eles conseguissem uma brecha para identificar Todd como responsável.

Selena grunhiu, incrédula.

– E você, Selena... agradeço sua preocupação comigo, mas conto com você pra ser a equilibrada de nós duas. Quando vejo você se descontrolar, eu me descontrolo junto. – Parecia estranho Jen estar tentando fazer todos se sentirem melhor sendo que ela mesma precisava de um pouco de conforto.

– Sinto muito, Jen, é que me senti tão desamparada...

– Eu sei... eu também... Mas preciso que você seja a forte aqui. Isso... – ela olhou ao redor e viu a hora. – São quatro da manhã e minha casa está um lixo. Por sorte não está muito frio lá fora, mas preciso de alguém pra consertar as janelas, ligar pro seguro e, nesse exato momento, nem mesmo sei se me sinto segura ficando aqui. – Foi então que sua voz fraquejou.

Selena percebeu que precisava deixar as suas ansiedades de lado e ajudar a amiga.

– Ok, primeiro, vamos arrumar essa bagunça e dar um jeito nas janelas até alguém poder vir arrumá-las. Vamos ligar pro seguro e fazer o que precisa ser feito. Então, vamos pra algum lugar por uns dias, até as coisas se acalmarem – Pelo menos Selena era boa em manter a cabeça no lugar durante crises. Ela sabia priorizar e delegar como ninguém.

– Não consigo fazer isso agora – Jen disse ao se jogar na única cadeira que não tinha cacos de vidro. – Preciso pagar pelas janelas e vou querer um sistema de alarme, e temos a reunião semana que vem... não consigo.

– Vai ser por minha conta – Selena disse, agachando-se ao lado da amiga. – Vai ser uma despesa do evento. Posso considerar assim, já que estou aqui por conta de um evento. Deixa eu fazer isso por você. Nunca tivemos aquele apartamento na cidade, lembra? Então, vamos ficar no hotel Marriott que sempre quisemos conhecer, sabe, aquele no alto da montanha? E vamos ser paparicadas por uns dias. O que me diz? Sei que não é a circunstância ideal, mas prometo fazer com que seja divertido.

Jen olhou para Selena, depois para James e depois para o outro policial. E foi aí que Selena percebeu: era o policial de quem Jen tinha falado. E ele olhava para Jen com mais do que interesse na situação. Talvez saísse algo de bom dessa noite horrorosa.

– Você acha que tudo bem, policial? – Selena perguntou para ele. – Jen deve ficar aqui ou podemos ficar fora uns dias? São apenas quinze minutos de estrada e será fácil chegar até ela caso seja preciso. – Ela fez o melhor que pôde para manter a voz leve e casual mas, na verdade, estava um pouco tonta com a perspectiva de Jen e aquele policial poderem namorar.

Ele tossiu e olhou para James antes de responder.

– Isso depende dela, senhorita Ainsley. Desde que saibamos como contatá-la, ela pode ir para onde se sentir mais segura. – Ele se virou para Jen. – Você vai ficar bem em qualquer lugar.

Selena não sabia ao certo o que estava esperando, mas essa resposta padrão cortou seu barato. Não era como se aquele fosse um momento para uma declaração de amor ou de interesse, mas teria sido bom se ele ao menos tivesse dado um sorriso.

– Assim que fizermos nossas reservas, Jen liga para você e informa onde estaremos. – Talvez assim ele pudesse ter uma conversa pessoal com Jen.

Ele concordou e virou-se para James.

– Vou ver o que posso fazer para ajudar a cobrir as janelas de forma segura antes de partirem, se não for um problema.

James concordou.

– Acho que tenho um pouco de madeira na garagem e talvez um pouco de plástico. Comprei na última temporada de furacões, mas não sei quanto sobrou – Jen disse, levando-o até a porta e deixando James e Selena sozinhos.

Infelizmente, suas emoções estavam muito agitadas para poder lidar com James. Eles se olharam, mas não disseram uma palavra por um bom tempo. Selena passou por ele, foi até a despensa e pegou uma vassoura e uma pá para começar a limpar a cozinha. Ela tinha varrido pouco quando James se aproximou e tirou a vassoura da mão dela.

– Deixe que eu faço. – Ele não deu a Selena tempo de responder antes de começar a varrer. Seus movimentos eram rápidos e eficientes, e ela sentia a tensão que irradiava dele.

Selena tinha certeza de que um pouco daquela tensão tinha a ver com o fato de ele ter saído no meio da noite, mas sentia que parte daquilo tinha a ver com ela.

– Você não precisa fazer isso – ela disse, ríspida. – Não tem que voltar para a delegacia e preencher um relatório ou algo assim? – Ela só queria que James arranjasse um motivo para ir embora, mas ele não parecia querer cooperar com isso.

A vassoura parou e ele olhou para ela:

– Jen é minha amiga. Os minutos extras que passarmos aqui não vão atrapalhar nada. – As palavras saíam entrecortadas pelos dentes cerrados; ele estava se esforçando ao máximo para não brigar com ela.

– Por que você não está usando uniforme como seu parceiro? – Selena achou que seria um tópico seguro. Se iam limpar a casa juntos, ela preferia que não fosse em silêncio.

– Mike não é meu parceiro. Sou detetive. Às vezes, quando não consigo dormir, volto pra delegacia e fico fazendo trabalhos burocráticos.

Estava na delegacia finalizando outro caso quando recebemos a ligação. Mike sabia que Jen tinha ido algumas vezes à delegacia falar sobre essa situação e me informou. Posso terminar meus relatórios pela manhã. Queria antes me certificar de que Jen está bem.

Fazia sentido, mas não o faria ir embora mais rápido.

– E se quem fez isso continuar por perto? E se ele estiver aqui perto só esperando vocês irem embora? Você não deveria estar procurando por ele em vez de... você sabe, ficar varrendo? – Sério, será que ele precisava de uma pancada na cabeça para entender a deixa?

– Temos um segundo carro patrulhando a área. Relaxe. Sinceramente não acho que esse cara seja uma ameaça perigosa. Ele quer perturbar Jen, não machucá-la. – James continuou varrendo.

– E daí? Isso significa que podemos apenas relaxar? Porque, preciso te falar, parece que você não está levando isso a sério. – Ela se virou para sair. – Talvez seja preciso falar com alguém acima de você para que a situação seja resolvida.

James se virou antes de Selena terminar a última palavra. Suas sobrancelhas escuras indicavam sua fúria.

– Vamos esclarecer uma coisa aqui. Primeiro, estou levando essa situação muito a sério. Tenho observado o cara. Jen chegou até mim assustada e, por isso, tenho vasculhado a vida do cara. Ele não tem histórico de violência ou de assédios anteriores – ele disse.

– Mas...

– Mas – ele a interrompeu –, isso não significa que não possa começar a ter. Estamos trabalhando no caso, Selena. Pode não ser rápido o suficiente para os seus padrões, princesa, mas vamos descobrir se Todd foi o responsável por isso. E, se for, será acusado.

Selena não lembrava de ter se movido mas, de repente, estava frente a frente com James, seus corpos quase se tocando.

Ela encarou seus olhos escuros e foi como se dez anos tivessem desaparecido. À sua frente não estava o homem de hoje, mas o garoto por quem ela tinha se apaixonado. Tudo ficou confuso, passado e presente pareciam colidir.

O coração dela batia errático e sua respiração estava presa na garganta. Ela podia sentir o coração dele batendo tão rápido quanto o dela. Seu olhar encontrou o de Selena: quente, estreito. Ela engoliu em seco e lambeu os lábios. Ele a encantava, sempre foi assim. Sua mão queria tocá-lo, sentir seu queixo, seus lábios macios e carnudos. Seu corpo tremia com a necessidade que ela sentia e com o controle que precisava ter. Não era justo ela ainda ter reações tão fortes com ele.

E que não pudesse fazer nada.

Ou não devesse.

Ou...

A vassoura caiu no chão.

– Droga! – ele esbravejou antes de baixar a cabeça e apertar a boca contra a dela.

Não foi um beijo de reconciliação. Ele colocou no beijo dez anos de raiva e frustração e ficou surpreso quando Selena não começou uma briga. Uma de suas mãos estava nos cabelos dela, puxando-a para perto de si enquanto ela agarrava a camisa dele para mantê-lo perto.

James só conseguia pensar em como apenas uma amostra, um momento de impulsividade, não seria suficiente. Ele estaria bem se ela tivesse ficado irritada e tentado afastá-lo. O fato de ela estar tão enlouquecida com o momento quanto ele fez James perder o controle.

Dando um passo adiante, ele tentou encostá-la na parede mais próxima. Os vidros se quebravam ainda mais sob seus pés enquanto se moviam e Selena gemeu quando seu quadril encostou na bancada. Ele queria colocá-la sobre a bancada e ficar entre suas pernas, puxando-a contra ele. As mãos dele se moviam pelos cabelos dela, pelo queixo e desciam pelos quadris. Quando ouviu a voz de Jen e a porta se abrindo, James empurrou Selena longe como se ela o tivesse queimado.

E ela tinha.

Dez anos atrás e agora de novo.

A respiração de ambos estava ofegante, mas por sorte Jen e Mike estavam ocupados colocando o plástico na janela da sala e nem perceberam os dois na cozinha. Tocando os próprios lábios com os dedos trêmulos, a cabeça de Selena estava cheia de perguntas. Contudo, quando ela ia começar a falar, James saiu da cozinha.

O que tinha acabado de acontecer? Num minuto estavam discutindo e, no seguinte, estavam se devorando. Selena não sabia se estava surpresa: sempre foi assim com ele. Ela só não esperava que ainda fosse ser assim depois de dez anos sem se ver. Fechou os olhos e respirou fundo. Talvez por isso fosse tão intenso, por conta desse longo intervalo. Não fez nada pelo seu ego, mas a ajudou a entender a história toda. Ela podia atribuir a culpa à curiosidade, energia extra, adrenalina... o que fosse. Certamente, nada tinha a ver com a possibilidade de ali ainda haver uma atração genuína entre os dois.

Selena ouvia vozes vindas da sala mas não conseguia se concentrar no que era dito. E não tentava. Mais cedo, ela queria que James fosse embora. Mas, depois daquele beijo, ela queria mais. Talvez, se ele tivesse demonstrado um pouco de remorso ou de afeição, ela se sentisse diferente, mas ele foi embora como se nada tivesse acontecido, e isso tinha deixado-a irritada. Minutos depois, a porta se abriu e Jen apareceu ao seu lado.

– Você está bem?

Demorou um minuto para Selena perceber que Jen falava com ela.

– Hum? O quê? – ela balançou a cabeça para clarear as ideias – Estou bem. Não se preocupe comigo. Como você está? – Selena olhou para a sala. – Conseguiu cobrir as janelas?

– Acho que estou bem. Por sorte ainda tinha o material na garagem, então não foi difícil cobrir a janela. Mike disse que conhece uma empresa que conserta essas coisas e que vai mandá-los aqui logo cedo, você sabe, quando o sol nascer.

O sol ainda nem tinha nascido, o que, por si só, parecia incompreensível para Selena. Parecia que ela tinha vivido uma vida no intervalo de alguns minutos, e isso a deixou desorientada.

– Isso é bom – ela disse, por fim. As duas ficaram ali em transe. Selena sabia que precisava manter Jen ativa para que não começasse a sentir pena de si mesma. – Então... esse é o Mike? O Mike? – cutucou Jen de leve para que ela risse.

– Sim – ela respondeu com timidez. – Fiquei feliz por ter sido ele, apesar de preferir que ele me visse quando não estou estressada.

– Tenho certeza que ele terá essa chance.

– Você tem mesmo certeza disso? Porque acho que isso nunca vai acontecer.

Selena puxou Jen para um abraço.

– Vai melhorar, Jen. Vão descobrir quem fez isso e resolver as coisas. – Jen apoiou a cabeça no ombro de Selena, que sentiu quando a primeira lágrima da amiga caiu.

– Eu gostava mesmo da minha vida, sabe, Selena. Do jeito que era. Odeio que alguém a esteja arruinando. E destruindo a minha casa também. Amo essa casa.

– É uma ótima casa, Jen. As janelas serão substituídas hoje e ela vai ficar como se fosse nova.

– Não quero como se fosse nova – Jen disse, triste. – Quero como era.

Selena entendia perfeitamente. Ela não tinha tido a casa depredada, mas houve um momento em que pareceu que a sua vida tinha sido destruída e tudo o que ela queria era que continuasse como antes.

– Eu sei. – Ela abraçou a amiga.

Secando as lágrimas, Jen olhou em volta.

– Acho que juntas podemos varrer os cacos e depois passar o aspirador. Assim, quando o cara da janela chegar, as coisas vão parecer estar em ordem – Selena disse.

– Vou fazer um café antes de começarmos. Quer alguma coisa? – Jen perguntou.

– Não, mas obrigada.

A verdade é que ela queria; Selena queria respostas. Por que James a beijou daquele jeito e por que ele parecia tão irritado? Foi ele quem a deixou, anos atrás, então por que estava bravo? Talvez se ele tivesse ficado um pouco mais de tempo, ela pudesse ter descoberto, mas ele escolheu ir embora sem dizer uma palavra. Por que esperava alguma coisa diferente dele?

Selena sabia que devia se concentrar em ajudar a amiga em vez de ficar pensando nas confusões de James, então, pegou a vassoura que ele deixara cair no chão e começou a limpar. Sorriu para Jen:

– Vai ficar tudo bem. Eu prometo.

Ela só queria poder acreditar em si mesma. Só tinha uma coisa de que tinha certeza nesse momento: aquele seria um longo dia.

Capítulo 4

Dizer que o dia foi longo é ser sutil. Às nove da manhã, a empresa que veio arrumar a janela chegou e começou a substituição. Nesse meio tempo, Jen falou com a seguradora e Selena pegou o notebook para cuidar das reservas no hotel. Estava tudo muito barulhento e caótico, mas havia tanta distração que Jen até parecia mais centrada e menos emotiva.

Ao meio-dia, a casa estava toda em ordem, e um visitante nem perceberia que algo tinha acontecido ali. Quando tudo parecia de volta ao prumo, o nervosismo e a inquietação de Jen voltaram, mostrando para Selena que a amiga ainda estava mal.

– Temos duas suítes reservadas para as próximas três noites – Selena disse, animada, esperando aliviar o clima. – A gente pode ficar mais noites, se você quiser. – Ela passou pela reserva on-line. – Podemos marcar uma massagem, se quiser. – Selena olhou mais alguns itens. – O restaurante de lá parece ótimo e o serviço de quarto oferece de tudo: hambúrgueres, fritas, milk-shakes. E saladas, se quiser algo leve.

Jen balançou a cabeça.

– Assim tá ótimo. Talvez a gente nem precise ficar as três noites. Espero que James ou Mike entrem em contato logo, me informando que encontraram Todd. – Ela caminhava pela pequena cozinha, mordendo o lábio inferior.

– Ainda não sabemos se foi ele, Jen. Pode ter sido um ataque aleatório.

– Você não acredita mesmo nisso, acredita? – Jen perguntou incrédula, ao puxar a cadeira para se sentar.

Selena suspirou. Ela precisava admitir que não, não acreditava que tivesse sido um ataque aleatório.

– Acho que não. – Elas estavam sentadas à mesa da cozinha, cada uma perdida em seus pensamentos, quando Selena decidiu que precisava de algumas respostas. O momento podia não ser o ideal mas, se pretendiam sobreviver até o fim de sua visita, precisaria saber a verdade.

– Por que não me contou que foi com James que tratou da questão do Todd?

A expressão de choque na cara de Jen foi quase cômica:

– Sério? Por que eu não te contei? Ai, Selena, conseguir que você viesse pra reunião, uma coisa *divertida*, foi um esforço imenso. Se eu mencionasse que tinha encontrado o James, falado com ele, você nem cogitaria vir.

– Não é verdade – Selena argumentou.

Jen revirou os olhos.

– Não comece – ela disparou. – Ele foi a razão pela qual você não voltou pra casa por todos esses anos! E você sabe disso, eu sei disso. Não estou dizendo que seus motivos não sejam válidos, mas admita!

– Por que ele? – Selena resmungou, frustrada com toda a situação. – De todas as delegacias, por que você foi à dele?

– Sinceramente? Porque toda a situação me assusta muito. Eu estava falando com todos que conhecia a respeito disso, e a ideia de ir à polícia, sabendo muito bem que não havia muito o que pudessem fazer, me angustiava demais. Quando Kent sugeriu que eu fosse falar com James, achei que, talvez, por causa da nossa antiga amizade, ele estaria mais disposto a fazer algo.

– Você ao menos está dentro da área de cobertura da delegacia dele? – Selena perguntou. Jen olhou para ela de cara feia. – Quero dizer… em casos como esse, parece que seria mais simples e mais eficiente falar com alguém da sua região.

– Mas ele é da região – Jen respondeu e, então, fez uma pausa. – Na verdade, fiquei surpresa que ele trabalhe tão perto e eu nunca tenha encontrado com ele por aí. Estranho, né? – Sua tentativa de aliviar o clima falhou.

– Você devia ter me contado.

– Talvez. – Jen respondeu, contrariada – Mas queria você aqui; queria ver você. Não tinha ideia de que isso ia acontecer.

– Então você não estava tentando arranjar um encontro entre nós dois?

– Não disse isso. – Jen começou, sentindo as bochechas começarem a corar.

– Bom, mesmo assim, encontrar com ele foi uma tremenda surpresa – Selena suspirou. – Não uma surpresa boa se considerarmos a reação dele. – Ela queria contar sobre a conversa e o beijo para a amiga. – Não sei com o que ele está tão irritado; foi ele que me largou. – Selena fez uma pausa. – É engraçado mas, mesmo depois de todos esses anos, ainda penso que ele poderia querer me encontrar. Depois de como ele reagiu ontem, fico feliz que nunca tenha me procurado.

Jen tinha tantas coisas para falar, assuntos que esclareceriam tudo, mas sabia que essa conversa deveria ser entre Selena e James sem que ela estivesse tão envolvida. Era preciso cuidado para não falar demais. Era importante que Selena finalmente conversasse com James. Mas, conhecendo sua amiga, isso precisaria ser feito do jeito dela e no seu tempo. Jen só precisava dar uma ajudinha.

– Acho que vocês precisam conversar – ela começou cautelosa. – A parte mais complicada já passou. Já se encontraram, já se viram, já tiveram o contato inicial. Passou muito tempo. Vocês dois precisam sentar e conversar, chegar a uma conclusão.

– Eu não entendo...

– Fale com ele, Selena. Confie em mim.

Selena apertou os olhos e olhou para Jen:

– Você sabe de alguma coisa, né? Sabe por que ele me deixou, né? – sua voz estava aumentando de volume a cada palavra.

– Selena... – Jen ergueu as mãos para se defender.

– Preciso que você seja honesta comigo, Jen. Nunca falamos disso... a não ser nessa noite. Você sabe mais do que tá me contando?

– Acho que não importa...

– Claro que importa! Tô errada sobre o que sempre pensei? Aconteceu mais alguma coisa que não fiquei sabendo?

– Que diferença vai fazer? – Jen perguntou frustrada.

– Você é *minha* amiga, poxa, e tá na minha frente se esforçando pra não dizer nada. Mas eu percebo nos seus olhos e na sua voz que você sabe mais do que tá me contando! – Ela se levantou e afastou a cadeira. – Como você pode? – ela indagou. – Você, mais do que qualquer um, sabe como fiquei devastada quando James me deixou. E sabe o motivo e nunca me contou? Por quê? Por que escolheu proteger ele?

– Não é bem assim! Você precisa se acalmar. Tá fazendo tempestade em copo d'água! Não tô dizendo que sei algo sobre o comportamento do James naquela época. Você precisa acreditar em mim! – ela implorou – Só acho que chegou a hora de vocês conversarem. Não deixe essa oportunidade passar, Selena. Você vai se arrepender.

Selena queria fugir e nunca mais voltar. Ela sabia, de alguma forma, que se arrependeria de voltar para a cidade natal; apenas não imaginava que seria pela traição de Jen. Talvez estivesse exagerando, talvez não. Suas emoções lhe dominavam. Esforçando-se ao máximo para manter a compostura, ela saiu da cozinha e foi até o quarto de hóspedes. Ao chegar na porta, parou:

– Quero chegar no hotel cedo. Podemos almoçar no caminho, se quiser. – Ela conseguiria ser superior e fazer essa maldita reunião sair e colocar James Montgomery em seu devido lugar. Depois, talvez conseguisse ter um pouco de paz.

Nem que isso a matasse.

•

Passaram-se muitas semanas até ela ver James de novo. Dessa vez, no entanto, só estavam ela e Jenny no carro, a caminho do almoço, quando o avistaram.

– Ei – ela disse casualmente –, não é aquele cara? O primo do Kent?

– James? – Jen olhou pela janela. – Sim, é ele. Pare o carro. Vamos convidar ele pra almoçar!

– Ficou louca, Jen? Ele não vai querer almoçar só com a gente!

Mas era tarde demais. Jen havia aberto a janela e o estava chamando. Então, Selena não teve outra opção além de parar o carro.

– Oi, meninas – James disse ao se aproximar. Ele usava jeans e uma camiseta branca justa que reproduziam o que Selena podia chamar de perfeita imagem masculina.

Será que ele fica feio de algum jeito? – ela pensou. Ele é paisagista, está sempre suado e sujo e ainda assim é mais bonito que qualquer coisa que eu já tenha visto. Adoraria...

– Tudo bem por você, Selena? – Jen perguntou, interrompendo seu diálogo interno.

– O quê? Me desculpe, não estava prestando atenção – ela corou, mesmo escondida atrás dos óculos escuros, Selena tinha certeza de que James sabia que ela o estava observando.

– James estava indo almoçar e eu o convidei pra ir com a gente. Tudo bem por você?

– Ah, claro, por favor... entre. – Ela sentiu como se sua língua fosse enrolar e rezou para que suas palavras não soassem estranhas para ninguém.

– Obrigado – ele disse ao sentar-se no banco de trás.

Ao olhar pelo retrovisor, Selena o viu secando o rosto com uma bandana vermelha. Ele percebeu que ela o observava e sorriu.

Jen, no banco do passageiro, começou a falar sem parar. Selena queria lembrar a amiga de respirar, mas não havia oportunidade. Ela perguntou a James sobre seu emprego, e Selena percebeu como o rosto dele se iluminou ao falar a respeito.

– Um dia, planejo ter meu próprio negócio, minha própria equipe. Vou fazer algumas aulas de paisagismo arquitetônico e design na faculdade da comunidade. Meu chefe, Mitch, vai me ensinar tudo o que sabe. Mas primeiro preciso do diploma da escola.

– Da escola? – Selena perguntou.

James baixou os olhos por um momento e depois encontrou o olhar dela pelo retrovisor.

– Larguei a escola aos dezesseis e comecei a trabalhar. Mas, agora que sei no que desejo trabalhar, vai ser importante ter o diploma da escola pra fazer o curso de design que quero.

– Ah – ela disse, sem graça por ter tocado no assunto.

Ao chegarem à pizzaria favorita delas, Selena ficou muito admirada quando James segurou a porta para elas. Ela sabia que não era nada de mais, mas a maioria dos rapazes com quem ela saía não era muito gentil.

– Obrigada – ela disse baixinho ao passar pela porta.

Eles foram até o balcão fazer os pedidos. Primeiro Jen, depois Selena. E foi só quando pegou a carteira que Selena percebeu que estava sem dinheiro – uma visita ao shopping na tarde anterior e uma blusa linda tinham dado conta do pouco dinheiro que ela tinha. Ela se inclinou sobre o balcão e disse que precisaria cancelar o pedido.

– Sinto muito – ela disse, corando da cabeça aos pés.

– Não se preocupe – James disse aproximando-se. – Só acrescente mais dois pedaços e uma bebida pra mim. Eu pago – ele disse, piscando para Selena.

– Não posso aceitar – ela retrucou. – Tá tudo bem, mesmo. Não vou morrer se pular uma refeição de vez em quando. – Selena tentava parecer tranquila, mas tremia apenas de olhar para ele, com aqueles intensos olhos castanhos.

– Ficou louca? – ele disse – Então quero adicionar alguma coisa ao seu pedido!

– E o que isso significa? – ela questionou com as mãos nos quadris, esforçando-se para parecer intimidadora.

James soltou uma gargalhada. Ele riu mesmo.

– Nada. Fica calma. Não é difícil te tirar do sério, né? – James não esperou pela resposta – Você é pequena, sabe? Um vento forte poderia te carregar – ele disse isso olhando para ela de cima a baixo. De novo. Lentamente.

Agora Selena estava tremendo de verdade. Ninguém nunca tinha olhado para ela daquele jeito. Era como se ele a tivesse tocado, mas estavam há pelo menos meio metro de distância. Antes que ela pudesse formular uma resposta, ele pegou a comida e foi para onde Jen estava:

– Você vem? – ele perguntou com um sorrisinho.

Selena voltou a si aos poucos e concordou. Ela foi até a mesa com as pernas bambas.

Com ele? Ela iria para qualquer lugar.

•

O hotel era magnífico.

A suíte era um luxo.

O silêncio a estava matando.

Elas chegaram, fizeram o check-in e estavam se acomodando como se fossem duas desconhecidas. Selena decidiu pedir o almoço no quarto para não correrem o risco de se deparar com alguém. Era covardia, mas no momento isso não parecia algo tão ruim.

O serviço de quarto trouxe a comida, elas se sentaram à pequena mesa de jantar e, enquanto Selena dava a gorjeta ao entregador, Jen se levantou e começou a apertar as mãos, nervosa.

– Poxa vida, Selena, não aguento isso! Já tem coisa suficiente acontecendo na minha vida pra você me dar esse gelo. Acho injusto que tire conclusões sem me escutar, e tô dizendo, não fiz nada de errado. Precisa acreditar em mim. Mas, se não puder acreditar e as coisas ficarem assim, prefiro ir pra casa e correr o risco do que quer que possa acontecer! Lá, pelo menos entendo sentir que posso ser atacada a qualquer momento.

Isso tirou as armas de Selena.

– Você tá certa. Não estou sendo justa. As coisas com James deveriam ter acabado anos atrás e, agora, precisamos resolver a sua situação com esse maluco. – Ela se largou em uma das cadeiras da mesa de jantar e balançou a cabeça, triste – Me comportei mal, sinto muito. Sei que você tava pensando em mim e fazendo o que parecia melhor. Odeio reagir assim; nem consigo me controlar. É um defeito. – Selena olhou para Jen e deu um sorriso triste. – Sinto muito. Mesmo. Prometo que acabou e que, a partir de agora, podemos voltar a nos concentrar na reunião, ok?

Jen ia responder quando seu celular tocou. Olhou para a tela e tomou ar.

– Mandei uma mensagem pro Mike saber onde estávamos. Deve ser ele com alguma novidade.

Ela pegou o telefone, foi até o quarto e fechou a porta. Não era como se estivesse excluindo Selena deliberadamente, mas precisava de alguns minutos sozinha para processar o que quer que Mike fosse dizer.

Sem saber o que fazer, Selena pegou os talheres e começou a comer seu frango grelhado com salada. Na verdade ela queria ter pedido o maior cheeseburger com bacon que eles tinham, com porção extra de batatas fritas, mas decidiu se controlar, pois tinha que ficar bem no vestido que usaria na reunião.

Era um saco.

Cinco minutos depois, Jen voltou.

– Era o Mike. Não encontraram Todd, o que é estranho porque ele é uma pessoa cheia de rotinas. James tá observando ele e, por mais que não tenha dito que está sendo seguido, acho que está sim. – Jen olhou para a salada. – A gente devia ter pedido os sanduíches! – ela se serviu de uma garfada e suspirou.

Selena suspirou também. A comida não era o que elas queriam mas estava boa.

– E agora?

– Preciso ir até a delegacia preencher alguns papéis e assinar a ocorrência e outras burocracias. Eu disse que passo lá depois do almoço. – Ela empurrou o frango para o canto do prato e murmurou – Detesto burocracia. Não parece justo que esse cara comece a causar transtornos na minha vida e eu tenha que lidar com tudo.

– Você quer que eu vá com você? – Selena perguntou, enquanto pegava seu copo d'água.

Jen negou:

– Por que você não fica e relaxa um pouco ou vê algumas coisas da reunião? Você sabe que tá louca pra trabalhar.

Selena odiava ser previsível:

– Vou descer pra fazer um pouco de ginástica e uma massagem. Acho que mereço. Se tivesse pensado nisso antes, com certeza teria pedido o hambúrguer.

– E teria merecido. Fico feliz que tenha deixado o trabalho de lado pra dedicar um pouco de tempo a mim. Acho que tô te influenciando –

Jen disse, um pouco mais animada – Eu queria fazer o mesmo, em vez de ir até a delegacia.

– Já sei. Vou fazer ginástica, mas espero você voltar pra fazermos uma massagem juntas. Depois a gente come cheeseburger e milk-shake no jantar!

Jen riu.

– Finalmente algo pra esperar com vontade!

– Ah, confesse, você sabe que tem uma parte sua ansiosa pra ir à delegacia e encontrar Mike – Selena disse, com um risinho malicioso. – Sei que não é um encontro, mas ao menos terão a chance de se ver e conversar. Talvez, sacar um pouco mais ele, conhecê-lo melhor.

– Por algum motivo acho que isso não seria nem um pouco aceitável.

Selena encolheu os ombros.

– E desde quando você se preocupa com coisas desse tipo? Talvez algumas perguntas bem colocadas possam ajudar a descobrir mais sobre ele.

Jen abriu um sorriso.

– Selena Ainsley, acho que corrompi você um pouquinho. – Ela abraçou a amiga antes de ir até a porta. – Acho que gosto disso!

•

Duas horas depois, Selena estava acabada. Entre a esteira e o kick-boxing, ela estava quase caindo e sabia, sem dúvidas, que a massagem que faria mais tarde seria mais uma necessidade do que um luxo. Ela não estava completamente fora de forma; mas fazia tempo que não se exercitava tanto. É impressionante como chutar e bater em um saco de boxe pode ser relaxante.

Quando o elevador a deixou no sexto andar, Selena aproveitou para comprar uma água na máquina do corredor. A que ela havia levado para a academia já tinha acabado fazia tempo e ela estava desesperada por outra. O corredor estava deserto, então, andar por ali toda suada, com calças de ioga e regata não parecia algo desconfortável. Ao tirar o dinheiro que tinha guardado no bolso, Selena quase gritou quando alguém se aproximou e a puxou. Uma mão cobriu sua boca e ela se debateu ao ser empurrada para uma sala de serviços.

Selena mordeu a mão que a cobria e ficou aliviada quando ficou livre. Estava prestes a gritar outra vez quando a luz se acendeu.

Era James.

– Que droga! – ela protestou.

– O que você tá fazendo andando pelo hotel seminua? – ele questionou – Já é a segunda vez! – seu tom acusativo e sua voz alta fizeram Selena dar um passo para trás, mas ele não a deixou ir longe – É algum tipo de hobby seu?

Ela se afastou mais um pouco.

– Qual é o seu problema? Primeiro, não estou seminua, estou completamente vestida com ... pera aí. Quer saber? Não é da sua conta o que eu visto ou deixo de vestir! – *Será que o que estou falando faz sentido?* – O que você tá fazendo se escondendo nas sombras? E, pelo amor de deus, não precisava ter tapado a minha boca!

– Não queria ter feito isso, e não tava me escondendo – ele disse, na defensiva. – Eu vim para ver se Jen está bem. Ela estava irritada quando saiu da delegacia.

– Ela já voltou? – Selena perguntou, surpresa. James acenou. – Eu estava na academia, não sabia. Estava voltando pro quarto quando você me atacou – ela disse com certo ar de desdém. Mas, na verdade, ela tinha gostado.

– Ataquei? – ele disse, soltando uma gargalhada. – Acho que não.

– Me pegou à força e me jogou num quartinho de serviço. Que nome você daria pra isso?

Ele se aproximou até ela ficar encostada na parede:

– Continue desfilando por aí assim, princesa, e o próximo cara que se aproximar pode não ser tão gentil.

Selena arregalou os olhos e James aproximou-se ainda mais.

– Desgraçado! – ela soltou.

Os dois respiravam de maneira intensa e, por mais irritada que ela estivesse, a necessidade de tocá-lo era quase incontrolável. De novo.

– Você não tem ideia – assim como havia acontecido mais cedo, no mesmo dia, ele agarrou Selena e a beijou.

Dessa vez ela o abraçou e segurou seus cabelos. Selena pressionou o corpo contra o dele e logo assumiu o controle do beijo. Seu primeiro instinto foi passar as pernas em volta do quadril de James e fazer algo a respeito da incrível dor que sentia dentro de si. Mas tudo sumiu de sua cabeça com o primeiro toque da língua dele em seu lábio inferior.

James estava perdido em um mundo de sensações. Por um lado, queria ir devagar, ser gentil, fazer amor com ela da forma como seu corpo estava desesperado por fazer. Mas, por outro, ele precisava reassumir o controle e a amaldiçoava por fazê-lo ficar tão fraco e vulnerável. Bruscamente, afastou os braços dela e os ergueu acima da cabeça, contra a parede. Selena gemeu e isso o acendeu ainda mais.

Segurando os dois punhos de Selena com firmeza, sua outra mão começou a descer devagar: por seu rosto, seu pescoço, seu corpo. Ele estava subindo a mão outra vez quando o som de alguém usando a máquina, do outro lado da porta, o fez retomar os sentidos.

James se afastou, olhou para Selena e viu um olhar vitrificado que espelhava o seu. Isso é loucura. *Por quê?* Por que ela? Por que, depois de todo esse tempo, ela ainda tinha o poder de fazê-lo perder o controle? Ele deu um passo para trás e limpou a garganta:

– Diga a Jen que volto mais tarde pra ver como ela está – James abriu a porta, olhou para Selena mais uma vez e partiu.

•

– Desgraçado – Selena murmurou.

Ela demorou um minuto para se recompor e certificar-se de que ninguém estaria na máquina antes de sair do quarto de serviços. Com a respiração pesada, ela comprou a água que agora precisava ainda mais do que antes e foi para o quarto.

– Olá? – ela disse ao entrar. Então, viu Jen um pouco desanimada. – Como foi?

– Bom, eles parecem ter certeza de que foi o Todd, mas não conseguem encontrá-lo. Então, é um jogo de paciência. Fizeram o mandado de prisão e tudo mais, mas... só quero que isso acabe. – Ela atravessou o cômodo e se jogou no sofá. – Não acredito que agora ele desapareceu. Por meses quase pude acertar o relógio com base nas aparições dele. E agora ninguém sabe onde ele está. É bizarro.

Selena sentou-se ao lado da amiga e a abraçou.

– Desculpe pelo suor – ela disse, tentando trazer um pouco de humor à situação – Vai ficar tudo bem. Já tá quase acabando. Quando prenderem ele, não vai mais poder te incomodar. Você vai ter uma ordem judicial, e a lei vai te proteger. Só mais uns dias e isso acaba. – Ao menos era o que ela desejava. Selena não sabia como ajudar a manter o bom humor de Jen quando ela mesma estava em cacos.

– Acho que sim – Jen disse, cansada, e recostou-se no sofá. – Como foi na academia? Parece que você se exercitou pra valer!

Ela não tinha ideia.

– Tô moída. E mais do que pronta pra nossa massagem. – Depois de hesitar por um momento, Selena disse:

– James estava aqui quando cheguei.

– Estava? Por quê?

Selena deu de ombros.

– Ele disse que você tinha saído chateada da delegacia e que ele queria saber como você estava.

– Isso é estranho. Por que não veio até o quarto pra falar comigo?

Foi então que Selena contou a ela sobre o último encontro.

– Sério? De novo? Você ao menos tentou falar com ele? – Jen perguntou, animada.

– Não deu tempo! Ele parece um ninja com esses ataques repentinos: chega e vai. Fico tonta, confusa e sozinha. – Agora foi a vez de Selena se largar no sofá.

– E interessada.

– Claro.

– Bom, isso não é bom. A parte da confusão e da solidão, eu digo.

Selena concordou:

– Olha, vou tomar um banho e vestir algo confortável. Daí, podemos descer pros nossos compromissos. – Ela se levantou e olhou mais uma vez para Jen: – Tem certeza de que ficará bem?

– Tenho.

Não soou nem de longe como verdade, mas Selena não queria insistir e foi se arrumar.

Quando Jen ouviu a porta do banheiro se fechar, pegou o telefone e ligou para a pessoa que, possivelmente, era a maior interessada em tudo o que estava acontecendo ali.

– William Montgomery – a voz animada respondeu.

Jen tossiu:

– Senhor Montgomery? Oi, aqui é Jen Lawson. Estou ligando para atualizá-lo sobre como vão as coisas.

– Claro, claro. Agradeço. Mas antes, como você está? Mais algum problema com aquele rapaz de quem me falou?

– Na verdade, parece que ele foi o responsável pelo reencontro de James e Selena.

– Mesmo? Bem, agora fiquei intrigado. Como foi isso?

Em pouco tempo, Jen o informou sobre o que tinha acontecido com Todd e sobre a situação atual.

– Com certeza eles ainda têm muitos sentimentos. Só não sei como canalizá-los.

– E o que você achou do meu sobrinho? Não sei nada sobre Selena, mas sei como James pode ser teimoso. É típico dos Montgomery – ele riu. – Você precisa que Ryder ou eu estejamos presentes para ajudá-la? Não seria um problema. Talvez pudéssemos trabalhar em grupo para reuni-los e fazer com que esclarecessem as coisas.

– Para ser sincera, não sei. Estou incentivando Selena a procurar o James para conversar. Mas eles parecem um pouco explosivos quando se encontram. Não sei se confio neles para resolver as coisas por conta própria. Talvez seja necessário um mediador. – *Ou de alguém que possa trancá-los em um quarto e deixá-los brigar como quiserem*, Jen pensou.

– Não faz sentido. Agora eles estão lidando com o choque. Assim que se encontrarem em um ambiente com menos carga emocional, devem ser capazes de se acalmar e se entender. Para ser honesto, senhorita Lawson, gostaria de estar aí para lhe oferecer minha *expertise*. Fiquei sentado observando meus dois filhos e Ryder lutando contra a felicidade. Não é fácil. Às vezes, precisamos ser pacientes.

– E como eu faço isso? Não temos muito tempo e, com essa história da perseguição, tenho medo que a estadia de Selena por aqui acabe antes de conseguirmos. Além de sequestrá-los e prendê-los em um quarto, não tenho certeza do que deveria fazer. Não era para ser assim. Eu tinha imaginado um reencontro mais pacífico e tranquilo entre eles.

William ficou em silêncio por um momento.

– Acho que tivemos um bom começo. Não é o ideal, mas sem dúvida mexeu com os dois. Se você tentar fazer exatamente o que eu disse, acho que as coisas se encaminharão para o lado certo. Está comigo?

– E eu tenho escolha? – Jen riu. Por mais que ela quisesse ver as coisas dando certo para a amiga, estava tendo sérias reflexões a respeito de seu envolvimento com os Montgomery. Ela não achava que fossem más pessoas ou coisa assim, longe disso, mas a situação estava saindo do controle e ela não queria fazer nada que colocasse em risco sua amizade com Selena.

– Claro que tem – ele respondeu, rindo junto com ela. – Mas acho que minha imaginação é um pouco mais diabólica que a sua e, se você for pega, estou mais do que disposto a tomar a bronca por você. Ou o crédito – ele riu outra vez. – No fim, acredito que eu vá ganhar abraços, apertos de mãos e agradecimentos. Eles vão resolver isso, senhorita Lawson. Pode escrever.

– Mais uma vez, gostaria de ter a sua confiança.

– Tenho mais que o suficiente para nós dois. Agora, preciso que você faça o seguinte…

•

O final de semana acabou muito rápido para elas. Jen precisava voltar ao trabalho e estava se preparando para ir embora do hotel.

– Depois da aula, ligo pra ver onde você está.

– Ótimo – Selena disse. – Vou trabalhar nas coisas da reunião e devo almoçar com algumas meninas da organização para passar os últimos detalhes. Acho que podemos pedir comida à noite, se for bom pra você. – Selena estava deitada no sofá de pijama, tomando um copo de suco de laranja do frigobar. Sua pasta estava no chão, ao seu lado.

– Pra mim está mais que ótimo. Mas, se eu tiver sorte, James ou Mike entram em contato e podemos voltar pra casa antes.

– O lugar não é tão ruim, é? – Selena provocou, mesmo sabendo que o comentário de Jen nada tinha a ver com as acomodações e, sim, com o fato de ela querer que sua vida voltasse ao normal.

– Não é isso. Só não gosto de ser forçada a fugir da minha própria casa. Por melhor que seja o hotel, senti falta da minha cama na noite passada. Mas eu poderia me acostumar com o serviço de quarto vinte e quatro horas. – Selena não poderia discordar disso. – O que mais você planejou para hoje?

– Nada demais. Acho que não pensei em você voltando para o trabalho. Mas tenho certeza de que vou arranjar alguma coisa pra fazer.

– Você poderia ligar pro James – Jen sugeriu. – Sabe, convidá-lo para um café ou algo assim, tentar conversar como adultos civilizados. – Ela parou e olhou para o quarto – Mas eu sugeriria um local público, sabe, sem uma cama.

– Não tem graça.

– Pode ser. Mas me parece que, se ficarem sozinhos em um local como esse, vão terminar, você sabe, na horizontal.

Selena se recusou a entrar no jogo.

– Não sou eu que ataca ninguém – ela disse ao se levantar para pegar mais suco.

– Ninguém disse isso – Jen sorriu, provocativa. – Pense por esse ângulo: você tem tempo disponível e não tem por que prolongar isso. Se as coisas com Todd se enrolarem, você vai acabar vendo o James de novo. Não seria melhor que isso acontecesse sem ter que se preocupar com quem vai atacar quem?

– Não é bem assim...

– Tudo bem. Vocês continuam se encontrando e se beijando acidentalmente. – O tom seco de Jen fez Selena rir. – Olha, não posso fazer você ligar pra ele, tudo o que posso fazer é te incentivar.

– Vou pensar a respeito.

– E não posso garantir que eu não faça o mesmo com ele caso ele ligue pra me dar informações.

– Faça o que tiver de fazer – Selena desafiou.

– Não me tente!

– Bem, me avise se ficar sabendo de alguma coisa e eu posso ser flexível. – Selena sentou-se no sofá com seu copo de suco de laranja. – Onde você precisar de mim, é onde estarei. – Ela abraçou a amiga e lhe desejou um bom dia.

Sozinha na suíte, Selena percebeu que era muito cedo para se preparar para o almoço e resolveu ver como iam as coisas na Carolina do Norte e se certificar se tudo corria bem por lá. Sua assistente, Kate, era fantástica e, uma hora depois, ela já sabia tudo o que precisava. Havia uma tranquilidade em saber que tudo estava em ordem em casa, mas isso também a deixava sem ter o que fazer.

Haviam passado poucos minutos das nove horas e ela estava inquieta. Andava pela suíte, pensou em ir para a academia mas não se animou, então, pensou em pedir o café da manhã, mas percebeu que não estava com muita fome. Sua mente voltava para o dia anterior e o encontro com James. Talvez Jen estivesse certa. Talvez ela devesse dar esse passo e tentar falar com ele.

Ela já tinha feito isso antes, poderia fazer de novo.

•

Não havia a menor chance de ela esperar semanas para encontrar com ele de novo. Depois da escola, Selena foi até a casa onde ela e Jen haviam deixado James mais cedo. Não tinha ideia se ele ainda estaria lá, mas sabia que precisava vê-lo.

Selena reduziu a velocidade ao se aproximar. Como se pudesse sentir a presença dela, James parou o que estava fazendo e se virou. Ele colocou a mão sobre os olhos para fazer sombra.

O carro parou assim que ele chegou até a calçada.

– Oi – os dois disseram, juntos.

– Então, hum, eu quis passar e agradecer pelo almoço de hoje – ela disse, tentando pensar em uma razão para estar ali – Percebi que não tinha agradecido... então, obrigada. Eu vou te pagar. Prometo.

Silêncio. Ele só olhava para ela com um leve sorriso. Foi quando ela percebeu que deveria estar interrompendo seu trabalho e que parar ali foi, talvez, uma besteira. Antes de se colocar em uma situação ainda mais embaraçosa, Selena deu um sorriso e disse:

– Bem, não quero interromper seu trabalho, então...

– Por que você não tá no treino agora?

– O quê?

– Treino. Depois da escola não tem treino de torcida ou dança?

– Ah... eu, hum... não tava com vontade – ela admitiu.

– Sei – ele continuava a observá-la com aquele sorriso e ela só podia esperar que ele não percebesse como estava sem jeito.

– Bom, não quero atrapalhar seu...

– Você já disse isso – ele a provocou.

– Você fica me interrompendo – ela devolveu a provocação.

– Na verdade já terminei por hoje, então, você não tá interrompendo nada. Só tava vendo o que fiz. Quer entrar pra ver?

– Claro – não foi mais do que um sussurro.

– Pode parar na entrada.

Ela parou onde ele indicou e foi surpreendida, de novo, quando ele apareceu ao seu lado e abriu a porta do carro. A expressão em seu rosto o fez sorrir. Sem quebrar o contato visual, ele estendeu a mão para ela.

– Eu não mordo – ele disse quando ela não se moveu.

Selena não pôde responder, apenas conseguiu pegar a mão dele, sair do carro e retribuir o sorriso. Eles passaram pelo jardim, ainda de mãos dadas, e ele foi explicando para ela sobre as diferentes plantas e sobre a razão de cada uma estar onde estava e outros fatos que achava interessantes.

– Que planta é essa? – ela perguntou ao ver e cheirar uma delas. – As florezinhas roxas são lindas.

– Isso é um arbusto-de-borboleta.

– Não, de verdade, como chama?

– De verdade, chama arbusto-de-borboleta. – Ela continuou a olhar para ele duvidando da resposta, então, ele cedeu: – Ok, o arbusto-de-borboleta é uma Buddleja davidii, *o meu arbusto favorito por causa das flores coloridas e por atrair muitos insetos benéficos. É nativo da China mas se adapta a quase todas as regiões do ocidente. No entanto, pode morrer durante um inverno rigoroso. Tentamos convencer o dono da casa a não usá-lo, já que temos invernos rigorosos por aqui, mas ele insistiu. A esposa viu a planta durante as férias e ficou encantada.*

– E ela não vai ficar brava quando a planta morrer, depois do inverno?

– É provável – James respondeu. – Mas nós explicamos os riscos. É uma pena ela não ser mais resistente. No clima certo, num dia de sol, é comum ter dúzias de borboletas em volta de um arbusto desse. – Ele imaginou Selena cercada de flores e borboletas – Lindo – ele murmurou.

– Com certeza – ela disse com um suspiro. – O jardim tá lindo.

– Obrigado – ele disse.

– Bom, obrigada por ter me mostrado. Foi interessante, eu não imaginava que tinha tanta coisa envolvida no paisagismo. – Ela se virou para ir embora mas ele colocou suavemente a mão no braço dela.

– Já que você tá aqui, pode me dar uma carona? – James perguntou. Selena olhou para ele, confusa – Eu, hum, não tenho carro. Sempre vou embora a pé ou meu chefe me busca, mas o céu tá muito cinza agora, não quero ir andando...

– Ah, sim. Claro... – e gaguejou enquanto iam em direção ao carro. Selena estava animada por ter mais tempo com ele – Precisa me dizer onde mora.

Não foi um longo percurso, na verdade foi muito curto para o gosto dela. Ela tinha esquecido que ele estava morando com Kent e sua família e ficou sem graça quando percebeu que já sabia o caminho. Quando pararam, alguns minutos depois, ela procurou na cabeça algo que pudesse dizer para aumentar o tempo deles juntos:

– Qual o parentesco entre você e Kent?

– Nossas mães são primas.

– E onde tá sua família?

– Na Carolina do Norte.

– E como você...

Ela nunca pôde terminar. Sem dizer uma palavra, James colocou a mão atrás do pescoço dela e a puxou para um beijo. Seus lábios eram firmes mas gentis, dando a ela tempo para escolher aceitar o beijo ou se afastar.

Ela escolheu aceitar. Quando seus lábios se moveram, Selena percebeu que nunca tinha sido beijada daquele jeito. Era tão íntimo, tão intenso, ela sentia que morreria se ele parasse de beijá-la. Nada mais importava além de ficar ali, cada vez mais perto dele. James parecia estar sentindo a mesma coisa.

Podem ter se passado minutos ou horas até o momento em que, relutantemente, os dois se afastaram. Selena olhou para ele, o olhar um pouco atordoado pela intimidade que tinham compartilhado.

– Eu devia ter perguntado antes – James disse, seu polegar contornando o lábio inferior de Selena. – Mas tive medo de você dizer não.

– Acho que queria que você fizesse isso desde a primeira vez em que nos vimos – ela sorriu.

– Só precisava ter pedido. – Seu olhar passou de entorpecido a quente em um instante.

– James? – ela sussurrou.

– Hum?

– Me beija.

Ele estava certo. Ela só precisava pedir.

•

Antes que seus nervos acabassem com ela, Selena abriu o notebook e pesquisou o telefone da delegacia de James. Quando conseguiu encontrar, não se deu tempo para pensar: pegou o telefone e ligou. Assim que a telefonista atendeu, ela disse:

– James Montgomery, por favor.

Não demorou até ele atender:

– Montgomery.

– James, é a Selena – Silêncio. – Você está aí?

– Sim, estou aqui – ele disse seco. – Como posso ajudar?

Bem, ela já tinha uma pergunta engatilhada, mas acabara de ouvir uma.

– Hum… – hesitou –, eu tava pensando se você teria tempo pra me encontrar para um café ou algo assim.

– Você não toma café – ele disse.

Ela ficou impressionada que ele se lembrasse disso.

– Bem, a maioria dos lugares não serve apenas café – ela disse suave. – Só pensei que, considerando os últimos dias, talvez devêssemos sentar e… conversar. – Pronto, ela tinha dito, agora era a vez dele.

– Acho que consigo sair um pouco hoje à tarde. Onde?

Pelo tom de voz de James, Selena podia perceber que ele não estava animado com a ideia de encontrá-la.

– Tem um café aqui no hotel. Podemos nos encontrar lá se for bom pra você, ou podemos nos encontrar em algum lugar mais perto da delegacia.

James passou o endereço de um café perto da delegacia e disse:

– Posso encontrá-la lá por volta das três da tarde.

– Ótimo. Obrigada.

Quando Selena desligou, ela se sentia mais leve, mais esperançosa. Talvez isso não fosse ruim, afinal, foram dez anos se preparando para esse encontro. Ela se levantou do sofá e foi se arrumar para o almoço com as amigas. Empenhou-se um pouco mais na produção pois duvidava que teria tempo de voltar para o hotel e se retocar antes do café com James.

Ela buscava o equilíbrio entre casual e profissional, então, decidiu por calças pretas, uma echarpe turquesa e um suéter, também preto, esvoaçante. Botas pretas de couro e cano curto finalizavam a produção. Embora não estivesse certa sobre o visual todo preto no início, a echarpe e os brincos longos combinaram muito bem, junto a uma grande bolsa turquesa.

Uma olhada final no espelho e Selena ficou feliz com o que viu e, por um breve momento, tentou imaginar o que James acharia. Será que pensaria que ela se produziu para ele? Será que ela estava parecendo querer impressionar? Ela chacoalhou a cabeça ao perceber que a paranoia estava começando a sufocá-la.

– Tô completamente normal, exatamente como eu me vestiria pra encontrar um amigo no almoço. Que é o que vou fazer.

Então, ela pegou todo o material da reunião que precisaria, a pasta e o celular. Depois de olhar pelo quarto e certificar-se de não ter esquecido nada, Selena saiu e fechou a porta.

Ela desceu até o lobby confiante no que o dia reservava para ela. Se os policiais pudessem achar esse tal de Todd para acalmar Jen, seria um dia perfeito.

Capítulo 5

Ele estava atrasado.

Já passava das quatro e Selena estava mais do que furiosa. Tinha ligado na delegacia e não havia conseguido uma resposta sobre onde ele estaria. Era mais do que possível que ele tivesse sido chamado para alguma ocorrência policial, mas ele deveria, ao menos, tê-la informado. Era possível ligar para Jen e pedir o celular dele, mas Selena achou que seria pior se começasse a caçá-lo. Ela tinha hasteado a bandeira branca e, agora, ele estava sendo vingativo. Ela não cometeria o mesmo erro duas vezes.

Bem, ok, deixe ele ser vingativo. Outra olhada no relógio e Selena viu que já eram quatro e vinte. Ela daria a ele até as quatro e meia e depois iria embora, ao inferno com o encerramento. Dez anos atrás ela passou por uma situação que não podia controlar e, quando mais precisou de James, ele a abandonou. Ela não precisava mais dele. Tinha vivido bem sem ele mas, agora, ver como ele era, de fato, abriu-lhe os olhos. Se haviam esperanças ou memórias romantizadas por parte dela, essa desfeita de James havia acabado com tudo.

Depois de terminar seu chocolate quente, Selena limpou a mesa e jogou o lixo fora. Caminhou devagar até a porta e, já na calçada, olhou ao redor, caso ele estivesse por perto. Essa parte da cidade não era familiar para ela, que nem sabia para qual lado ficava a delegacia ou de onde ele viria. Mas, ao olhar em volta, ela se sentiu vazia e derrotada. Tudo o que achava precisar esteve ao seu alcance e James Montgomery tirou dela outra vez, deixando-a sozinha, sem nada.

Absolutamente nada.

De novo.

Determinada, Selena foi até o carro com a cabeça erguida – para o caso de ele a estar observando. Foi quando seu celular tocou. Certa de que seria James ligando para pedir desculpas, ela ficou um pouco desapontada ao ver que era Jen.

– Ei! – Selena atendeu, fingindo estar animada quando, na verdade, queria gritar – Como foi o seu dia? Onde você tá?

– Exaustivo como de costume – Jen respondeu. – Falei com Mike e ainda não encontraram nenhum sinal do Todd, mas... Acho que vou dormir em casa essa noite. Sei que você pagou pelo hotel, e não é que eu não esteja grata, e se você quiser ficar comigo hoje, ótimo...

– Mas... – Selena tentou.

– Mas... acho que estou muito sobrecarregada com tudo isso e queria um tempo sozinha. Sei que atormentei você pra vir e passar um tempo comigo, e tô aqui te desperdiçando ...

– Jen, Jen – Selena a interrompeu. – Tá tudo bem. Entendo perfeitamente. Pra ser honesta, hoje também foi um dia exaustivo pra mim. – Ela sabia que não poderia jogar mais problemas nas costas de Jen, mas é pra isso que servem os amigos, certo?

– Como foi o almoço? – Jen perguntou.

Selena contou sobre como se divertiram e os detalhes que acertaram e então contou sobre James tê-la deixado esperando:

– Não vou mentir pra você. Estou bem irritada.

– Não acredito que ele tenha feito de propósito. – Jen disse, partindo em defesa dele – Tenho certeza de que ele teve algo pra resolver e não tinha seu telefone.

– Pode ser – Selena disse a contragosto. – Mas ainda me irrita. – E isso era um eufemismo.

– Você tem motivos. O que pensa em fazer? Vai ligar pra ele de novo?

– Não vou fazer nada. Se ele quiser falar comigo, pode me ligar e, *talvez*, eu tente encaixá-lo na minha agenda.

– Selena... – Jen alertou. – Já basta. Não vai ser bom pra *você* brincar de ser vingativa. Se ele ligar, me prometa que vai escutar o que tem a dizer.

– Eu estava pronta pra escutar ele hoje à tarde – Selena suspirou. – Sou uma mulher adulta e ele ainda tem a capacidade de fazer eu me sentir como na época da escola. Isso é muito irritante. – E humilhante.

– Olha, não vou fingir entender tudo o que tá se passando na sua cabeça agora. Só acho que você precisa lembrar que toda história tem dois lados – Jen disse.

Era difícil argumentar com esse tipo de lógica.

– Tá bom. Se ele ligar, e eu duvido que isso aconteça, vou escutar o que ele tiver a dizer. – Talvez. – Mas continuo muito irritada por ele não ter aparecido e não vou fingir que não estou.

– Ok, ok... acho que consigo entender isso. E você vai voltar pro hotel e ficar por lá ou ainda quer companhia para o jantar?

– Não, pode ir pra casa e aproveitar – Selena disse. – Acho que vou pro hotel, pedir serviço de quarto, tomar um longo banho de banheira e relaxar.

– E amanhã?

– Eu estava pensando em ir visitar a minha avó. Sei que você não acha uma boa eu fazer essa surpresa, mas essa semana vai voar e, se eu não arranjar tempo agora, posso não conseguir visitá-la. Na quinta já vou estar superocupada vendo os últimos preparativos da reunião.

– E quando vou ver você?

– Quando você quiser – Selena soltou uma gargalhada. – Vá pra casa e tenha uma boa noite. Amanhã você me liga quando sair do trabalho e a gente vê. Eu não me importo mesmo de ficar no hotel pra você ter um tempo sozinha. Foram dias muito intensos.

– Isso é muito gentil. Tem certeza de que não fica brava?

– Sim, Jen. É como se fossem férias pra mim, já que nunca me permito tirar férias. De certa forma é bom. Acho que vou fazer outra massagem.

– Você está dizendo isso só para me fazer inveja.

– E vou pedir jantar pra duas. Eles não precisam saber que você foi embora.

– Só não se esqueça do vestido que vai usar no fim de semana. Então, mais nada de cheeseburgeres e milk-shakes pro jantar.

– Ah, como você é sem graça! – Elas desligaram e, pela primeira vez em horas, Selena se sentiu melhor. – Pro inferno com James Montgomery – ela disse ao entrar no carro. – Está claro que houve um motivo para não termos dado certo antes e para não darmos certo hoje.

De volta ao hotel, ela fez exatamente o que disse a Jen: foi para a banheira, pediu o jantar (frango grelhado com salada grega) e desligou o telefone antes de sentar para assistir à televisão. Não demorou muito para perceber que estava mais cansada do que imaginava e, às oito da noite, Selena mal conseguia manter os olhos abertos. Ela se levantou, alongou-se e foi para o quarto.

– Posso ir dormir a hora que eu quiser – ela disse enquanto bocejava. – E sem hora pra acordar. Estou num sonho. – Selena se arrastou até a cama, apagou o abajur e dormiu de imediato.

•

Selena nunca tinha sido tão feliz em sua vida. A formatura tinha sido há um mês e ela e James estavam comemorando oito meses de namoro na praia. Eles falavam do futuro e, mesmo Selena sabendo que sua família não apoiaria seus desejos, ela não poderia estar mais feliz com eles.

– Não acredito que a praia não tá cheia hoje – ela disse ao recolher as coisas do piquenique. – Achei que seria difícil achar um lugar.

– Já é tarde. Todo mundo já aproveitou o sol e tá voltando pra casa – James beijou seu braço. – Precisamos tomar cuidado pra você não queimar sua pele clara. – Ele estava subindo com os beijos. – O que acha de eu deitar em cima de você pra te manter protegida? – ele sugeriu com um sorrisinho travesso enquanto arqueava as sobrancelhas.

– Ficou louco! – ela riu. Ele estava beijando seu pescoço de leve, e ela estava adorando – James?

– Hum?

– Não acredito que no mês que vem vou pra faculdade. – Isso o fez parar. Eles uniram suas cabeças e se olharam nos olhos. – Como posso viver longe de você?

– Não vai – ele disse ao dar um leve beijo em seus lábios e se sentar. – Você vai ficar aqui, se casar comigo e vamos ser felizes pra sempre. Assim. Tudo certo. – James tentou beijar o pescoço dela, mas ela o afastou.

– Então eu tenho algo pra dizer a você – ela começou nervosa, ao se reclinar contra o peito de James e observar as ondas.

Ele a virou para o seu lado com delicadeza. James conhecia aquele tom de voz e ficou preocupado com o que ela diria. Com medo, perguntou:

– O que é?

– Estou atrasada.

– Pra quê?

Ela queria matá-lo por ser tão estúpido:

– Minha menstruação tá atrasada!

James soltou um grito de alegria e puxou Selena para perto, beijando-a nos lábios.

– Você não vê, Selena? Isso é perfeito. Agora você não precisa ir pra faculdade. Pode ficar aqui, estudar na faculdade da comunidade, se quiser, e podemos nos casar. Diga sim. Case comigo, Selena!

Seus olhos se encheram de lágrimas quando ela respondeu:

– Sim! Eu me caso com você, James! – Eles se beijaram de novo e, quando se afastaram, o olhar de alegria no rosto dela era a sua perdição – Eu te amo tanto.

– Eu também te amo. Isso vai ser perfeito. Como tudo o que planejamos, só que melhor.

Ele a deixou em casa um pouco mais tarde e prometeram se ver no dia seguinte. Era uma noite de meninas e, por mais que James quisesse ficar com Selena, ainda mais sabendo que ela carregava seu filho, ele sabia a importância das amigas para ela.

Selena saiu de casa um pouco depois das 20h e desejou boa-noite aos seus pais. O caminho até Jen foi feito no piloto automático, seu carro já sabia o trajeto depois de tantas vezes indo e voltando. Ela parou no semáforo vermelho.

– Como será que nosso bebê vai ser? – ela falou alto, para ninguém.

O semáforo ficou verde, com o pé no acelerador, ela saiu com o carro, completamente inconsciente de que o motorista que vinha na transversal não estava prestando atenção no semáforo.

Houve um momento em que o tempo pareceu parar. Ela viu as luzes do carro se aproximando, ouviu a buzina, mas ninguém parecia se mover. Então, houve um grande impacto e Selena gritou. Havia vidro para todo lado e o carro girava descontrolado até bater em um poste telefônico. Sua cabeça estava apoiada no volante e ela tentava olhar para cima, mas tudo começou a escurecer.

– Oh, Deus – ela murmurou – James? Alguém, por favor.

Seu mundo ficou embaçado e se apagou.

•

Sons? Batidas na porta? Em algum lugar distante em sua mente, Selena estava ouvindo barulhos. Vozes? Ela não queria abrir os olhos, não queria perceber nada. Dormir. Ela queria dormir, mas os barulhos continuavam.

– Ah, pelo amor de deus! – ela suspirou ao se descobrir. – Que horas são? – uma rápida olhada no relógio ela viu que eram 3h da manhã – Quem poderia estar batendo na minha porta a essa hora? – ela murmurou.

Pensamentos malucos passaram por sua cabeça enquanto ela colocava o robe e ia até a porta. E se alguma coisa tivesse acontecido com Jen? As batidas na porta persistiam.

– Um minuto! – ela gritou – Melhor estar no quarto certo – ela murmurou antes de olhar pelo olho mágico.

James.

– Meu Deus! – ela disse ao abrir a porta – James! Aconteceu alguma coisa com a Jen? Ela tá bem? – Puxando-o pela camisa ela o trouxe para dentro e fechou a porta.

– Jen? *O quê...*? Eu... Por que o seu telefone está desligado? – ele perguntou, com a respiração ofegante. Seus olhos passavam por Selena como se quisessem ter certeza de que ela estava bem.

– O quê? Você veio até aqui às três da manhã porque meu telefone está desligado?

– Sim!

– Por quê? Está tudo bem? Sério, aconteceu alguma coisa com a Jen? – ela perguntou.

– A Jen está bem. Falamos com ela mais cedo e ela nos disse que iria passar a noite em casa.

De repente os dois se deram conta de que estavam muito próximos e que as mãos de Selena continuavam segurando a camisa de James. Os olhos dela encontraram os dele e Selena imediatamente o soltou e virou-se para andar pela sala.

– Então, qual é o problema, James? Por que você está aqui?

– Não sei – ele disse em voz baixa. Os minutos passavam enquanto ficavam olhando um para o outro.

– Fiquei mal por hoje à tarde. Fui chamado para um caso e não tive tempo de te avisar. Estou tentando te ligar desde as 20h, mas o telefone estava desligado, aí eu tentei falar com você pela Jen e... e pensei... pensei que alguma coisa... – ele começou a se aproximar dela devagar. – Acho que são meus instintos de policial, mas achei que alguma coisa tivesse acontecido a você. – Agora ele estava ao lado de Selena, sentindo seu cheiro doce e vendo a linda imagem dela com seu robe e uma camiseta, ainda sonolenta.

– Estou bem – ela respondeu. – Quando cheguei não fui dormir, mas não queria ser incomodada.

– Desculpe por ter feito você acordar – James acariciou o rosto dela e Selena se aproximou. – Não sei o que eu estava pensando. – Agora sua mão estava no pescoço dela, tocando suas costas. – Só precisava ver você.

E, na sequência, estavam se beijando, delicada e suavemente. Ele queria ir com calma depois da forma como havia se comportado na noite anterior e no quarto de serviços mas, quando Selena se aproximou ainda mais, James sabia que estava perdido.

Afastando-se um pouco, ela olhou para James e, enquanto beijava seu rosto e pescoço, disse:

– Você parece exausto.

– Não durmo há anos – ele admitiu.

Com isso, ela pegou a mão dele e o levou até o quarto. Já do lado de dentro, Selena fechou a porta e tirou o robe. Ela não disse uma palavra. Deitou-se, ainda de camiseta, e puxou as cobertas indicando o lado onde ele deveria se deitar.

– Ah, Selena – ele suspirou. – Não quero nada além de ficar ao seu lado. – Ele tirou a camiseta, os sapatos e as meias. – Faz tanto tempo, querida, que não te abraço. – James tirou a calça mas ficou de cueca e deitou-se ao lado dela – Selena...

– Shh – ela sussurrou – Durma. Conversamos amanhã.

Ele a puxou para perto. Ela se aconchegou em seu calor e, juntos, relaxaram e caíram em um sono profundo.

•

James acordou sentindo algo molhado em seu peito. Ao abrir os olhos e olhar para baixo, viu lágrimas escorrendo pelo rosto de Selena. Ele apoiou a mão sob o queixo e a fez olhar para ele.

– Selena, o que foi?

Ela fungou de maneira delicada e tentou secar as lágrimas, mas James passou a mão em seu rosto, fazendo isso por ela.

– Achei que estivesse sonhando. Acordei nos seus braços e... Achei que eu tivesse imaginado você vindo aqui na noite passada. Fiquei com medo de acreditar...

– Shh – ele disse, colocando o dedo sobre seus lábios. – Não chore.

– Não consigo evitar. Você não imagina quantas vezes sonhei com isso, e ainda não consigo acreditar que esteja mesmo acontecendo, que você esteja mesmo aqui. Senti tanto a sua falta.

James a observou, sem palavras. Em seus sonhos mais selvagens, nunca imaginou Selena dizendo que sentia falta dele. Ele não tinha nem certeza se ela ainda pensava nele. Sua brutal honestidade provou o contrário e o devastou.

– Também senti sua falta – ele disse com a voz rouca. – Você não está sozinha nisso. Também não acredito que estou acordando ao seu lado.

Ele continuou a observá-la e viu um sorriso se abrindo, embora a indecisão estivesse em seu olhar. Havia tantas coisas que ele gostaria de dizer e imaginava que Selena se sentisse da mesma maneira. Ir até lá e estar com ela daquela maneira não devia ser uma boa ideia, mas ele não tinha força para mudar nada.

Selena se ergueu, apoiada no cotovelo, e olhou para o relógio:

– São oito da manhã. Você precisa ir trabalhar?

Ele negou.

– Só depois do almoço. Já quer se livrar de mim? – James estava brincando só em parte; no fundo ele tinha medo de que fosse isso que ela estava tentando fazer.

Selena colocou a mão sobre o coração dele, olhou nos seus olhos e disse:

– Não. Não estou tentando me livrar de você. Só não quero que se atrase pro trabalho.

Depois do que ele fez no dia anterior, era provável que ela estivesse sendo muito gentil, indulgente demais mas, agora que ele estava ali, com ela, deitado ao seu lado, Selena não conseguia manter a raiva.

– Não se preocupe, temos muito tempo.

A forma como os olhos de Selena se abriram fizeram James sorrir. Estando deitados juntos, tão intimamente, o que poderiam fazer com essas horas era óbvio. Entretanto, ele queria ser um cavalheiro, enfim, e ver as sugestões dela de como usar o tempo.

O sorriso no rosto dela ficou mais sexy quando seus olhos se firmaram nos dele. James viu sua boca se abrindo para dizer algo e, na sequência, fechando-se, então, perguntou:

– O que foi? O que está pensando?

– Sei que o certo seria levantar, pedir café da manhã e conversar... – ela começou hesitante.

– Mas... – James a interrompeu.

– Mas – ela retomou, desviando o olhar – não estou pronta pra deixar esse momento terminar.

Não era bem isso que ele esperava que ela dissesse, mas entendeu por completo.

– Nem eu – ele admitiu. Mais uma vez James a fez olhar para ele. – Não tenho direito de estar com você assim, mas não consigo me arrepender. Se dependesse de mim, estaríamos fazendo amor agora mesmo.

Uma das coisas que Selena mais gostava em James, desde sempre, era a sua honestidade. O fato de ele dizer exatamente o que estava em sua cabeça e, se ela fosse honesta, ela também diria, mostrava que eles ainda tinham sintonia.

Cansada de se proteger, de pensar em como teria sido, Selena tomou a atitude mais descarada de que podia se lembrar:

– E por que não fazemos?

Um sorriso surgiu no rosto de James. Sua mão grande acariciou o rosto de Selena e desceu pelo pescoço antes de chegar à nuca. Num piscar de olhos, como se estivessem estado juntos há pouco tempo, passado e presente se encontraram. Devagar, ele a trouxe para perto de si. Os olhos de Selena se fecharam.

– Querida, tudo o que você precisa fazer é pedir.

Autocontrole sempre foi algo de que James se orgulhou mas, nesse momento, isso era impossível. O sabor e o toque dos lábios de Selena eram familiares, a forma como seu corpo pressionava o dele lhe dava a sensação de voltar para casa e, ainda assim a necessidade de possuí-la, naquele momento, era tão intensa que ele tremia.

Sem aviso, ele inverteu as posições, ficando por cima, olhando para os belos olhos verdes de Selena. Suas mãos começaram a passar pelo corpo dela, redescobrindo-o, seus olhos admiravam o rosto dela.

– Você sempre foi tão bonita – ele disse. – Como pode ter ficado ainda mais linda. – James trouxe a mão de volta ao rosto de Selena, para acariciá-lo, e a viu fechar os olhos outra vez. – Tão linda.

Ele beijou suas pálpebras, seu rosto, seus lábios, que suspiravam o nome dele. Estava mais que excitado; as pernas de Selena o envolveram pela cintura. Estavam tão perto de ter o que os dois queriam com ardor. O que sempre quiseram.

James respirou fundo:

– Quero que saiba que não vim aqui pra isso. – Havia um tom defensivo em sua voz, mas ele queria que ela soubesse que, não importava como tinham chegado àquele ponto, isso não havia sido premeditado.

Selena abriu os olhos, acariciou o rosto dele e sorriu:

– Eu sei. E sei que temos muito o que…

– Shh… – ele colocou um dedo sobre os lábios dela. – Chega de conversa. O que eu estava querendo dizer é que não vim *preparado* pra isso.

Ela entendeu a que ele estava se referindo e suspirou aliviada:

– Sem problemas. Tudo bem.

– Então você…

Agora foi a vez de Selena colocar um dedo sobre os lábios de James:

– Chega de conversa.

Demorou bastante tempo até ambos conseguirem dizer uma palavra coerente.

Capítulo 6

Passava um pouco das 11h quando James se levantou. Dez anos atrás, ele descobrira que os dois eram sexualmente compatíveis e as últimas três horas provaram que o tempo não tinha mudado isso em nada. No máximo, agora estava melhor. Ele não achava que isso fosse possível.

Ver Selena na cama, enrolada no lençol o fez querer mandar o trabalho para o inferno. Seu coração dizia para ficar, mas seu lado racional sabia que ambos precisavam de um tempo para absorver o que tinha acabado de acontecer. Além disso, por mais que ele quisesse deixar tudo para trás, havia muito o que conversar sobre o passado.

Só de pensar nisso, seu estômago revirou. Ao olhar para ela agora, entretanto, James tinha dificuldade em juntar a garota que o tinha destruído com a mulher que o tinha abalado nas últimas horas. Era difícil unir as duas e ele sabia que, se quisesse manter-se são durante o dia, precisaria esquecer-se disso por um tempo.

Selena se espreguiçou e James sorriu quando o lençol escorregou, deixando seu seio à mostra. *Meu deus, ela é de tirar o fôlego*. Seus dedos formigavam com a necessidade de tocá-la de novo, mas James se forçou a vestir a roupa.

– Que horas são? – ela perguntou sonolenta.

James fechou o cinto antes de responder. Até a voz dela era sexy e isso o deixava louco.

– Onze e pouco. Preciso ir pra casa, tomar um banho e me trocar antes de ir pro trabalho – Esforçando-se para manter certa distância entre eles, James sentou-se na cama. – O que vai fazer hoje?

Selena se sentou, tirou os cabelos do rosto e bocejou.

– Pretendo visitar minha avó. Ela não sabe que estou na cidade, então, vai ser uma surpresa.

– Você acha uma boa ideia? Ela já está um pouco idosa, não?

– O que acontece com você e com a Jen? Não pretendo acordá-la com uma banda e assustá-la – Selena disse rindo. – Vou ligar quando estiver a caminho e talvez vamos almoçar juntas.

– Detesto ser estraga prazeres, mas ela deve estar almoçando agora. É mais fácil vocês jantarem. Sabe, por volta das 16h.

Selena deu um soquinho no braço de James:

– Sei que é verdade, mas parece maldade! Vamos ver o que acontece. – Ela se espreguiçou. – Jen deve me ligar quando sair do trabalho. Estou muito preocupada com ela. Alguma chance de encontrar o cara logo?

– Não tenho ideia – James balançou a cabeça. – Estamos procurando e, em algum momento, ele vai ter que voltar pra casa. – Incapaz de se conter, ele pegou a mão dela. – Você vai sair do hotel hoje e voltar pra casa da Jen? – Ele detestava o tom de desespero em sua voz. Sentia-se vulnerável e carente, e isso o assustava.

– Ainda não sei. Estava pensando que… talvez… – Selena começou incerta. – Talvez você pudesse vir aqui depois do trabalho e a gente pudesse sentar e… conversar.

Havia pelo menos uma dúzia de coisas que ele gostaria de fazer se voltasse ao hotel mais tarde, mas ele sabia que ela estava certa. Já era hora. Ele pegou a mão dela:

– Acho uma boa ideia. – No fundo James sabia que havia uma grande chance de arruinar qualquer esperança de um futuro juntos ao lidarem com o passado.

Era isso o que ele queria? Um futuro com Selena? Algumas semanas atrás ele diria não, que precisaria confrontá-la para poder encerrar a história. Mas essa ideia desapareceu no momento em que a reviu.

Ele balançou a cabeça. Estava se distanciando. Os dois precisavam ter esse tempo juntos para conversar e esclarecer tudo. Depois ele poderia pensar nos próximos passos.

– Não devo chegar antes das nove.

– Tudo bem. Se eu tiver esse almoço à tarde com minha avó, posso encontrar a Jen para um doce e ver como ela está. Queria que ela tivesse ficado aqui comigo, mas acho que permanecer longe de casa estava deixando ela ainda mais estressada. Não consigo nem imaginar o que ela está sentindo.

– Ela está alerta há um bom tempo – James disse. – Queria que esse cara cometesse um erro pra podermos acabar com isso. Mandei Mike ver como ela estava ontem à noite. – James viu um sorrisinho no rosto de Selena: – O que foi? Que sorrisinho é esse?

E daí?, ela pensou consigo mesma. Deixando a cautela de lado, disse:

– Na verdade, ela tem uma quedinha pelo Mike.

– Sério?

Selena concordou com a cabeça.

– Porque eu acho que ele também tem uma quedinha por ela – James disse.

– Não!

Agora foi a vez de James acenar.

– Tenho medo de pensar no que aconteceu se ele tiver batido na porta dela ou feito algumas rondas. Espero que ele tenha sido profissional e tenha se lembrado de que estava a trabalho.

– Droga. Agora vou ter de esperar até o fim do dia pra descobrir! – Selena se jogou nos travesseiros. – O que você acha que ele fez? Só a ronda ou acha que bateu na porta?

– Não tenho ideia. Comentei que ela tinha voltado pra casa e ele disse que passaria lá. Mas não falou mais nada.

– Esses homens… – ela disse com um pretenso desdém.

– E o que isso quer dizer? – Sem perceber, James começou a se aproximar de Selena.

– Só estou dizendo que, se fosse o contrário, eu saberia exatamente qual o plano. Você não fica nem curioso?

Ele soltou uma gargalhada e deitou ao lado dela:

– Não.

– O quê? Por quê?

– Porque somos homens! Não precisamos saber quais os *planos*. Ele disse que passaria lá, então entendi que faria isso. Fim da história. Além disso, eu tava preocupado com você e com seu telefone que não atendia.

– Sinto muito por ter deixado você preocupado – ela disse, passando a mão pelo rosto dele e descendo até o ombro nu. – Achei que ninguém notaria se eu desligasse o telefone.

– Eu notei – ele disse com a voz baixa e rouca. Ela era como um ímã que o atraía e não havia como resistir. *Só mais um beijo, só mais um pouco*, ele disse para si, sabendo que era mentira. Um beijo e um toque nunca seriam suficientes. Os braços de Selena o envolveram, segurando-o perto dela. – Vou avisar que vou me atrasar – ele enfim disse, ao entrar embaixo dos lençóis com ela.

•

Despedir-se de James foi mais difícil do que Selena achou que seria. Eles criaram um pequeno mundo no quarto do hotel e ela temia que, ao abrir a porta, deixando a luz do dia entrar, fossem perder esse precioso espaço conquistado. Felizmente, os dois teriam um dia cheio: James com o trabalho e ela com a visita à sua avó.

Quando ele saiu e Selena ficou sozinha, ela se permitiu sentir os primeiros raios de esperança. Embora uma noite de sexo – por mais incrível que tenha sido – não fosse suficiente para apagar muitos anos de raiva, traição e decepção… era uma ótima forma de começar.

Ao se preparar para sair, não conseguia parar de pensar no que o futuro lhe reservaria. Ela nunca imaginaria voltar para Long Island e não só encontrar James, como descobrir que eles ainda tinham tamanha atração um pelo outro. Mas seria só isso? Uma atração física? Por não querer acreditar nisso, Selena permitiu-se ficar feliz pela noite que tiveram juntos – ou pela manhã. O que quer que o futuro reservasse, ela teria essas memórias para guardar, de alguma forma, tornaria-as suficientes.

Quando estava pronta para sair do hotel, já estava mais tranquila. Não havia como se arrepender de suas ações da manhã passada com James. Podia não ter sido o melhor jeito de se reconectar, mas ela não tinha forças para achar isso ruim.

Uma última olhada no espelho e um sorriso:

– Você está toda feliz e merece isso – ela disse para seu reflexo. Era uma imagem que ela não se lembrava de ver há muito tempo, se é que já tinha visto.

•

A surpresa para sua avó não foi nem de perto tão traumática quanto Jen e James esperavam. A alegria em sua voz fez com que Selena ficasse animada em encontrá-la e, ao mesmo tempo, a fez sentir-se culpada por ter demorado tanto.

– Olha só pra você, minha querida! Está linda! – Betty Ainsley olhou para a neta com lágrimas nos olhos. – Na última vez que vi você, ainda era uma menina. Não acredito como cresceu! – Ela abraçou Selena e demorou para soltá-la. Quando, por fim, afastaram-se, Betty mostrou à neta a área onde poderiam conversar.

A descrição de sua avó sobre a última vez que haviam se visto foi um pouco exagerada. Selena pode não ter vindo visitá-la, mas Betty ficava com a família muitas vezes. Foi só depois da separação de seus pais que os encontros ficaram menos frequentes.

– Por que não avisou antes que viria?

Como Selena poderia dizer à avó que ela temia avisar e seu pai descobrir? A última coisa que ela desejava era chatear sua avó, então, contou outra versão:

– Foi uma decisão de última hora. Eu só viria para o fim de semana, mas eles ficaram sem coordenador então vim ajudar.

Descrever os detalhes da reunião deixava Selena orgulhosa. Era o que ela fazia para viver e cada festa ou evento era diferente, mas sempre a deixava muito animada. O sorriso no rosto de sua avó, enquanto ela contava os detalhes, fez Selena perceber que Betty estava tão orgulhosa como se ela mesma estivesse organizando a reunião com a neta.

– Que doçura. – Betty pegou a mão de Selena. – Parece que você conquistou muita coisa. Claro, gostar do que faz e ser boa nisso ajuda muito. Nunca fui boa em organizar festas grandes, só de organizar jantares e encontros eu ficava com urticária – ela disse rindo. – Deve ser algo que você herdou da família de sua mãe, porque, com certeza, não foi de mim! – Ela deu um tapinha na mão de Selena – O que quer que a tenha trazido até aqui, fico feliz. Fazia muito tempo.

– Eu sei. Sinto muito. Sei que deveria me esforçar mais e que deveria ao menos ter ligado para avisar que estaria aqui. – A voz de Selena estava carregada de arrependimento. Por mais que considerasse seus motivos válidos, ver o rosto de sua avó a fez se sentir uma covarde.

– Imagino que não quisesse que eu contasse pro seu pai que você estava na cidade.

– Ah! – Selena ficou surpresa e puxou a mão. – Como faz isso?

– Faço o quê? – Betty perguntou com ingenuidade.

– Ler a minha mente! Você sempre soube… e isso me assusta! – E a assustava de verdade, mas as palavras foram ditas com amor.

– Querida, seu rosto entrega seus pensamentos. Eu sei muito bem que aproximar você e seu pai precisa ser uma escolha sua.

– Mas ele é seu filho…

– E você é minha neta. – Sua voz, até então alegre, ficou séria. – Não vou dar desculpas pelo que ele fez. Ele já é crescido e precisa lidar com os erros que cometeu. Só espero que um dia vocês dois possam resolver as coisas de modo a poderem, ao menos, se encontrar.

– Eu não sei, vó.

– Não estou dizendo que é algo que você deva resolver agora. Mas um dia você vai.

– Sei que você está certa. Odeio confrontos.

– A maioria de nós odeia, querida. – Sua avó sorriu. – Talvez quando você conseguir lidar com o que aconteceu, consiga falar com seu pai sem tanta amargura.

Essa, sem dúvida, não era a visita que ela desejava. Então, Selena disse:

– Chega de falar de mim. Me conte como você está. Algum senhor interessante no bingo?

Por sorte, bastou isso para mudarem de assunto.

•

Os dias depois do acidente foram nublados. Pessoas passavam ao seu lado e os médicos mexiam e estimulavam seu corpo acidentado. As vozes eram baixas e falavam sentenças entrecortadas.

– ... concussão...

– ... sorte estar viva...

– Seu braço está no lugar, as costelas vão sarar...

–... perdeu... bebê... aborto...

Foi só no terceiro dia que Selena acordou por completo. Jen estava ao lado da cama e seus olhos se arregalaram quando percebeu que a amiga estava acordada:

– Ah, obrigada, meu Deus! Já estava na hora! Eu tava tão preocupada com você! – ela disse, saltando da cadeira e abraçando-a delicadamente. – Como você tá?

– Cansada – Selena disse, sua garganta estava seca e dolorida. – O que aconteceu?

– Um motorista bêbado passou no semáforo vermelho e bateu no seu carro quando você tava indo pra minha casa. Ah, Selena, eu sinto muito! Me sinto péssima! É tudo minha culpa! – As palavras de Jen foram abafadas quando ela apoiou a cabeça na cama de Selena e começou a chorar.

– Um motorista bêbado passou o semáforo. Como poderia ser sua culpa? – Selena queria tocar o ombro da amiga, mas parecia que seu corpo era de chumbo.

– Era eu que devia estar dirigindo, você disse que não queria, que estava cansada. Mas eu resmunguei e você disse que me pegaria. Eu fui preguiçosa e, por isso, você tá aqui!

– Pare com isso! – Selena disse. O esforço de colocar alguma força nas palavras fez seu corpo todo doer. – Do meu ponto de vista, nenhuma de nós é culpada. – Ela parou para respirar e forçou seu corpo a relaxar – E o que aconteceu com o motorista do outro carro?

– Foi preso. E sem um arranhão, o maldito.

– Bom. Quero dizer, bom que ele tá preso, não por que saiu andando sem um arranhão.

Nesse momento, seus pais entraram.

– Obrigada, meu deus! Olha, Jerry! Ela acordou! – a mãe de Selena estava exultante e foi para seu lado imediatamente. – Estávamos tão preocupados, querida! Olha pra você, meu bebê. E pensar que quase te perdemos! – Ela continuou a falar enquanto arrumava os cobertores e os cabelos da filha, agradecendo por ela estar, enfim, acordada.

Selena percebeu que seu pai estava ao fundo, em silêncio, com os braços cruzados. Ele teve a postura militar que ela temia.

– Oi, pai – ela disse em voz baixa.

Se havia uma coisa que Selena sabia a respeito de seu pai era que se podia conhecer o humor dele de acordo com a maneira que ficava em pé. Naquele momento, podia perceber que ele estava furioso, mas não fazia ideia do motivo. Será que estaria bravo por ela ter se envolvido em um acidente, mesmo não tendo sido sua culpa? Às vezes, parecia que não importava de quem fosse a culpa, às vezes ele só precisava se irritar.

– Selena – ele disse, seco.

Seus pais trocaram um olhar desconfortável e sua mãe soltou:

– Agora não, Jerry!

Mas ele tinha algo a dizer:

– Os médicos disseram que você vai ficar bem. Sua recuperação vai demorar algumas semanas mas, fora isso, não vai ficar com nenhuma sequela. Você teve muita sorte – ele se aproximou da cama e Selena sentiu um intenso medo. – Seu braço está quebrado, assim como várias de suas costelas, talvez pela força do impacto contra o volante. Não sei porque os airbags não abriram. Vamos ter que falar com o mecânico e com a montadora a respeito disso; teremos de abrir um processo.

– Jerry – sua mãe alertou de novo ao se ajeitar e começar a mexer nas mãos, nervosa.

– Você teve uma concussão e o corte na sua cabeça precisou de pontos, mas não deve ficar cicatriz. Você vai ter dor de cabeça por uns dias, com certeza. – Ele mudou de posição e, lentamente, chegou ao seu lado. Sua expressão era de raiva. – Seus ferimentos vão sarar com o tempo. Vai ser duro por um tempo, mas...

– Jerry, por favor!

– Mas seu bebê morreu.

Era isso. Ele disse. Ele olhou para ela, quase implorando para ela negar. Selena colocou a mão trêmula sobre o ventre mas não se permitiu chorar na frente deles. Ainda mais na frente de seu pai. Ela não lhe daria a satisfação de vê-la desmontar. Ele apenas usaria isso, depois, para lembrá-la de sua fraqueza. Jerry se virou e começou a sair do quarto:

– Foi o melhor, Selena – ele disse com aquele tom autoritário que não permite discussão. – Aquele garoto achou mesmo que você largaria a escola e um futuro de verdade para se casar com ele! Um escavador sujo! – Ele se virou e olhou para ela mais uma vez. – Só por cima do meu cadáver. – A porta bateu atrás dele.

– Selena, querida – sua mãe começou a falar e a mexer nos cobertores outra vez.

– Por favor, não diga nada, mãe. – Selena olhou para as mãos sobre a barriga. Seu bebê havia partido. Nunca nem teve a chance. Tudo em seu interior parecia oco e ela sentia a dor da perda. – Onde tá o James? – ela perguntou, enfim, para Jen, que olhou para a senhora Ainsley. – Jen, onde ele tá?

– Seu pai o expulsou daqui na noite do acidente. Ele... ele... – ela olhou mais uma vez para a mãe de Selena e esperou sua aprovação. – Ele disse pro James que você tirou o bebê e ameaçou mandar prendê-lo se ele não fosse embora.

– Não! – Selena gritou ao tentar se sentar, sem conseguir. – Me fala que não é verdade! – Ela olhou para a mãe e ficou enojada com a expressão em seu rosto.

– É, sim – ela respondeu. – Aquele garoto não servia, Selena. Você tem um grande futuro pela frente! Faculdade. Uma carreira. Esse relacionamento – ela disse a palavra como se tivesse sentido

um gosto ruim – era passageiro. James Montgomery não é o tipo de homem com quem você se casaria. Você vai pra faculdade e vai conhecer um rapaz que tenha futuro. Consegue algo melhor do que ele. Com o tempo, vai perceber. – Ela foi arrumar o cobertor, mas Selena empurrou sua mão.

– Quero ficar sozinha.

– Mas...

– Por favor, mãe, saia.

Quando Jen se levantou, Selena sinalizou para que ela ficasse. Esperou a mãe sair para tirar o cobertor e tentar, novamente, sentar-se.

– Onde ele tá, Jen? Você encontrou com ele? Me dá meu telefone! Preciso ligar pra ele!

– Agora é tarde, Selena – Jen disse triste, ao impedi-la de tentar descer da cama e se machucar ainda mais. – Por favor, fique na cama. Você tá machucada e não pode se levantar. Você não vai encontrar ele.

– O quê? O que você quer dizer? – tremendo, Selena escorregou da cama e tentou levantar.

– Ele se foi – Jen disse. – Saiu da cidade depois que a polícia o retirou do hospital. Nem o Kent sabe pra onde ele foi. Sinto muito. Tentei encontrá-lo, queria conversar e dizer como o seu pai é. Procurei por todo canto. Até fui falar com o chefe dele. Ninguém sabe pra onde ele foi.

O quarto girava quando Selena caiu no chão.

Capítulo 7

O tal jantar aconteceu mesmo às 16h e, quando Jen ligou, às 17h, Selena já estava indo para o carro depois de ter se despedido da avó.

– A visita foi boa? – Jen perguntou.

Selena estava um pouco chorosa:

– Ela está bem mais velha do que eu lembrava. Quando eu estava saindo, ela disse "nos vemos", e só pude torcer que sim. Preciso me esforçar mais! – Ela estava se repreendendo. Todos esses anos lutando para se manter sã e proteger o coração, Selena nunca percebeu como isso havia afetado as pessoas que mais amava – Tivemos uma tarde juntas incrível, apesar disso. Ela me mostrou todo o complexo e conheci os amigos dela. Por um minuto ou dois me senti um cavalo de exposição! – As duas riram. – Enfim, foi um dia maravilhoso e estou feliz por ter vindo. Obrigada por me convencer a voltar, Jen. – Nem era difícil admitir isso. – E você? Como foi o seu dia?

– Parece que corri uma maratona. Duas vezes – Jen disse com a voz cansada. – Às vezes meus alunos são ótimos, mas há dias em que…

– São péssimos? – Selena terminou a frase para ela, soltando uma gargalhada.

– Hoje foi um desses dias. De verdade, não acontece com frequência, mas às vezes me pergunto por que quis virar professora. O salário não é uma maravilha e os alunos com certeza não gostam de mim. Ninguém nem ao menos me ouve na maior parte do tempo.

– Sinto muito. Mas, se ajudar, eu escuto você. E segui seu conselho. James e eu vamos nos encontrar hoje à noite pra conversar.

– Ai-meu-deus, ai-meu-deus, ai-meu-deus! – Jen gritou no telefone – Isso é maravilhoso! Fico tão feliz por você! Quando? Onde? O que você vai vestir? Precisa que eu vá ajudar você a se arrumar? Ele se arrependeu por ter deixado você esperando? Ele tinha um bom motivo? Essa é a melhor notícia!

Selena contou até dez, como já estava se tornando hábito nas conversas com a melhor amiga:

– São muitas perguntas, Jen.

– Eu sei, eu sei... É que tô muito animada por você! Já era hora. Quando você falou com ele? Ele explicou por que motivo não apareceu ontem? Ele estava em algum caso? Ficou bravo quando você perguntou onde ele estava? Conta tudo!

Nenhuma chance de contar tudo. Selena ainda estava processando os fatos. A noite e a manhã que passaram juntos pareciam um sonho. Ela ainda sentia a necessidade de se beliscar para ter certeza de que era verdade. O que tinham vivido era segredo e, por mais que amasse Jen, era algo que, por ora, ela manteria só para si.

– Não tem muito o que contar. – Selena disse, casualmente, esperando manter a voz neutra e não dar nenhuma bandeira para Jen. – Você sabe, ele ligou, pediu desculpas por não ter aparecido; sim, ele estava em um caso, e concordamos em nos encontrar hoje à noite quando ele sair do trabalho. Nada de mais.

Silêncio.

– Jen? Você tá aí?

– Desculpe, acho que cochilei. Essa foi a história mais sem graça que já ouvi. Espero que amanhã você tenha algo melhor pra dizer quando me ligar pra contar tudo.

– Não posso prometer – Selena disse. – Agora, chega de falar de mim. E você? Como foi a noite passada? Algo de... estranho aconteceu? Alguma... visita?

Outra vez, silêncio.

– Jen?

– Na verdade, sim. Eu estava vendo televisão, todas as cortinas fechadas, portas e janelas trancadas e estava me sentindo bem segura quando, por volta das dez da noite, bateram na porta.

– Uau... Que tarde. Quem era? – Selena tentou disfarçar a animação, mas não conseguiu.

– Pelo seu tom de voz, acho que você já sabe! Fala! O que James disse? Sei que a conversa de vocês não foi aquele tédio todo! Não acredito que tá escondendo as coisas de mim! Pode contar tudo. O que exatamente James disse que Mike acha de mim?

Selena começou a rir:

– Nada! James não disse nada, mesmo. Só que Mike comentou que passaria pra ver como você estava. Não ficou claro se ele faria ronda ou se pararia pra falar com você. Acho que foi a segunda opção.

– Acertou.

– E?

– Você tem seus segredos, eu tenho os meus – Jen disse, mas Selena podia jurar que ela estava rindo.

– O que isso significa?

– Significa que é óbvio que aconteceu mais coisa entre você e James. E você não quer me contar. Então, também não te conto.

– Olha, tudo o que ele disse foi que Mike comentou que ia ver como você estava quando eu disse que você tinha ido pra casa e eu continuava no hotel. Só isso. – *Mentirosa, mentirosa, mentirosa.*

– Bom, sendo assim, não tenho muito pra contar. Ele veio, verificou a casa e viu que tudo estava trancado e seguro. Deu a volta com a lanterna e foi isso.

– Ele não ficou um pouco?

– Ofereci algo para beber e ele me olhou como se eu fosse louca. – A decepção era clara.

– Isso não é um bom sinal.

– Não – Jen disse, chateada. – Não é – ela suspirou. – Pelo visto, só sou capaz de atrair loucos perseguidores. Os normais não se interessam por mim.

– Ainda não é hora de desistir – Selena disse, tentando animá-la. – Talvez ele queira esperar tudo isso acabar e essa história com Todd se resolver. Sabe, quando você não fizer parte do caso em que ele estiver trabalhando. – Selena assistia a muitos seriados policiais na televisão e sabia que isso era plausível.

– Você pode perguntar dele pro James hoje à noite – Jen sugeriu.

– Claro, enquanto estivermos conversando sobre nosso rompimento, a perda do nosso bebê e o motivo de ele estar claramente me culpando por tudo, posso questionar ele sobre a opinião de Mike a seu respeito.

– Sarcasmo não combina com você, Selena – Jen disse com sua própria pitada de sarcasmo

– Então, vamos ser realistas. Essa noite já vai ser dura o suficiente; temos muito o que conversar. Se eu achar um jeito de falar de você e de Mike, faço isso, mas não posso prometer nada.

– Ótimo. E que horas ele vai aparecer?

– Disse que depois das 21h. – Selena olhou o relógio. – Tenho tempo pra matar. Almocei tarde, quer me encontrar no restaurante pra um café?

– Claro. Ainda não jantei. O que me diz? Meia hora?

– Te encontro lá!

•

Depois de uma salada, uma Coca-Cola e muitas risadas, Selena voltou ao quarto de hotel para se arrumar e esperar por James. Com sorte, ele não ficaria preso no trabalho e eles poderiam, enfim, ter a conversa que deveriam ter tido na noite anterior. Ou pela manhã.

Ou dez anos atrás.

A ideia de conversar sobre o passado e trazer à tona tudo de novo não agradava Selena. Por muito tempo ela se esforçou para deixar as memórias para trás. Mas isso não ajudou. A dor continuava crua e fresca como se tudo tivesse acontecido ontem. Caminhando pela sala, ela se perguntava se seria capaz de fazer isso sem desmoronar. Os dois tinham motivos de sobra para estar bravos; a questão era, qual raiva permaneceria maior agora?

Selena lembrava que havia passado semanas, depois de ter saído do hospital, procurando por James. Seu pai usou todos os artifícios possíveis para impedi-la, então ela precisou da ajuda dos amigos. Ninguém conseguiu encontrá-lo. Se Kent sabia de alguma coisa, não contou. Não que ela pudesse culpá-lo; para Kent, James era família e Selena era apenas uma amiga, uma colega de classe. Ainda assim, ela achou que, se implorasse bastante, Kent veria sua sinceridade e como era importante encontrar James e lhe explicar o que tinha acontecido.

Por mais que ela soubesse o que o pai havia feito, ainda se perguntava o motivo de James não ter ido atrás dela, mesmo depois de a poeira ter baixado. É claro que, depois de um tempo, ele soube que todos estavam mais calmos e que ela estava esperando por ele.

Mas ele nunca apareceu.

E seu pai nunca se acalmou, por isso eles se distanciaram.

Ok, ela pensou consigo, talvez devesse ter sido mais firme, mais assertiva com seus pais, mas para quê? Ela não conseguia encontrar James. Qual o propósito em se revoltar e fazer valer seus direitos se ela continuaria sozinha? Ir para a faculdade foi uma bênção. Não ter de viver sob o mesmo teto que a pessoa responsável por arruinar sua vida era ótimo. E, na época, Selena tinha certeza de que aquele seria o momento em que James a procuraria.

Mas ele não a procurou.

Todos os sentimentos calorosos do amor daquela manhã começaram a enfraquecer e a raiva com a qual tinha vivido por tantos anos estava voltando.

Não foi só ele quem sofreu a perda, droga! Era o seu corpo que estava todo quebrado. Era a sua vida quem tinha virado de cabeça para baixo, e tinha sido o bebê dela que mais tinha sofrido. Como ele ousou esquecer disso! Como todos esqueceram disso! Todo esse tempo, Selena se sentiu mal ou culpada pelo que aconteceu quando, na verdade, ela era a vítima. Num piscar de olhos, ela perdeu o relacionamento que tinha com os pais, com James e a criança. Por que parecia que ninguém podia enxergar isso? Todos foram egoístas enquanto Selena, como uma tola, tentou fazer com que se sentissem melhor. Por que ninguém via que ela precisava ser confortada?

Selena tinha pensado em pedir vinho e colocar uma música mas, olhando para a suíte, não queria mais tornar o ambiente agradável e aliviar o clima. Para o inferno com isso. Ela precisava que alguém tivesse feito isso por ela anos atrás. Por que deveria fazer esse esforço agora? Aliás, por que ela achava que nessa história de encerramento devia alguma explicação? Ela merecia receber uma explicação. E, se James Montgomery achava que ia aparecer ali e fazer parecer como se ele tivesse sido o único a sofrer, ele estava muito enganado.

Incapaz de se conter, Selena foi se arrumar. Por ela, não por James. Ao menos foi o que pensou. Um pouco de batom nunca matou ninguém. Arrumou o cabelo para ficar com aquele volume sexy de quem acabou de levantar e se sentiu bonita. E a lingerie com renda vestiu só porque ela gostava.

Nada a ver com James.

– O que estou fazendo? – ela se repreendeu depois de afofar os travesseiros da cama – O que há de errado comigo?

Saiu do quarto e foi até a sala beber alguma coisa, então, percebeu que não tinha reabastecido o frigobar. A coisa mais fácil a fazer sem parecer que ela estava se esforçando demais era ir até a máquina do corredor e pegar alguma bebida, mas as boas maneiras venceram e ela pediu o serviço de quarto.

O fato de ela se lembrar da cerveja preferida de James a fez encolher-se. Pedir a tal cerveja com mais alguns salgadinhos e vinho a fez querer bater em si mesma. Ela continuava querendo agradar a todos. Era como uma doença.

– Só estou sendo uma boa anfitriã. Não estou tentando impressionar ele.

Mentirosa, mentirosa, mentirosa.

Sem mais o que fazer, Selena viu que ainda eram 20h30.

– Ótimo – ela resmungou. – O que faço agora?

Ver televisão parecia a escolha óbvia, então se esforçou para ficar confortável no sofá enquanto passava pelos canais. Em casa ela nunca tinha tanto tempo livre. Seu negócio a mantinha ocupada e ela achava a maioria dos programas de televisão perda de tempo. Ainda assim, não faria mal ver se a televisão de Nova York oferecia mais canais do que a da Carolina do Norte.

Nada chamou sua atenção e, no quarto, Selena começou a se perguntar se deveria ter tirado o jeans e a blusa que estava usando, quando trocou de lingerie, e colocado algo mais informal. Ela não diria "mais confortável" porque isso implicaria colocar algo fácil de tirar, e esse não era o plano – por mais prazeroso que ela soubesse que seria.

– Droga!

Ela se levantou do sofá, voltou para o quarto e tirou a roupa. Procurou em suas coisas até achar um par de calças de seda que normalmente usaria em casa e uma camiseta. Ao olhar no espelho, fez uma careta:

– Estou me esforçando demais pra parecer que não estou me esforçando. – Um resmungo de frustração escapou. – Por que é tão difícil?

É claro que não havia ninguém ali para responder e, jogando as mãos para cima, irritada consigo, ela voltou descalça até a sala para esperar tanto o serviço de quarto quanto James, assistindo à televisão.

– Um sonho – ela murmurou ao se deitar no sofá e se esforçar para não olhar a hora de novo.

A batida na porta a surpreendeu mais do que deveria. E o controle remoto voou quando ela saltou assustada.

– Calma, Selena... como se não estivesse esperando ninguém – ela se repreendeu enquanto lutava para baixar a frequência cardíaca e caminhava até a porta.

– Serviço de quarto – a voz do outro lado disse.

Selena ficou aliviada. Ainda não estava pronta para encontrar James. Ao abrir a porta, deixou o funcionário entrar e o observou colocando seu pedido sobre a mesa. Ele perguntou se precisava de mais alguma coisa e ela negou, forçando um sorriso.

Selena o agradeceu, deu a gorjeta e se despediu. Olhando para o cenário convidativo, ela quase podia ouvir a garrafa de vinho chamando seu nome.

– Que inferno – ela disse derrotada, ao caminhar para se servir uma taça.

Assim que ela colocou a garrafa de volta na mesa, uma segunda batida na porta. Selena olhou para a porta e para a taça em sua mão. Então, deu um longo gole da bebida e devolveu a taça sobre a mesa, antes de atender a porta.

– Hora do show.

•

James não estava se saindo melhor. Sua concentração tinha sido péssima o dia todo. Ele não podia manter o foco em nada e, o que era pior, parecia que todos podiam perceber. Mais de uma vez, um de seus colegas de trabalho lhe deu um olhar diferente ao pegar para fazer alguma de suas tarefas básicas. Isso era muito constrangedor.

Sempre que fechava os olhos, podia ver Selena, senti-la. Ele a queria. Era enlouquecedor. Como uma noite – ou uma manhã – podia afetá-lo com tanta força? O que ela tinha de diferente? Era como se fosse parte dele, de seu sangue. Apesar de saber que a veria naquela noite, sair para o trabalho tinha feito seu coração doer. Pior do que quando a perdeu, anos atrás.

Se houvesse um jeito de esquecer a tragédia que lhes acontecera no passado e focar nas emoções, na atração e no que sentiam nesse momento, James ficaria feliz em se esforçar. Nenhuma mulher o havia feito sentir o mesmo que Selena, e agora ele sabia que nenhuma conseguiria. Depois de tanto tempo longe, continuava igual, era como se ele tivesse perdido uma parte do corpo e agora a reencontrasse.

Ela o completava.

Infelizmente, havia coisas que não podiam ser ignoradas. Não seria melhor lidar com elas agora, tentando passar por tudo juntos, do que deixá-las continuar apodrecendo até estourarem? Ele só conseguia imaginar como seria tentar ignorar o passado e seguir em frente para que tivessem um futuro juntos agora que eram adultos. Tinham crescido e podiam ter tudo o que antes sonhavam. Mas seria mesmo mais duro conseguir isso tudo do que apenas perder.

Talvez.

Ele passou o dia todo pensando como seria essa noite. Um encontro? Uma reunião? Depois da noite passada e daquela manhã, só o que queria era aparecer lá com flores e um vinho. Pegar Selena nos braços e fazer amor com ela, outra vez, a noite toda. Mas havia algo nessa imagem que não se encaixava. E se fosse apenas uma coisa casual? Uma forma de encerrarem a história? Esse pensamento o irritou; ficaria louco se a deixasse usá-lo de tal maneira. Mais uma vez, se sentiria um completo otário se aparecesse pronto para uma noite romântica e ela estivesse preparada para uma reunião de negócios.

Por que não existe um manual para relacionamentos?

Envolver-se com Selena de novo podia ser muito arriscado. Ele sabia que ela tinha uma vida na Carolina do Norte e, até onde sabia, apenas estava passando o tempo com ele enquanto ficava na cidade. Essa ideia o tirou do sério. A garota que ele conheceu não seria tão cruel, tão insensível. E, mais uma vez, ele não conhecia a Selena mulher, apenas a garota de 18 anos por quem tinha se apaixonado. Será que ela poderia ter mudado tanto?

Como ele sobreviveria se ela partisse outra vez? Como poderia pedir para que ela ficasse? Passando a mão nos cabelos, James se irritou. Ele estava muito ansioso. Até onde sabia, eles iriam conversar, esclarecer as coisas e descobrir que havia química sexual e muita raiva entre eles. Ele balançou a cabeça. Eles tinham mais do que química. Você não faz amor com tanta paixão tantas vezes apenas por química. Droga, apenas uma mulher lhe despertara tal paixão.

Merda.

Ele continuava apaixonado por Selena Ainsley.

Ouviu os passos dela se aproximando da porta, pelo lado de dentro. Engoliu em seco. Ela tinha todas as cartas na mão e nem sabia. No fim do dia, com raiva ou não, James sabia que tudo o que queria, tudo o que sempre quis, estava lhe esperando do outro lado da porta, dentro daquele quarto de hotel.

Selena abriu a porta e toda a tensão do dia deixou seu corpo. Não importava o que fosse acontecer na sequência, não importava o que fosse dito, James não a deixaria partir, dessa vez, sem brigar.

Capítulo 8

Um olhar.

Um olhar foi só o que precisou para todo o ímpeto de briga a abandonar. No rosto de James estava espelhada a mesma incerteza, o mesmo grau de vontade, *necessidade*, que ela também sentia. Um lento sorriso se abriu em seu rosto; na verdade ela estava feliz em vê-lo e aliviada por ele, enfim, estar ali.

Selena abriu espaço para ele entrar. Ela não tinha certeza se deveria lhe dar um beijo, um abraço ou... qualquer coisa. Era um território desconhecido. Como alguém deveria se comportar depois de uma manhã de sexo incrível com seu ex-namorado quando o que precisava mesmo era sentar e ter uma conversa muito séria? Selena mordeu os lábios, nervosa, enquanto procurava a coisa certa a fazer, a dizer.

James tomou a decisão ao fechar a porta, aproximar-se e lhe dar um beijo. Foi gentil. Foi delicado. Exatamente o que ela precisava. Todo o seu corpo amoleceu ao contato com ele, com nada além de um simples toque, Selena estava encostada na parede, com os braços ao redor do pescoço de James para mantê-lo perto de si. Ela não tinha certeza de quem havia suspirado de contentamento primeiro; só o que sabia é que nunca, em sua vida, ela havia estado em tamanha sincronia com alguém.

Só com James.

Era uma sensação boa.

Logo James levantou a cabeça e apoiou a testa contra a dela e confessou:

– Sei que esse não deve ser o jeito ideal de começar a noite, mas não resisti. – Afastando-se um pouco, ele viu o sorriso sonhador no rosto de

Selena e aproximou-se de novo para beijar seus olhos ainda fechados. Ele sentiu seu cheiro: o perfume, o xampu. E suspirou, feliz – Como foi o seu dia?

Era tão familiar, tão confortável, que Selena não viu problema em entrar na dele.

– Hum... foi bom. – Abrindo os olhos, ela o pegou pela mão e o levou para o sofá antes de lhe oferecer uma cerveja e servir-se de uma taça de vinho outra vez. Entregou a cerveja a ele e sentou-se ao seu lado. – Visitar a minha avó foi ótimo.

– Ela ficou surpresa?

Selena riu:

– Sim, ficou. E ninguém precisou trazer um carro de resgate pra ela.

– Espertinha.

Ela riu da expressão no rosto de James.

– Foi ótimo passar a tarde com ela. Conversamos, ela me mostrou os jardins da residência de idosos e me apresentou a centenas de pessoas antes de fazermos nosso jantar vespertino.

– 16h30?

– 16h – ela disse rindo e pegando sua taça de vinho. – Saí por volta das cinco, falei com Jen e a encontrei na lanchonete. Não tem igual na Carolina do Norte. Tinha esquecido como gosto de lá!

– Então você jantou duas vezes? – ele a provocou.

Negando, Selena não pode evitar a risada.

– Claro que não! Comi um lanchinho enquanto ela jantou. – Selena tomou um lento gole de vinho, observando James pela beirada do copo. – Foi bom sentar e conversar com Jen. Ela teve um dia duro na escola e continua ansiosa com tudo o que está acontecendo. Alguma chance de encontrar Todd?

– Não posso dizer – ele respondeu sério. – Vamos apenas dizer que isso acabará logo. – James sabia por que não deveria compartilhar as informações com Selena e gostaria que pudesse ser diferente. Queria conversar com ela, compartilhar as coisas de seu trabalho que o frustravam, como o caso de Jen. Ele sabia que precisava esperar para ver como as coisas correriam antes de se abrir por completo com Selena e quebrar regras por ela.

– Isso é um alívio. Sei que Jen está ansiosa pra ter a vida de volta. – Ela esperou um momento, olhou para James e abriu um leve sorriso. – Jen me disse que Mike passou lá na noite passada. Sabe, checou a casa, o perímetro, blá-blá-blá. Ele falou alguma coisa pra você? – James olhou para ela e abriu um largo sorriso antes de cair na gargalhada. – O que foi? O que é tão engraçado?

– Selena, sou um homem de trinta anos. Já superei esse tipo de fofoca.

– Não é... fofoca... Digamos que estou curiosa.

Ele se inclinou e lhe deu um beijo na ponta do nariz:

– E vai continuar curiosa porque Mike e eu não nos sentamos e trançamos o cabelo um do outro enquanto falamos de garotas.

– Há, há... muito engraçado. – Ela o empurrou de brincadeira.

O silêncio que se seguiu não foi tão desconfortável quanto os dois acharam que seria. Conversando de generalidades, eles terminaram suas bebidas e comeram alguns petiscos que Selena tinha pedido.

– Não sabia se você tinha jantado, então achei que podia ser um bom aperitivo. Se quiser, podemos pedir o jantar para você.

– Já comi, mas obrigado.

Depois de toda a conversa cotidiana, James pensava quem seria o primeiro a tocar no assunto. As coisas estavam indo tão bem, tão tranquilas, que só de pensar em algo remotamente desconfortável fazia seu estômago revirar. Pela expressão de Selena, ela também não estava ansiosa pela conversa.

– Não precisamos fazer isso – ele pegou as mãos dela nas suas.

A expressão tranquila de Selena desapareceu. Ela apertou a mão dele e deu um sorriso triste:

– Acho que precisamos, sim – James concordou. – Odeio que a gente tenha demorado tanto pra ter essa conversa e, agora que estamos aqui, não sei nem por onde começar.

James soltou a mão da dela com cuidado e terminou sua cerveja. Em pé, ele caminhava de um lado para o outro. É como tirar um curativo, disse para si mesmo. Tinha tanta coisa que ele precisava tirar do peito, e, embora lhe doesse muito, não havia outra maneira. James respirou fundo e falou em voz alta as palavras que não se permitiu pensar por muitos anos:

– A última vez que vi você – ele começou com a voz embargada –, estávamos felizes e planejando o futuro. Depois, o que sei é que recebi uma ligação desesperada da Jen. Ela só conseguia dizer que você tinha se envolvido em um acidente. Quando cheguei ao hospital, não me deixaram te ver e tive de ficar ali como se fosse um criminoso. Nesse tempo, me disseram que você tinha se envolvido em um acidente e que tinha tirado nosso filho. Por que, Selena? Por que você fez isso?

– Não fiz! – Ela se alterou e se levantou. – O acidente me fez perder o bebê! Acredite em mim, eu nunca faria isso! Como pôde pensar isso?

– Não estou acusando você de nada. Só tô dizendo o que me disseram, droga! Seu pai foi lá com dois policiais e me disse que você tinha sofrido um acidente e tinha optado por interromper a gravidez! – A expressão arrasada de Selena o fez se arrepender de ter aumentado o tom de voz, mas era tão bom poder dizer isso em voz alta para ela. – Ele disse que você não queria mais me ver, que tinha mandado ele falar comigo e, depois, me mandou embora! Quando tentei entrar, me aproximar dele no elevador, os policiais me impediram.

– Ele mentiu pra você!

James balançou a cabeça, descrente:

– Eu disse isso pra ele. Acusei seu pai de estar mentindo e ele me pegou com força e disse que, se eu não fosse embora, me acusaria de estupro. – Os olhos dele estavam firmes em Selena para ver se ela defenderia o pai.

– O quê? De onde saiu isso? – Ela perguntou. – Eu sabia que ele não aprovava nosso namoro e a situação toda, mas por que ele o ameaçaria com algo assim? Não faz sentido!

– Você tinha dezessete anos quando começamos a namorar, eu tinha vinte. Se ele quisesse, poderia me colocar na prisão e você não poderia fazer nada. Como seu pai, ele tinha o direito de fazer a queixa. Não importa que tenha sido consensual e não importa que você tivesse dezoito quando ele me ameaçou. Ele podia arruinar a minha vida e você não fez nada para impedi-lo. – Era impressionante a velocidade com que as emoções vinham à tona, independente de ele dizer que isso não importava mais.

– Fiquei desacordada por três dias, James! Quando acordei, você tinha ido embora! Kent não nos contava nada e ninguém que conhecíamos tinha ideia de onde te encontrar! Jen tentou, enquanto eu estava inconsciente, mas não tinha rastro. Ela foi até falar com o seu chefe!

– Não – ele disse desconfiado. – Acho que você ficou com medo de se casar comigo. Estava tudo bem quando estávamos apenas namorando, mas, quando você disse que estava grávida e eu propus que nos casássemos, você mudou de ideia. Achou que eu não era bom o suficiente, como ele disse, e quis dar um jeito de fugir. Sei que não planejou o acidente, mas com certeza foi uma boa desculpa pra me largar. – Ele foi até o bar e pegou mais uma cerveja.

Selena foi até ele e pegou a garrafa de suas mãos:

– Você não pode estar falando sério! Tem ideia de como isso que tá dizendo é ridículo?

– Não acho que seja – ele disse, pegando a garrafa de volta das mãos dela. – Acho que você, assim como seus pais, não achava que eu era bom o suficiente. Era uma boa diversão, mas logo que apareceu um jeito de ficarmos juntos, você fugiu.

– Eu não encontrei um jeito de fugir, seu babaca! Um motorista bêbado bateu no meu carro e eu podia ter morrido! Tive ossos quebrados, uma concussão... Pelo amor de Deus, fiquei em coma! Acredite em mim, se eu quisesse um jeito de terminar nosso relacionamento, tinha várias opções bem menos traumáticas!

Os dois ficaram em pé se olhando. James não gostou de ser chamado de babaca tanto quanto não gostou da forma como o pai de Selena havia falado com ele anos atrás.

– Ligue pra ele.

– Pra quem? – ela perguntou confusa.

– Seu pai. Ligue e peça pra ele me dizer que mentiu se você estiver me dizendo a verdade. – Ele a desafiou.

– Não posso – ela empalideceu.

James queria socar alguma coisa, gritar até sua garganta sangrar. Por muito tempo tentou se convencer de que estava errado sobre Selena, que seu pai havia mentido. Mas, agora, com a oportunidade de provar o que dizia, ela não podia.

– Foi o que pensei – James disse quando pegou suas chaves e foi na direção da porta. – Acho que não temos mais nada pra conversar.

– Não ouse me deixar sozinha de novo, James Montgomery! – Selena gritou. – Você disse o que queria, caramba, agora é a minha vez. – Ela foi até ele, pegou as chaves de sua mão e as jogou longe.

Ela estava cansada de não se posicionar, de deixar todos dizerem o que queriam e ficar quieta sem importar o custo emocional que aquilo lhe traria.

– Dez anos atrás, eu me apaixonei por você e quis passar a vida ao seu lado. Não, meus pais não gostaram e, não, eles não achavam você bom o suficiente, mas eu não me importava. Eu te amava e, quer acredite, quer não, amava nosso filho. Eu queria me casar com você mais do que qualquer coisa no mundo. – Selena se virou de costas e caminhou para longe. – Quando acordei e descobri que tinha perdido o bebê, quis morrer. Procurei por você, implorei a Jen e à minha mãe para que fossem encontrá-lo, mas você já tinha partido. Eu não queria acreditar, não conseguia acreditar que você tinha me largado daquele jeito. Achava que você me amava.

As lágrimas começaram a rolar por seu rosto, mas Selena não se importou e continuou:

– Todo o tempo da minha recuperação, a única coisa que me mantinha motivada era a esperança de você voltar pra mim. Perdi o semestre da faculdade por causa da fisioterapia e continuei dizendo pra mim mesma que, se eu ficasse forte, você voltaria. – Ela se virou e olhou para ele. – Mas você não voltou. – Quando eu, enfim, fui pra faculdade, achei que, com certeza, você me encontraria lá. Afinal, eu estaria longe de casa, longe da minha família e você saberia que, enfim, poderíamos ficar juntos. E, mesmo assim, você não apareceu. Como nunca me contou sobre sua família ou onde viviam, não tinha ideia de como encontrá-lo. Kent e os pais também não me ajudaram. Não tive outra escolha além de desistir e seguir com minha vida patética.

– Selena...

– Não – ela soluçou. – Esperei muito tempo pra dizer isso e você vai me deixar terminar. – Secando as lágrimas do rosto com o dorso da mão, ela continuou caminhando lentamente pelo cômodo. – Eu não ligava pra escola. Eu não ligava pra nada. Meus pais venderam a casa aqui e se mudaram para a Flórida, onde eu estudava, porque ficaram preocupados comigo. Mas deviam ter se preocupado com o relacionamento deles, porque, quando se mudaram, o casamento acabou.

– Não espere que eu fique triste por eles – ele disse firme.

Ela riu.

– Não espero isso. E, pra ser honesta, não fico mal por eles também. O divórcio aconteceu meses depois e, desde então, quase não falo com meu pai. – Ela parou para fazer a conta. – Já vai fazer quatro anos que não falo com ele.

– Por minha causa?

Ela negou.

– Por minha causa. Ele mentiu, me manipulou e, quando consegui enxergar isso, percebi que ele havia feito isso a minha vida toda. Ele era tão focado no que era bom pra ele e no que ele queria que nunca se preocupou com os sentimentos dos outros. Quando cortei os laços com ele, encontrei um pouco de paz. – Mais uma risada triste. – E eu não tinha isso há muito tempo, desde quando estávamos juntos.

Selena foi até a mesa, onde se serviu de vinho e tomou um gole.

– Terminei a faculdade porque era algo que precisava ser feito, mas o que eu estudava não me interessava – Ela deu de ombros. – Minha colega de quarto era da Carolina do Norte e me convidou pra visitá-la depois da formatura. Me encantei e nunca mais fui embora.

James não sabia o que dizer. Se o que ela estava contando fosse verdade, ele tinha passado grande parte de sua vida vivendo uma mentira. Mas como ele saberia? Como poderia acreditar cegamente nela? Ainda estava processando todas as novas informações e Selena continuava falando.

– Voltar aqui foi muito doloroso. Eu sabia que, se me permitisse, não importa quantos anos tivessem se passado, iria procurar você. Não sabia se me faria algum bem, mas eu… eu precisava encontrar você. – Selena ficou chocada com a confissão.

– Você sabe por que virei policial? – ele perguntou de repente. Selena negou. – Foi por causa do que aconteceu naquela noite. Fui injustiçado e aquilo não era certo, por isso, jurei nunca mais deixar algo assim acontecer. Saí da cidade na manhã seguinte, fui pra casa de outros parentes em Nova York. Me matei pra conseguir o diploma da escola e entrar na polícia e depois foi uma luta pra conseguir voltar pra cá. Porque, como você, eu sabia que, se ficasse por perto, conseguiria te encontrar e provar a você e sua família que estavam errados.

Selena ignorou a parte final da frase:

– E seus planos de faculdade? Sua empresa de paisagismo?

– Pra quê? – ele respondeu. – Eu precisava ter certeza de nunca mais me sentir como naquela noite.

– Então você abriu mão do seu sonho? – ela disse descrente.

James deu de ombros.

– Valeu a pena. Tenho um emprego em que sou respeitado e agora sou eu que tenho autoridade. – Sua voz era dura e Selena se assustou. Ela nunca tinha visto esse lado dele. – Antes eu queria me vingar do seu pai, prendê-lo por alguma coisa e ameaçá-lo, como ele fez comigo. A ideia de ver o medo no rosto dele me motivou durante os momentos difíceis.

– E agora? – ela perguntou em voz baixa.

– Agora não importa. O que aconteceu, aconteceu. E, se você não quer pedir pra ele admitir que mentiu, ficamos num impasse.

– Sério? Você ainda acha que tô mentindo? Por quê? Por que eu faria isso? Essa manhã não significou nada pra você? Você acha que eu sou o tipo de mulher que sai dormindo com todo mundo? Nunca me dei a alguém como a você! Nunca conseguiria!

A imagem de outro homem com as mãos em Selena irritou James:

– Não – ele disse por entre os dentes cerrados. – Não acho isso, mas talvez tenha sido só um encerramento ou um passatempo enquanto você está na cidade. Ou, talvez, só talvez, você pode ter achado que seria divertido brincar comigo de novo, pelos velhos tempos.

Selena ficou chocada, como se tivesse tomado um soco:

– Se é isso o que pensa de mim, acho que nunca me conheceu de verdade. Talvez tudo o que aconteceu lá atrás tenha sido mesmo o melhor, porque, se você acha que eu seria capaz dessas coisas horríveis, então você não é o homem que eu acreditava que fosse. – Lágrimas começaram a se formar outra vez e ela logo as secou. Acertando a postura e se esforçando para manter a voz firme, ela o encarou. – Acho que já terminamos e que você deve ir embora.

Selena olhou para a sala e encontrou as chaves de James que havia jogado mais cedo. Ela se levantou e foi buscá-las. Ao se aproximar de James, Selena o encarou e lhe entregou as chaves.

Eles ficaram se olhando por vários minutos. O único som era o da respiração deles. Por fim, James rompeu o silêncio:

– Não deveria terminar assim. – Sua voz estava carregada de emoção. – Não agora.

– E não terminou – ela disse com a mesma tristeza. – Terminou dez anos atrás e foi muito pior.

James deu um passo à frente e estremeceu. Selena recuou. Ele parou e seus braços caíram derrotados:

– Não sei como posso acreditar em você. – James estava muito incomodado: se ela estivesse certa, ele não tinha mais nada a que se apegar. Toda a raiva, todos os anos de disciplina, tudo para nada.

– Nunca menti pra você, James, nunca. Posso pedir desculpas pelo que meu pai disse e fez, mas não vai mudar nada. Mesmo se eu pegar o telefone agora e ligar pra ele, muda alguma coisa? Nosso bebê morreu, passaram-se dez anos. – Ela secou a última lágrima. Não posso continuar vivendo no passado. Fiquei nele tempo demais.

– Eu também – ele admitiu. – Não sei mais como viver de outra forma. – Dessa vez, quando ele deu um passo à frente, ela não se moveu. Ele se aproximou até parar na frente de Selena – Se eu não tenho mais a minha raiva, não sei o que tenho.

Tem a mim.

As palavras estavam na ponta da língua, mas Selena não sabia se deveria dizê-las. Então, disse, em voz baixa:

– Também sinto raiva.

James não podia mais se conter, a necessidade de tocá-la era enorme. Sua mão, então, acariciou o rosto de Selena:

– E pra onde vamos daqui?

– Não posso forçá-lo a acreditar em mim, só posso te dizer a verdade. Sempre disse a verdade. Só você pode decidir se vai acreditar.

– Eu quero, Selena. Quero mesmo. Só não sei como. Por muito tempo acreditei nas coisas que seu pai me disse. É difícil acreditar que alguém, mesmo um pai maluco, criaria uma história tão horrorosa.

– Então você também nunca conheceu meu pai de verdade.

E foi aí que ele entendeu: ele não o conhecia mesmo. Os pais de Selena tinham formado sua opinião a respeito de James logo de cara e ele tentou o quanto pôde se manter distante. Eles deixaram sua opinião muito clara desde o começo e James não se interessou em tentar fazê-los mudar de ideia.

No calor do momento, em que as emoções estavam à flor da pele, James escolheu acreditar nas palavras de um homem que nunca lhe tinha mostrado nada além de ódio. Por quê? Como ele pôde se deixar fazer isso? Naquele momento, ele sabia que não poderia ter enfrentado o homem, Jerry Ainsley tinha todas as cartas na mão, e James sabia, sem dúvida, que ele não pensaria duas vezes antes de mandá-lo para a prisão. Tinha trabalhado muito para deixar isso acontecer.

Então ele fugiu.

Na época, não teve escolha, mas ele poderia ter voltado quando as coisas se acalmaram. Deveria ter voltado ao menos para confrontar Selena. James baixou a cabeça. Ele deveria ter ouvido seu coração em vez de ter sido tão teimoso e orgulhoso. Seus pais já haviam dito que essas características seriam sua ruína. E eles tinham razão.

Era difícil aceitar.

– Não me faça partir – ele disse, com a voz embargada; ao levantar a cabeça, seus olhos castanhos brilhavam com as lágrimas não derramadas.

Era mais do que Selena poderia aguentar:

– Não quero que você vá. – Não foi mais do que um suspiro.

Ela o abraçou e, juntos, choraram por tudo o que tinham perdido, lamentaram juntos o que não lhes fora permitido tanto tempo antes.

Passaram-se vários minutos até eles, relutantemente, separarem-se. Antes de Selena se afastar, James a abraçou e caminharam juntos para se sentarem no sofá. Quando estavam confortáveis, ele serviu um copo de água para cada um.

– Sinto muito. – Ela começou, mas James colocou um dedo sobre seus lábios para silenciá-la.

– Sou eu quem deve pedir desculpas. Deveria ter estado ao seu lado.

– Mas não pôde...

– Talvez não de imediato, mas eu deveria ter voltado. Fiquei irritado e obcecado em provar que estavam errados e perdi de vista o mais importante: você. – Lado a lado, ele se inclinou e apoiou a cabeça na de Selena.

– Senti tanto sua falta – ela disse. – Sempre achei que se você estivesse lá comigo não teria sido tão difícil, a dor, a perda, teria sido quase suportável.

– Você nunca deveria ter passado por isso sozinha. Nunca vou conseguir me retratar....

– Não precisa. Você está aqui agora e é isso o que importa. Por mais doloroso que tenha sido, era preciso.

– Sei que você está certa.

Selena se afastou e olhou para ele, sem acreditar:

– Está dizendo que acredita em mim?

A resposta não era tão simples quanto ele esperava que fosse:

– Nunca deveria ter duvidado – ele disse, cauteloso. – Eu sabia a opinião do seu pai a meu respeito. Não acredito que não desconfiei dele. Só ouvi as coisas horríveis que disse para mim e a forma como me humilhou. Nada fez sentido. Fugi quando deveria ter ficado e lutado por você. Por nós.

– Naquele momento, não teria adiantado. Meu pai é rancoroso, mau. Ele teria cumprido as ameaças e arruinado a sua vida.

– Ele arruinou de qualquer forma.

Selena engasgou:

– Não! Não diga isso! Olha tudo o que você conquistou, James. Tem uma carreira brilhante e, pelo pouco que sei da sua vida, parece feliz. Não deixe que ele acabe com isso.

– Acho que não fico feliz há muito tempo. Só tenho sobrevivido. Todos os dias luto pra ficar melhor, no controle, mas pra quê? Não sei mais o que estou fazendo e nem mesmo se quero ser policial.

– Você pode voltar a estudar – Selena sugeriu. – E ter a carreira com que sonhou. – Ela acariciou o rosto dele. – Eu adorava ouvir você falando do negócio que teria. Era uma paixão, você ficava tão animado. Queria me sentir assim por alguma coisa.

– E o que você faz hoje? A organização de eventos? – Doía ver que ele não sabia nada a respeito da vida dela. James sabia que demoraria um tempo até recuperarem o tempo perdido.

– Hoje em dia eu adoro mas, antes, você era minha inspiração. Você trabalhava tão duro pra alcançar seus sonhos. Me sentia humilhada – Selena sorriu para James. – Todos que conheci foram para a faculdade com a ajuda dos pais e lá estava você, vivendo com seus tios, sem carro, trabalhando para economizar cada centavo pra comprar um carro e começar o seu negócio, pra viver o seu sonho.

James sentiu vergonha. Apesar de tudo o que viveram, ele nunca contou a Selena sua verdadeira origem. Havia feito Kent jurar segredo e ninguém nunca soube que James Montgomery, na verdade, vinha de uma família rica. Ele era apenas um rico menino mimado tentando abrir seu próprio caminho no mundo em vez de se aproveitar do nome da família – ou seguir os mesmos passos e ter uma carreira que não o interessava – independente de quão rico fosse.

– Queria que meus pais tivessem visto isso e entendido – Selena continuou. – É preciso muita força e coragem pra fazer o que você fez. Eles deveriam admirá-lo. Assim como eu. Tinha tanto orgulho de você.

– Selena, eu…

– E ainda tenho.

Ela o estava matando. Lenta e dolorosamente, estava destruindo a couraça que ele manteve em volta do coração por tantos anos. Seus pais chamavam o estilo de vida dele de rebeldia, nunca entenderam sua necessidade de ser um indivíduo em vez de um membro da máquina corporativa Montgomery. Além da família, ninguém sabia as verdadeiras origens de James, de onde ele vinha ou quem era de verdade. Ele tinha visto muita gente tentando tirar vantagens de membros da família. Enquanto James ficasse longe dessa parte de sua vida, tinha quase certeza que as pessoas gostariam dele e se importariam com ele por quem ele era, e não por seu nome.

Ele sentia falta da família e dos irmãos? Sim. Desejava que as coisas fossem diferentes e que ele pudesse ser aceito pelo homem que se tornara? Com certeza. Mas a verdade era que tanto tempo havia se passado que James nem sabia mais como lidar com a família. Ele tinha encontrado todos no casamento de seu primo, Mac, e agora que Ryder e Casey teriam um filho, ele teria mais motivos para se aproximar, mas independentemente de qualquer coisa, James não se sentia parte daquilo.

Devia ser ele o único Montgomery que desejava não ser um maldito Montgomery. Mas nem disso podia ter certeza. Talvez pudessem aceitá-lo por quem tinha se tornado, apenas James.

Não havia dúvida de que Selena o aceitaria, mas ele pressentia que ela ficaria magoada por ele não ter compartilhado essa parte de sua vida com ela no passado. Ele tinha seus motivos na época. E ainda tinha motivos para não contar. Os dois estavam em um terreno instável e James não tinha ideia para onde isso os levaria. Até estarem seguros quanto aos caminhos dessa relação, James seria forçado a manter seu segredo por mais um tempo.

Ele só esperava que manter sua identidade secreta não fosse um erro.

Capítulo 9

Era quase meia-noite e os olhos de Selena estavam pesados. Com a cabeça apoiada no ombro de James, ela tentava se concentrar no final de *Núpcias de escândalo*. Quando namoravam, os dois gostavam de ver filmes antigos e assistir a um deles na televisão parecia o programa ideal para relaxarem depois de uma noite tão emotiva.

James olhou para Selena e sorriu. Se ele pudesse parar o tempo naquele momento, pararia. Por anos ele se perguntou se encontraria uma mulher com quem pudesse ir para casa e simplesmente relaxar. A mulher ao seu lado, quase adormecida, era a única que ele desejava nesse papel. Os créditos do filme começaram a passar e James cutucou Selena com cuidado:

– Ei – ele sussurrou –, tá acordada?

– Hum... Mais ou menos. – Selena sussurrou e, depois, bocejou. Por mais que soubesse que a cama seria um lugar muito mais confortável para dormir, não queria sair daquela posição. Quando James a afastou para se levantar, ela deu um salto. Uma onda de pânico a percorreu enquanto rezava para que ele não estivesse indo embora. Antes mesmo de poder dizer o que a preocupava, ele desligou a televisão e a pegou nos braços. – Oh!

– Não me entenda mal. Eu estava adorando ficar agarradinho com você no sofá, mas acho que seu pescoço vai te matar amanhã. – James foi até o quarto, puxou o edredom e colocou Selena na cama. Sem uma palavra, foi até a sala, trancou a porta e apagou as luzes antes de voltar para junto dela.

Ele não pediu permissão.

Ela não o convidou.

Mas nada disso pareceu ser necessário.

Apenas um pequeno abajur iluminava o quarto quando James ajoelhou-se no chão, ao lado de Selena e colocou as mãos em suas coxas. Ela as cobriu com suas mãos e arfou quando ele beijou cada um de seus dedos, antes de subir as mãos até seus quadris e segurá-la com firmeza. Havia tantas coisas que ele gostaria de dizer a ela, perguntas que ele queria fazer mas, no momento, ele só queria amá-la.

James levantou-se, puxou Selena para a beirada da cama e começou a beijar seu pescoço. Ela tombou lentamente a cabeça para trás e suspirou. O perfume dele, a sensação dos corpos tão próximos era quase uma tortura.

As mãos de James passearam entre os quadris e a barriga de Selena, até acariciarem seus seios. Ela gemeu de prazer e olhou para ele:

– Pare... – ela sussurrou e afastou delicadamente as mãos dele.

James estava pronto para protestar quando percebeu que ela o interrompera apenas para tirar a blusa. Seu coração quase parou ao ver o sutiã de renda preta contra a pele branca dela. Sua doce Selena tinha um lado safado. E ele gostava.

Antes que ela pudesse fazer qualquer coisa, James pegou as mãos dela e as colocou sobre a cama, de forma que a boca dele pudesse provar seus seios descobertos. Ele beijou, mordiscou e lambeu todo o corpo de Selena, que se contorcia diante dele. A única certeza que James tinha era a necessidade de manter as mãos dela presas, pois, se ela o tocasse naquele momento, não importa quão inocente fosse o toque, ele perderia o controle.

Era tudo e era pouco ao mesmo tempo. Sua necessidade de possuí-la, fazê-la sua outra vez e mais outra era muito forte. Ele soltou as mãos dela, levantou-se e deu um passo para trás.

– James? – Selena questionou, com a voz trêmula.

Tirando a camisa e os sapatos ao mesmo tempo, James sorriu para ela:

– Achei que, depois de todo esse tempo, eu tivesse um pouco mais de autocontrole. – Ele tirou o cinto. – Mas não tenho. – Tirou as meias e a calça. – E não tenho vergonha nenhuma disso.

Selena levantou-se e ficou na frente de James que vestia apenas sua cueca boxer preta. Aproximando-se, ela tocou suavemente o corpo dele com os bicos dos seios.

– Autocontrole é algo superestimado – ela disse. Selena o provocou, aproximando-se como se fosse beijá-lo mas afastando-se no último segundo. Com um sorriso sensual, ela puxou o cordão da calça de seda e a deixou cair no chão antes de empurrá-la para longe.

Se James tinha achado o sutiã incrível, a calcinha preta iria matá-lo.

Ele ajoelhou-se de novo e colocou as mãos nos quadris de Selena, apreciando a sensação do contato entre suas peles. Inclinou-se e beijou a barriga dela. Os olhos dos dois se encontraram e Selena sorriu para ele.

– Se soubesse que estava usando isso por baixo das roupas, eu teria pulado o filme.

Ela riu.

– E perder um clássico do Cary Grant? Não parece certo.

– É pra isso que serve o Netflix – ele disse rindo; então se levantou, pegou-a nos braços e a jogou na cama. – Preciso confessar que aprovo seu gosto por lingerie.

Selena ajeitou-se na cama para ficar mais confortável.

– Imaginei.

– Ah, você imaginou? Mas acho que vou gostar muito mais quando ela estiver no chão. – James sorriu e apoiou-se na cama, colocando-se cara a cara com Selena.

– Acho que também vou gostar – ela disse.

Selena tentou manter-se firme antes de concordar com a cabeça. Mas, em segundos, a lingerie estava voando pelo quarto.

– Ah, sim, estou gostando mesmo.

•

O sol estava começando a aparecer no céu quando James puxou Selena para perto. Beijou sua testa, respirou fundo e deixou o coração voltar ao ritmo normal. Os dois tinham dormido pouco durante a noite e ele gostaria que ainda não fosse de manhã.

– Você precisa ir embora daqui hoje?

– Teoricamente. Essa era a reserva original. Devo ligar para Jen hoje e voltar pra casa dela quando ela sair da escola. – James estava quieto ao seu lado. – A casa dela é ótima, mas acho que vou sentir falta dessa cama *king size*, a dela é normal. – Ainda sem resposta, Selena o cutucou com o quadril. – Você tá acordado?

– Hum? Tô sim… – ele disse sonolento. – Cama grande, Jen tem uma normal. Chatice…

– Não gosta muito de conversar de manhã, né? – Selena riu.

– Gostaria, se tivesse dormido mais de quinze minutos durante a noite.

– Se me lembro bem – ela o cutucou com o cotovelo – e acredito que sim, eu quis dormir várias vezes. Foi você que ficou me acordando!

James encolheu os ombros:

– Não consegui evitar. Toda vez que eu fechava os olhos, via você naquela lingerie e começava tudo de novo. Então, na verdade, a culpa é sua.

– Ah, claro – ela disse. – Preciso usar lingerie branca de algodão se quiser dormir.

James virou-se de lado, apoiou-se sobre o cotovelo e olhou para ela com um sorriso sonolento:

– Então… está planejando dormir comigo mais vezes?

Ela corou. Não tinham conversado sobre se ver ou sobre o que iria acontecer depois da noite passada, ou depois da reunião, quando ela voltaria para a Carolina do Norte. Tudo o que Selena sabia era que ela não estava pronta para deixar de vê-lo ou para que o tempo juntos terminasse. Se alguém perguntasse, ela provavelmente teria de admitir que a ideia de ficar com a Jen era boa e tudo mais, mas que desejava que James a convidasse para ficar na casa dele.

Ou ao menos para ficar no hotel.

Ao perceber que James continuava a observá-la, Selena sorriu:

– Acho que eu poderia. Quer dizer, se você não se incomodar com a lingerie branca de algodão.

Ela estava embaixo dele antes mesmo de perceber sua intenção:

– Acho que eu me *importaria* – ele disse. – Gosto de você usando renda preta, Selena. Gosto de tirar a renda preta, ou qualquer renda, de você – sua boca clamando pela dela em um beijo abrasador. Não havia elegância ou sedução, era apenas calor e desejo selvagem. Ele ergueu a cabeça por um segundo – Na verdade, prefiro você sem nada – ele disse ofegante, antes de mergulhar para sentir o sabor dela mais uma vez.

As mãos de Selena se emaranhavam pelos cabelos pretos de James enquanto ela se esforçava para mantê-lo perto de si. Quando ele moveu a boca para o rosto dela, antes de descer até os seios, Selena passou as pernas pela cintura dele.

– Tenho uma coleção de lingeries de renda pra você me ajudar a tirar – ela sussurrou.

Ele ergueu a cabeça e seus olhos se encontraram.

– Você está brincando com fogo, Selena. – James a alertou.

– Oh, não tô brincando. Levo minha lingerie muito a sério. – Selena curvou as costas para manter-se próxima a James na esperança de que ele parasse de falar e passasse ao que ela tanto desejava.

– Acredite em mim, querida – ele arqueou a sobrancelha –, eu também levo sua lingerie muito a sério. – James a beijou de novo antes de se afastar. – Não volte pra casa da Jen. Ela pode ficar brava comigo, se quiser... mas queria que a gente passasse mais tempo juntos. Quer dizer, se você quiser. – A frase tinha começado cheia de confiança mas, na hora da proposta em si, James não tinha certeza se deveria fazer esse pedido. Ele odiava se sentir e soar tão vulnerável.

Selena acariciou seu rosto, apreciando a aspereza da barba cerrada em seu queixo.

– Eu adoraria – ela sussurrou. – Vou ligar na recepção e alterar a saída.

Quando Selena se virou para pegar o telefone, James colocou a mão sobre a sua:

– Depois.

Uma palavra, apenas isso foi necessário para sua atenção estar completamente nele e na forma como ele a fazia se sentir.

– Sim, depois – Selena suspirou.

E assim foi. Muito, muito depois.

•

– Você tem que trabalhar hoje?

James balançou a cabeça:

– Eu, hum… tirei uns dias de folga.

Em todos os anos que trabalhava na polícia, James nunca havia pedido dias de folga. No dia anterior, entretanto, enquanto pensava a respeito da conversa que teriam, ele decidiu que não seria má ideia pedir. Sua teoria inicial era que, se as coisas fossem mal, ele precisaria de um tempo para cuidar das feridas e lidar com a perda de Selena pela segunda vez.

Mas ele também se permitiu um pouco de esperança e pensou que, se as coisas fossem bem, seria ótimo ter alguns dias para ficarem juntos. Poderiam, enfim, saber da vida um do outro sem interrupção do trabalho ou da vida real.

Selena abriu um grande sorriso:

– Ótimo – ela disse. – Não vou mentir pra você, me sinto um pouco culpada que peça dias de folga. Seu emprego é tão importante…

– Selena…

– Não, não… eu entendi – ela disse sorrindo. – Você merece esse tempo, mas queria que soubesse que fico contente por fazer isso.

– Contente? – ele riu.

– Ah, para! – ela disse, rindo de si mesma. – Fico feliz por termos um tempo juntos, mas você vai precisar lidar com a Jen.

– Eu? Por quê?

– Você não tem ideia de quanta culpa Jen usou pra me convencer a vir pra essa reunião. Ela queria que eu ficasse com ela, saísse e fizesse visitas e… bem… Não foi bem como planejamos.

– Ok – ele concordou. – Se é preciso lidar com isso, eu lido. Não se preocupe. – James deu um leve beijo na ponta do nariz de Selena antes de encostar sua testa na dela.

– Além disso – Selena sussurrou –, por mais que eu queira ficar com a Jen, prefiro ficar aqui com você.

Nunca palavras foram mais doces. Pela primeira vez em muito tempo, James se sentiu em paz.

•

James levou Selena para almoçar no restaurante do hotel e foi tão natural, tão... bom. Ele se lembrava que nunca tinham ido a restaurantes elegantes, pois seu orçamento não permitia e seu orgulho não aceitava que Selena pagasse uma parte. Ele sempre quis levá-la a algum lugar bom, especial, mas achava que teriam toda a vida pela frente. E, até aquele momento, ele não havia percebido todas as coisas que haviam perdido por sempre achar que teriam o dia seguinte.

Deixando essas memórias de lado, James deu um gole em sua água e perguntou:

– O que planejou pra hoje?

Selena terminou a salada antes de responder. Desde que conversaram, na noite anterior, havia uma coisa que ela queria compartilhar com James:

– Preciso fazer algumas ligações para o escritório, saber como vão as coisas, mas não deve demorar mais de uma hora e depois... queria te mostrar uma coisa.

Ele levantou as sobrancelhas ao ouvir isso:

– Sério? – ele perguntou surpreso. As coisas que ela tinha mostrado a ele nas últimas vinte e quatro horas eram suficientes para fazê-lo corar. Ele só esperava que ela tivesse mais coisas em mente.

Incapaz de se conter, Selena soltou uma gargalhada:

– Não esse tipo de coisa – ela disse rindo, ao dar um beijo no braço dele. – Acho que criei um monstro! – Ela ficou séria. – Há um lugar que eu gostaria de visitar e significaria muito pra mim se você fosse comigo. Não é muito longe daqui e não vai demorar. Quer dizer, não precisa ir, se não quiser, só pensei... – as palavras sumiram quando ela encontrou o olhar de James e viu seu sorriso.

– Se tem algum lugar aonde você quer que eu vá com você, fico mais do que feliz em ir. – Ele esticou o braço e acariciou o rosto de Selena. – É só me dizer quando estiver pronta pra ir.

– Obrigada. – Selena esperava que ele não fizesse perguntas sobre o destino, então, voltou a comer sua salada. – A comida aqui é mesmo muito boa. Sei que não é um hotel de luxo, mas gostei muito do cardápio.

James percebia quando alguém queria mudar de assunto. Ela estava escondendo algo, mas não importava, ele estava feliz em passar o dia com ela.

– Essas ligações que você precisa fazer depois do almoço são de trabalho ou são sobre a reunião?

– Por que a pergunta?

Ele encolheu os ombros:

– Imagino que, se for sobre a reunião, será mais simples de resolver. Quer dizer, você está aqui, pode pegar o carro e se encontrar com quem precisar. Mas, se for algo do trabalho, na sua casa, acho que vai precisar fazer mais ligações pra resolver.

– Não estou esperando problemas em nenhum dos casos. O comitê da reunião está incrível e, de verdade, acho que, se eu não tivesse vindo, tudo teria saído perfeito. Tem mais gente trabalhando nesse evento do que o necessário, e o tal benfeitor que doou o dinheiro foi muito generoso. Não estou acostumada a ter um orçamento tão grande pra um evento. Sou mais uma coadjuvante do que outra coisa. Jen soube me convencer pra me trazer até aqui.

James tocou a mão de Selena sobre a mesa:

– Fico feliz que ela tenha feito isso. – Sua voz era séria e ele estava sendo sincero. Quando Jen foi visitá-lo na delegacia e disse que Selena estava vindo presidir o comitê da reunião, James não imaginou que estariam sentados num restaurante de hotel, de mãos dadas, fazendo planos para passar o dia juntos.

Selena ficou feliz com a declaração e abriu um sorriso:

– Eu também. – Os dois ficaram assim por alguns minutos até que ela tossiu. – É melhor terminarmos aqui pra eu fazer logo as ligações e sairmos. – Ela já estava quase terminando e sua cabeça girava com todas as perguntas que precisavam ser respondidas. Tirar seu foco do trabalho naquele momento era quase impossível.

– Se importa de me dar uma dica de onde vamos?

Ela concordou com a cabeça:

– É surpresa.

Para James, nem todas as surpresas eram boas. E, quando se tratava dos dois, isso estava fora de questão. Ele esperava que já tivessem acabado com a má sorte e estivessem diante do que deveriam ter vivido anos atrás. James fez o que pôde para manter-se concentrado no momento.

– Acho que, enquanto você faz suas ligações, vou ligar na delegacia e me atualizar sobre o caso da Jen. Com sorte, teremos boas notícias.

– Acha mesmo, James?

Ele queria poder dar-lhe uma resposta definitiva, que a acalmasse.

– Não quero aumentar suas expectativas e fazer você aumentar as de Jen, mas, sim. Acho que podemos ter boas notícias hoje. – Ele podia ver a indecisão no rosto de Selena e pegou sua mão outra vez. – Você não pode ligar pra Jen ou dizer qualquer coisa ainda. Me deixe esclarecer tudo e então ligo pra ela.

– Você não tem ideia do que está me pedindo – Selena suspirou.

– Sei sim, e agradeceria se você tivesse um pouco de autocontrole. – Seus olhos brilharam quando ele disse essas palavras e, quando Selena olhou para ele, viu a mesma emoção refletida ali.

– Acho que já disse minha opinião sobre autocontrole.

– Sim, já disse.

Selena se inclinou na direção de James:

– Posso precisar de um pouco de... motivação... pra não pegar o telefone e ligar para Jen.

– A conta, por favor!

•

Eles chegaram ao quarto mas nunca chegaram à cama. Enquanto James tirava a blusa dela, ele delirava. Assim que a porta do quarto se fechou, Selena o destruiu da maneira mais prazerosa possível.

James se sentou no sofá e a observou sorrir para ele, com o telefone no ouvido. Ela faria as ligações no quarto, onde havia uma mesa com todos os papéis de seu trabalho. A porta não estava completamente fechada, mas James não podia ouvir o que ela dizia.

Ele pegou seu celular e ligou na delegacia para saber como andava o caso de Jen. Falou com Mike e descobriu que suspeitavam ter visto Todd nos arredores da casa de Jen, pela manhã. Não era muito, mas Mike assegurou que cuidaria disso pessoalmente e o manteria informado. A ligação foi rápida e James precisava passar o tempo até Selena terminar as dela. Com o celular ainda na mão, começou a ver seus contatos até que o nome "Ryder" apareceu. Ele não costumava ligar para os membros da família; sempre esperava que eles lhe ligassem. Mas, naquele dia, por alguma razão, James sentiu a necessidade de falar com o irmão.

– Só pra você saber – Ryder disse ao atender a ligação –, Casey está ao meu lado pronto pra ligar para a polícia.

– Por algum motivo em particular? – James riu.

– O seu telefonema. – Ryder disse. – Imagino três possibilidades. Primeira, alguém morreu. Segunda, você tem uma doença terminal e tá ligando pra se desculpar e dizer o quanto sente a minha falta. Ou, terceira, o mundo vai acabar.

– Sabe – James disse com uma pitada de incômodo –, com saudações assim, por que ficam surpresos por eu não ligar mais vezes?

Ryder não conteve a gargalhada e disse:

– Ok, ok. Vou dizer a Casey pra largar o telefone. E aí, o que conta?

James encolheu os ombros mesmo sabendo que o irmão não podia vê-lo.

– Nada. Um irmão não pode ligar pro outro sem algum motivo em especial?

– Quando se trata de você, não. Você nunca liga. Dá pra contar nos dedos de uma mão as vezes que você me ligou nos últimos cinco anos. Então, de verdade, o que foi?

James se levantou e atravessou o cômodo para não atrapalhar as ligações de negócios de Selena. Ele passou a mão nos cabelos e começou a andar.

– Lembra daquela garota de que falei no casamento do Mac? Bom, ela não é uma garota, na verdade. Quer dizer, é uma mulher agora mas, quando namoramos, ela era só uma...

– Sim, entendi – Ryder disse. – Lembro de você ter falado dela. Selena, né?

– Então, tô com ela agora. – James sussurrou.

– Sério? Cara, isso é ótimo! Como foi? Você ligou pra ela? Onde estão?

– Estou no Marriott Hotel. Selena está no outro quarto fazendo algumas ligações.

– Um hotel, hein? Legal!

– Você é tão imaturo – James disse.

– Então está me dizendo que você está no Marriott com a Selena e que estão apenas se divertindo como amigos? Nada mais?

– Ok, eu não disse isso, mas quando *você* diz isso parece algo vulgar. E não é. Não é assim. É... é...

– Uau – Ryder disse rindo. – Ela te pegou mesmo. Não achei que isso fosse possível.

– Merda. – James murmurou ao se sentar na cadeira perto da janela. – Não era pra eu ficar assim, sabe? Achei que fosse me encontrar com ela, esclarecer as coisas e que talvez ainda tivesse um pouco de atração entre nós.

– E me parece que há, então, qual é o problema?

– O problema é que não é um pouco; é demais, aquela atração descontrolada. – James pendeu a cabeça para trás e suspirou. – Não sei o que fazer nessa situação.

Ryder ficou em silêncio por um longo período até, enfim, dizer:

– Deve ir com calma. Vocês conversaram sobre tudo o que aconteceu?

– Sim. E, por mais que isso esclareça muito, não faz a situação atual ficar melhor.

– O que você quer dizer?

– Ela mora na Carolina do Norte agora. Tem um negócio lá. Uma vida. Eu tenho zero interesse em manter um relacionamento a distância. E, pelo que vejo, já perdemos tanto tempo. Não quero perder mais tempo indo e vindo de finais de semana pra podermos ficar um pouco juntos.

– Carolina do Norte, é? Que coincidência, não acha?

– É, é... sabia que você ia se apegar nisso.

– Olha, você se afastou de todos desde os dezesseis. Você está me dizendo que sua vida em Long Island é tão incrível a ponto de estar disposto a perder uma segunda chance com a mulher que ama?

– Ei... calma aí. Devagar. Eu não disse que estava apaixonado por ela. – Não mesmo.

Ryder soltou uma gargalhada bem alta.

– Cara, não precisa. Só o fato de você estar me ligando, mais tudo o que me disse, já deu o recado. Então, responda à minha pergunta: a sua vida aí justifica abrir mão da vida que você quer?

James não sabia como responder. Ele tinha criado uma vida ali. Era uma boa vida e era toda sua. Não precisava responder a ninguém, e não havia ninguém por perto para dizer que ele era uma decepção. Será que ele realmente poderia voltar para a Carolina do Norte? Ficar com Selena valia o que ele teria de arriscar?

Em vez de responder, James fez outra pergunta:

– Por que eu que devo me mudar? Foi ela quem partiu. Não deveria ser ela a voltar?

– Você não disse isso... – Ryder respondeu descrente. – Continua o mesmo teimoso de sempre, sabia?

– Eu? O que foi que fiz?

– Está sempre discutindo; ou é do seu jeito ou não é. Como isso funciona pra você? – Ryder não esperou por uma resposta – Você não gostava de viver na casa do papai e seguir as regras dele, então, partiu. Em todos esses anos, desde então, mal tenho notícias suas, não parece que sua vida seja assim tão maravilhosa. Continua trabalhando pra alguém, precisando aguentar as merdas e seguir as regras. Trabalha muito e não tem vida social!

– Espera aí...

– Encare os fatos. Você não está melhor aí do que se tivesse ficado aqui, trabalhando com o papai. Tudo o que fez foi mudar pra quem tem de se reportar.

– Isso é besteira e você sabe! – James soltou. – Sou autônomo! Posso ter um chefe, mas a minha vida é minha. Quando termino meu turno, não tem ninguém dizendo que não fiz o suficiente ou como fiz tudo errado. Foi por isso que fui embora! Nunca fui bom o suficiente pro papai. E sou muito bom no meu trabalho; o que faço faz diferença. Você pode dizer o mesmo do que faz?

– Ok, ok, acho que desviamos do assunto...

– Engraçado, tudo bem enquanto você tá me analisando.

– Olha – Ryder suspirou –, não queria que isso virasse uma discussão. Mas, se a Selena significa tanto, você poderia ter uma vida com ela na Carolina do Norte, fazendo o que quiser. Você provou seu ponto. Ninguém espera que volte e venha trabalhar na empresa da família. Tudo o que importa é que você seja feliz... Que você e Selena sejam felizes juntos.

James duvidava que fosse assim tão simples.

– Não sei, Ryder. Talvez eu esteja me precipitando. Conversamos sobre tudo ontem à noite.

•

Ryder não podia conter o sorriso. Ansioso para ligar e contar ao tio como as coisas iam. Vinte e quatro horas e James já estava pensando no futuro com Selena. Esse seria um recorde na união de casais Montgomery.

– Então, vá com calma e veja como as coisas caminham. Só não seja... você sabe... você.

– E o que isso significa?

– Significa que não é só você que tem voz e nem é o único que tem uma vida a considerar. Precisa estar disposto a se comprometer.

– É disso que tenho medo – James disse infeliz.

É, está no papo, Ryder pensou, antes de dizer:

– Nem todo compromisso é ruim. Prometa que vai manter a mente aberta.

– Certo, vou *tentar* manter a mente aberta.

– Não foi o que eu disse – Ryder provocou. – Prometa.

James resmungou:

– Ok, está bem. Eu prometo manter a mente aberta.

– Bom menino. Agora, vá ficar com Selena e vê se me liga mais vezes. Sinto sua falta, cara.

James revirou os olhos.

– Não vem bancar o emotivo pra cima de mim. Acho que os hormônios da gravidez da Casey estão mexendo com você.

Ryder riu.

– Eu não duvidaria. Mas, de verdade, James, mantenha contato.

Era um pedido simples que, pela primeira vez em muito tempo, parecia possível.

– Manterei.

•

Já era muito mais tarde do que Selena havia planejado quando saíram do hotel. Por um momento, ficou em dúvida se conseguiria terminar todas as ligações. Fazer amor com James só havia melhorado com o tempo e os dois pareciam bem entrosados não apenas porque seus corpos continuavam em completa sincronia, mas pela necessidade que tinham um do outro.

– Vai me dizer pra onde estamos indo agora? – James perguntou, sentado no banco do passageiro ao lado de Selena, no carro alugado. Ele não estava preocupado de verdade. Estava apenas fazendo manha.

– Não seja tão mimado – ela o repreendeu de maneira gentil. – Só fui lá uma vez e quero ir de novo, e quero muito que você vá comigo.

Quanto mais ela falava, mais confuso ele ficava. Tudo o que podia garantir era que iam a *algum* lugar, fora isso, James estava perdido. Dirigiram em silêncio rumo ao norte da ilha. Ele conhecia bem a região, era onde ele estava morando. Era para lá que ela o estava levando? Selena tinha descoberto seu endereço e queria conhecer a sua casa? Talvez ele devesse ter pensado nisso e ter se oferecido para hospedá-la enquanto ela estivesse na cidade em vez de ficar no hotel. Ele precisava conversar com ela sobre isso depois.

Enquanto dirigiam por Smithtown, onde James morava, sua teoria caiu por terra. Eles estavam no limite da cidade, cada vez mais perto da água, passando por Nissequogue. James olhou para Selena enquanto ela continuava dirigindo em silêncio. Até onde ele sabia, nunca tinham estado ali e ela nunca havia mencionado uma relação com essa região.

Ela deu seta e ele olhou para ver onde estavam entrando: era o estacionamento de uma pequena igreja presbiteriana. Quando Selena desligou o carro, James percebeu que ela permanecia segurando o volante com força, mesmo depois de desligar o carro.

– Você tá bem? – ele perguntou. Selena virou a cabeça e olhou para ele, pálida – Não precisamos estar aqui, sabe disso, certo?

•

Levou um momento para ela conseguir responder. Selena concordou silenciosamente e sentiu uma onda de pânico. O que estava fazendo ali? Por que achou que seria uma boa ideia e por que trouxe James com ela? O que tinha parecido uma boa ideia, parte do processo de cura, agora parecia sufocá-la. Seu corpo começou a tremer e ela sentiu como se não pudesse respirar.

– Não posso – ela disse, enfim, e tentou ligar o carro. – Foi um erro – ela gaguejou. – Sinto muito.

James colocou a mão sobre a dela e a interrompeu, esforçando-se para não assustá-la:

– O que está acontecendo?

Selena virou para ele com os olhos verdes arregalados e devastados. Ela sabia que ele estava curioso e, pela sua expressão, também sabia que ele estava fazendo o que podia para acalmá-la.

– Achei que eu pudesse fazer isso. Parecia a coisa certa, mas agora... não sei se posso.

– Ok, ok – ele disse calmo, pegando as chaves das mãos dela. – Fale sobre esse lugar. Você costumava vir à igreja aqui? – James se acomodou no banco como se tivesse todo o tempo do mundo para conversar com ela.

– Não. – Ela balançou a cabeça. – Minha avó costumava. Na verdade, acho que ela ainda vem, quando pode. Ela participou da comunidade a maior parte da vida, mas nossa família nunca foi dessa igreja.

– Você vinha com ela de vez em quando, nos feriados, ou algo assim?

Um leve sorriso apareceu no rosto de Selena, que pareceu acalmar-se um pouco.

– Quando eu era pequena, costumava passar os fins de semana com a minha avó. Meus pais me deixavam com ela na sexta à noite e me pegavam depois do jantar, no domingo. A gente cuidava do jardim, fazia compras, o que desse vontade de fazer no sábado e, no domingo, eu vinha à igreja com ela.

– Parece uma memória maravilhosa.

James se lembrou de um tempo em que costumava passar os feriados e os fins de semana com sua família, quando era mais jovem, quando a vida não era tão complicada e nem tudo se tratava de carregar o sobrenome Montgomery. Por anos ele não se permitiu lembrar dos bons momentos que tiveram juntos, em vez disso, focava na pressão e nas discussões a respeito do que esperavam dele. Engraçado como uma conversa com Ryder e um tempo com Selena o fizeram perceber que sua vida não tinha sido tão ruim assim.

– Sim. Nesses fins de semana que passávamos juntas, conversávamos e ríamos e éramos mais amigas do que avó e neta.

– Você viu ela outro dia, né? – James perguntou e Selena fez que sim. – Você quis vir aqui porque visitá-la te lembrou de quando vinham aqui juntas?

– Não – ela disse triste. – Precisava vir aqui porque chegou a hora.

Selena respirou fundo, desceu do carro e pegou um pouco de ar fresco. A construção continuava igual e, quando ela se virou, ficou surpresa de já encontrar James ao seu lado. Sem falar nada, ele pegou a mão dela e começaram a andar pela parte de trás da igreja.

James estava esperando um cemitério; talvez onde um membro da família a quem ela quisesse homenagear estivesse enterrado. Quando desceram do asfalto para a grama, tudo o que ele viu foram grandes árvores, um vasto gramado e uma estufa. Ele sentiu saudade de quando tinha sua própria estufa, trabalhar com a terra e fazer coisas bonitas era tudo o que ele queria. Seria isso? Ela estava tentando relembrá-lo do passado de que ele tinha aberto mão?

– Eu tentava subir nessas árvores quando era pequena – ela disse, interrompendo os muitos pensamentos dele. – Claro que elas eram muito menores. Mas me lembro de minha avó ficar brava porque eu costumava estar com as roupas de domingo e sapatos bonitos, e não é assim que se deve estar vestida pra subir em árvores. – Sem conseguir se conter, ela riu da lembrança. – Ainda posso ouvir que aquilo não era jeito de uma garota se portar.

James riu, imaginando a cena. Para ele, Selena sempre tinha sido uma garota muito feminina, e a imagem dela fazendo algo de moleque o fez sorrir.

– Não é mesmo – ele disse rindo. – E quanto você subia?

– Nunca muito – ela suspirou. – Acontece que não tenho muita força nos braços e nunca fui ágil, então, quando conseguia descobrir como subir, a vovó já estava me puxando para baixo.

Uma rápida olhada confirmou que ela estava vestida de forma muito mais adequada. Os jeans, a blusa e as botas de Selena com certeza não lhe impediriam os movimentos. Sem lhe dar chance de protestar, James a puxou para perto das árvores.

– James? – Selena perguntou rindo, logo atrás dele. – O que está fazendo?

– Você não está com sua melhor roupa no momento, e não tem ninguém aqui para impedi-la.

– Ah, não pode estar falando sério! Sou muito velha pra esse tipo de coisa!

– Nada a ver – ele disse quando pararam em frente à primeira grande árvore. James acenou para Selena. – Você consegue. Eu te ajudo. – Era possível ver a animação e a indecisão no rosto dela. – O que você tem a perder?

– Minha dignidade! – ela respondeu. – E se eu cair?

– Eu seguro.

– E se eu ficar presa lá no alto?

– Eu ajudo você a descer.

– E se eu ficar com medo? – ela perguntou baixinho, os olhos fixos nos dele.

– Vou estar ao seu lado pra te proteger. – No que dependesse dele, James faria isso para sempre. Mas não era o momento de pensar nisso, então, fez a única coisa que podia fazer: provocou Selena.

– Você não... está... amarelando, está? – ele disse rindo, pois sabia que ela nunca dizia não a um desafio

– Você tem o quê, doze anos?

– Só acho que, se você quisesse mesmo subir nessa árvore, não estaria falando tanto e já estaria lá em cima. – Ele já estava pronto para voltar a provocá-la, quando Selena deu um passo à frente e apoiou as mãos em seus ombros.

– É melhor não me deixar cair! – ela alertou.

– É melhor não me arrastar...

Selena pisou nas mãos de James e ele a levantou até que conseguisse alcançar um galho e dar o impulso para subir.

– Subi! – ela disse. – Estou aqui em cima de verdade! – ela gritou alegre, quando James apareceu ao seu lado. – Como você subiu tão rápido?

– Prática, muita e muita prática. É coisa de menino.

Os dois se sentaram num galho grande, lado a lado, e observaram os pássaros voando, as nuvens se movendo e os carros que, ocasionalmente, passavam. Selena pegou a mão de James:

– Obrigada. É incrível estar aqui.

– Você sabe que ainda tem muita árvore aqui pra cima pra subir, né?

Ao olhar para cima, Selena ficou pálida.

– Na verdade, estou bem aqui. É mais alto do que eu já havia chegado. – Ela olhou para ele. – Um passinho por vez.

Ele concordou e deu um beijo na ponta de seu nariz.

– Um passinho por vez.

Ficaram sentados em silêncio por um longo período, cada um perdido em seus pensamentos. Selena olhou para o chão e viu suas sombras. Não demoraria até o sol se pôr. O tempo para ela mostrar a James o que havia vindo mostrar, estava passando.

– O que estamos fazendo aqui, Selena? – ele perguntou cauteloso.

– Vamos descer. Vou te mostrar. – James desceu e a ajudou, pegando-a em seus braços.

Por mais que Selena quisesse aproveitar o momento e ficar ali, era mais importante fazerem o que tinham vindo fazer. Com os pés firmes no chão, ela pegou a mão de James e o levou até a estufa.

– Podemos entrar aqui? – ele perguntou.

– Minha avó participou da construção disso. Pensaram em dar o nome dela. Se alguém nos parar, posso falar por ela.

James revirou os olhos. Como ele era um policial, não parecia correto estarem na propriedade da igreja sem ninguém por perto. Mas, quando Selena mexeu na maçaneta, ela girou sem dificuldade. Ela o olhou por cima dos ombros:

– Nunca fica trancada.

Isso não ajudou a tranquilizá-lo.

Depois de superar a primeira reação por conta da invasão, James olhou em volta encantado. A estrutura era linda. A estufa, no estilo Tudor, tinha uma inclinação de telhado acentuada e muitos toques decorativos. Era de vidro e madeira, tinha um projeto eficiente, com muito espaço para plantas penduradas. James andou em silêncio, admirando tudo o que tinha sido feito com o espaço. Havia uma parede de cedro, aberturas decorativas e, embora tivesse apenas seis metros de largura, tinha quase o dobro de comprimento…

– Isso é incrível – James disse mais para si do que para Selena. Ele tocava as diferentes plantas à medida que caminhava, colocava a mão na terra, absorto pelo momento. Se sua vida tivesse seguido conforme planejado, ele teria algo assim.

– James? – Selena sussurrou, do outro lado da estufa. – Era isso que eu queria que você visse.

Confuso, James foi até ela. Havia algo específico que ela queria lhe mostrar? Não era a estufa em si? Ele se aproximou dela; no canto, perto de um lindo banco ornamentado com um enorme arbusto-de-borboleta de cada lado. Olhou para o banco, para os arbustos, e voltou-se para Selena.

– Não entendo – Ele colocou as mãos no bolso e viu lágrimas se formando nos olhos dela.

– Depois do acidente, não consegui ficar na minha casa por muito tempo. Brigava com meus pais o tempo todo e, assim que pude voltar a dirigir, ficava o máximo possível fora de casa. Voltei à rotina da minha infância.

– Passava os fins de semana com sua avó... – não era uma pergunta, ele, por algum motivo, sabia que era um fato.

Ela fez que sim e prosseguiu:

– Ficávamos horas sentadas conversando. Ela sabia tudo a seu respeito, bem, eu falava de você pra ela desde que nos conhecemos, mas ela foi a única que me deixou continuar falando sobre você, sobre como eu me sentia e sobre tudo o que tinha perdido.

Era como um soco no estômago. A voz de Selena era delicada, frágil e ele queria impedi-la de se desgastar tanto, mas sabia que ela precisava disso, daquele momento para compartilhar algo profundo com ele. Pacientemente, ele ficou ao seu lado e a deixou continuar.

– Em alguns fins de semana eu estava bem e íamos às compras, fazíamos as unhas e tudo parecia normal. Outras vezes, eu chorava o tempo todo. Minha avó me explicava que era normal sofrer a perda, completamente normal. Mas eu precisava me recolher. Só ela entendia isso. Ela estava com esse projeto na igreja, estavam construindo a estufa e já estava quase pronta quando voltei a visitá-la nos fins de semana. Eu vinha aqui com ela todos os domingos depois da igreja e conversávamos sobre o progresso e sobre o que ainda precisava ser feito. – Selena tocou uma das delicadas flores no arbusto à sua frente antes de se inclinar para sentir seu perfume. – Não sei se você percebeu, mas o caminho lá fora tem bancos como esse.

Ele não tinha percebido, mas olhou para a entrada e viu vários bancos. Ainda sem saber aonde isso os levaria, ele disse:

– São maravilhosos.

– Minha avó e eu os recolhemos. Era nosso trabalho de fim de semana, encontrar bancos para o caminho. A igreja tinha dinheiro para seis deles, e os doadores teriam, nos bancos, uma placa com seu nome. Eu achava uma bobeira, mas significava muito para as pessoas que deram o dinheiro. Então fomos às compras e, quando estávamos indo embora, vi esse banco e me senti meio que atraída por ele. Loucura, né? – Ela disse rindo. – Quem, em sã consciência, sente isso por um objeto inanimado?

– Muitas pessoas – James disse, aproximando-se e olhando com atenção para o banco. Era lindo, quanto a isso, não havia dúvidas. As curvas e a tinta branca original faziam um forte contraste com o verde e as flores à sua volta.

– Lembro de ter dito a ela que, se um dia eu tivesse o meu jardim, seria esse o banco que eu teria. Mas não queria uma placa com meu nome. Não. Eu queria me lembrar de alguém que eu tivesse amado.

E foi aí que ele viu.

Com amor, em memória do bebê Montgomery.

Foi como se seu coração estivesse sendo esmagado. Sua mente se perdeu, seu coração acelerou e sua boca ficou seca. Frenético, ele olhava para Selena. Ela tinha mesmo dito a verdade, não faria isso se tivesse tirado o bebê de propósito. Droga, James mal podia pensar nas coisas que havia lhe dito!

Lágrimas escorriam pelo rosto de Selena e James queria pegá-la em seus braços e nunca mais deixá-la partir. Ele se aproximou, mas ela levantou a mão e o fez parar.

– Sem dizer uma palavra, vovó me pegou pela mão e me levou até o vendedor, que já tinha encerrado nosso pedido. Ela disse que também queria esse banco e pediu que o entregassem junto dos outros bancos da igreja. Lembro de ter me perguntado o porquê. Por que ela levaria o meu banco? Achei que fosse deixar alguma outra família colocar o nome nele, e eu não queria dividi-lo com os outros. Fiquei muito abalada e ela me deixou irada. – Selena chorava. – Não voltei à casa dela por várias semanas depois disso.

– Você se sentiu traída.

– Mais uma vez – Selena concordou.

James sabia que Selena ainda não estava pronta para que ele a tocasse e nem mesmo para que falasse, então, deu um passo à frente, com a mão trêmula, e tocou a placa em memória de seu filho. Nunca discutiram qual seria o nome dele, não tiveram essa chance. A gravidez ainda estava em um estágio muito inicial para os médicos dizerem se seria um menino ou uma menina. Mas não importava. Aquela simples e pequena placa, naquele banco lindo, em uma estufa incrível era um tributo maior do que ele poderia imaginar.

– No dia da inauguração, minha avó insistiu para que eu viesse. Ainda estava chateada, mas queria ver como tinha ficado. Fiquei ao lado da minha avó durante o sermão e a cerimônia de inauguração e, quando foi o momento de entrar para conhecer a estufa, me perguntei por que ela não me acompanhou. Quando cheguei e vi isso, me sentei e chorei.

James virou-se para Selena, pegou sua mão e a puxou para perto dele. Então, os dois sentaram-se no banco. Ainda chorando, ela continuou:

– Eu não sabia da placa, não esperava que ela fizesse algo tão bonito. Quando me encontrou, vovó se sentou ao meu lado e disse que tinha se lembrado de como eu falava dos arbustos-de-borboleta depois de ter conhecido você. É engraçado como ela sempre se lembra de tudo o que digo.

James secou as lágrimas que desciam pelo rosto de Selena. Ela, com os olhos vidrados, olhou para ele:

– Fazia tanto tempo que alguém na minha família não era gentil comigo, e foi a primeira vez que alguém reconheceu o que tínhamos perdido. Foi a forma dela de reconhecer eu, você e nosso bebê.

A emoção havia fechado a garganta de James, então, ele apenas recostou-se e puxou Selena para perto. E lá ficaram até escurecer, até a única coisa que viam ao olhar para cima fossem as estrelas no céu. Como uma das estrelas brilhava mais do que as outras, James considerou isso um sinal do universo de que seu bebê sabia que tinha sido amado.

Capítulo 10

– Acho que vai ficar um pouco apertado ali, não acha? – Selena perguntou a Jen no dia seguinte, enquanto visitavam o boliche que abrigaria a primeira noite das festividades na sexta-feira. Keith Mitchell, um antigo colega de classe e organizador da reunião, agora era dono do boliche e havia oferecido o espaço para uma parte das comemorações.

– Acho que não. Keith sempre faz esse tipo de festa aqui. Acha que ele não saberia disso? – Na verdade, Jen estava com o mesmo receio, só não queria alarmar Selena.

Selena deu de ombros.

– Parecia bem maior antes.

Jen riu.

– Bem-vinda ao meu dia a dia. Me sinto uma gigante andando pelos corredores da escola primária.

– Acho que estou me sentindo uma gigante agora.

– Esse lugar nem foi construído para crianças, Selena, sua memória é péssima.

Selena estava prestes a começar a discutir, mas talvez Jen tivesse razão.

– Pode ser. Ainda me sinto um pouco mal por ele fechar o estabelecimento nessa noite.

– Por favor – Jen retrucou. – Ele não tá fazendo isso de graça e você sabe. Todos que vierem pagarão uma pequena taxa e a comida não é de graça. Ele vai faturar muito na sexta à noite. – Enquanto observava a condição do espaço, ela teve certeza de que qualquer faturamento de Keith ia direto para os bolsos dele e não para o negócio, que precisava de grandes reformas. Mas o lugar era um marco para quem cresceu na cidade.

– Ainda assim, o boliche está liberado… – Selena acrescentou, tentando ser otimista.

– Caramba, alguém me belisque! – Jen se encolheu.

Selena riu.

– Você precisa admitir, nem todo mundo começa o fim de semana de festas com uma comemoração no boliche.

– Existe um motivo pra isso.

Elas terminaram a vistoria e foram confirmar os detalhes com Keith.

– As portas serão abertas às seis – Selena disse, lendo a lista. – Teremos anfitriões na porta com uma lista de entrada para que as pessoas peguem suas identificações e o público seja informado de que o boliche está fechado para um evento privado. – Ela olhou para Keith. – Está certo?

Ele concordou.

– Já coloquei avisos nas últimas semanas e notifiquei os membros da liga que estaremos fechados na sexta-feira à noite. Não precisa se preocupar com a possibilidade de pessoas que não sejam do evento aparecerem.

– Isso é ótimo. Obrigada. – Uma última olhada em sua lista e Selena achou que já podiam ir embora. – Muito obrigada por ceder o espaço para o evento. Provavelmente as pessoas vão gostar de voltar aqui. Acho que todos que virão têm boas memórias daqui.

– Você ficaria surpresa com as histórias que ouço das pessoas… – Keith riu.

Ela podia imaginar. Selena tinha algumas boas lembranças do boliche. Aliás, ela tinha trocado seu primeiro beijo com Billy Malone em algum lugar atrás das máquinas de *pinball* quando tinha quatorze anos. Não que ela fosse contar isso agora para Keith, mas, ao olhar para a direção das máquinas, viu o sorriso de quem entendeu tudo no rosto de Jen.

Selena tossiu, agradeceu Keith de novo e, antes de sair, avisou que o pessoal da organização começaria a chegar às quatro da tarde, na sexta. Com um sorriso e um aceno, as duas foram para os carros.

– Bom, isso foi engraçado. – Selena disse, feliz por riscar essa reunião de sua lista de afazeres. Olhou para o relógio, viu que ainda era cedo e, agora que estavam enfim sozinhas, elas podiam conversar.

Jen havia concordado em encontrar-se com Selena no boliche logo depois do trabalho. Foi o primeiro encontro delas desde que Jen voltara para casa. As duas pararam na frente de seus carros e Selena percebeu que algo passava pela cabeça da amiga.

– Você deve estar muito aliviada – Selena disse, esperando que a expressão no rosto de Jen fosse de alívio. – Todd está sob custódia e você tem a ordem de restrição contra ele já que admitiu ter arremessado os tijolos na sua janela. Agora sua vida pode voltar ao normal.

– Acho que sim... – Jen disse pouco entusiasmada.

Essa não era a reação que Selena esperava. Ela, então, apoiou-se no carro e cruzou os braços.

– Ok, o que foi?

– Do que está falando?

– Esse cara estava te apavorando há um bom tempo. Digo, entre as ligações e o assédio e tudo mais, você estava começando a ficar um pouco assustada. Usou isso como desculpa pra me fazer vir pra cá. E, agora que acabou, sua reação é essa? Então, vamos, me diga o que foi!

– Acredite em mim. Estou muito aliviada por ter acabado e fiquei superfeliz quando James deixou você ligar pra me contar. É só...

– O quê?

– Acho que eu esperava que o Mike fosse até lá me dar a notícia e aí, talvez, eu poderia tê-lo convidado pra vir à reunião comigo.

Foi necessário muito esforço para Selena se conter e não estrangular a amiga. Às vezes ela ficava surpresa que Jen conseguisse viver por conta própria sem se meter em problemas.

– Então, tudo isso é por causa de um cara?

Jen ao menos teve o bom senso de parecer um pouco envergonhada.

– É, tenho algum problema.

– A maioria das mulheres não estaria nem um pouquinho interessada em namorar depois do que você passou, e aqui está você, resmungando porque se livrou de um ex-namorado maluco e já procurando um substituto!

– É, mas o Mike não é maluco! – Jen disse, tentando se defender.

– Olha, por que você não vai até a delegacia e agradece por toda a ajuda que ele deu... Talvez pudesse levar seus deliciosos cookies de chocolate e aproveitar pra convidá-lo pra reunião?

– Não sei...

Selena deu um passo intimidador para a frente e usou a voz mais firme que conseguiu para tirar a amiga de suas lamentações:

– Ei, você me fez vir até aqui e enfrentar meus demônios. Me coagiu a assumir uma posição desnecessária no comitê da reunião sendo que eu não queria, e aqui estou, parada no estacionamento de um boliche que provavelmente está com os dias contados, esperando pra me encontrar com James e ter mais uma noite deliciosa de sexo – ela riu. – E tenho que agradecer a você por isso.

– Acho que deveria agradecer ao James – Jen disse, rindo.

– Muito engraçada. O ponto é que você me forçou a sair de minha zona de conforto e as coisas caminharam muito bem. Você me fez assumir o risco e estou feliz por isso. Acho, de verdade, que você deveria se arriscar e ir atrás do Mike.

– E se ele disser não?

– E se ele disser sim?

– É difícil discutir com esse tipo de argumento – Jen fez uma careta.

– E eu não sei? – Selena concordou. – Agora, seja corajosa e me ligue amanhã pra contar como foi.

– Por que não posso ligar hoje à noite?

Selena pegou as chaves do carro e olhou para Jen por cima dos ombros:

– Porque, com alguma sorte, estaremos as duas ocupadas com outras coisas e não poderemos conversar.

Jen observou a amiga entrar no carro e sair com um aceno animado.

– É, difícil discutir contra esse tipo de argumento.

•

– Está brincando, né?

Selena balançou a cabeça. Ela e James estavam no sofá da suíte do hotel, jantando e vendo *O solteirão cobiçado* na televisão, quando ela contou a respeito da festa no boliche.

– O que foi? Qual é o problema?

– É o tipo de coisa que um garoto de dez anos faz pra comemorar o aniversário – James falou como criança.

– Bom, parece divertido e quase todos os convidados vão – ela disse chateada com a falta de entusiasmo. – Só achei que talvez quisesse ir comigo, só isso.

– Então você vai jogar boliche? – ele provocou. Selena se endireitou. – Tem certeza disso?

– O que você tá querendo dizer? – ela perguntou sem olhar para James.

A vontade de lhe dar um tapinha na cabeça era quase incontrolável, mas imaginou que, se fizesse isso, estaria de volta em sua casa muito em breve. Sozinho.

– Por mais que você sempre tenha tido grandes talentos, o boliche nunca foi um deles.

– Eu posso ter melhorado – ela disse na defensiva. Quando namoravam, precisavam levantar as laterais para que ela conseguisse derrubar ao menos um pino. Infelizmente, não havia um jeito de proteger os outros jogadores quando a bola escapava de sua mão.

– Você *melhorou*? – James perguntou com a voz forte e profunda, próxima ao seu ouvido. Ele quase caiu na gargalhada quando ela baixou os ombros e a cabeça e respondeu:

– Não.

James a abraçou.

– Então, por que se torturar?

Selena afastou-se e deu um tapinha no peito:

– Porque sou a cabeça do comitê da reunião. Tenho de estar lá. Não tenho outra escolha! Acredite em mim, posso pensar em mil coisas que eu preferiria fazer em vez de jogar boliche, mas não posso. – Ela se jogou no sofá e cruzou os braços fazendo manha. – Se eu não jogar, vão achar que amarelei.

– Então suas tentativas no boliche são lendárias, é isso? – Ele a provocou para tentar vê-la sorrir.

Mas o bico continuou ali.

– É humilhante admitir que não consigo fazer algo que, como você mesmo disse, uma criança de dez anos consegue.

James acariciou seu rosto.

– Não é a pior coisa do mundo não saber jogar boliche, Selena.

– Mas eu deveria saber.

James sabia que precisava distraí-la antes que ela se depreciasse ainda mais. Ele se aproximou:

– Mil coisas na cabeça, né? – ele perguntou. – Estou em alguma delas?

Selena jogou os braços em volta do pescoço dele e o puxou para um breve beijo antes de responder:

– Você está em todas elas.

– Então, se eu for nesse... boliche com você, você fica em dívida comigo, certo?

Ela percebeu o que ele estava fazendo e gostou da brincadeira.

– Acho que sim.

– E quanto à reunião em si? Talvez você precise de um acompanhante também? – ele perguntou, acariciando o pescoço dela. Selena concordou.

– Hum... Suponho que também tenha algum evento planejado pra domingo, certo? – Mais uma vez, ela concordou – Vai ser uma grande dívida – ele disse, como se estivesse considerando as opções.

– É verdade. – Selena passou a perna sobre James e sentou-se em seu colo. – O que você tem em mente?

Por sua cabeça passaram pelo menos meia dúzia de respostas bem humoradas e insinuações sexuais.

– Venha pra minha casa no fim de semana. – As palavras saíram antes que ele pudesse evitar. James já queria levar Selena para casa há algum tempo, mas não estava encontrando a situação adequada para convidá-la. Pelo visto, sua boca imaginou que aquele fosse o momento ideal.

Selena se afastou.

– Você quer que eu fique na sua casa durante o fim de semana?

James fez que sim e viu a expressão de deleite no rosto de Selena.

– Não é nada de mais – ele disse já recuando. – Minha casa não é incrível ou algo assim; essa suíte é ótima. Só achei que talvez você quisesse... quer dizer... você sabe, economizar um pouco... – Nossa, como ele estava falando besteira. Antes que ele se enrolasse ainda mais, Selena colocou um dedo sobre seus lábios para silenciá-lo.

– Vou adorar passar o fim de semana na sua casa. E não por querer economizar ou porque sua casa seja incrível, mas porque quero estar com você. O que acha?

Ele inclinou-se e a beijou. Não havia urgência, necessidade de correr para a próxima fase. Era apenas um encontro delicado de seus lábios enquanto suas mãos acariciavam o rosto de Selena e ele sentia seu doce perfume.

– Obrigado – ele disse ao levantar a cabeça.

– Por quê?

James olhou profundamente nos olhos de Selena e observou seu rosto, que esteve em seus sonhos por tanto tempo. O rosto que ele conhecia quase tão bem quanto o seu próprio.

– Por ser você.

Foi o elogio mais gentil que ela já havia recebido.

•

O sol ainda nem tinha nascido quando Selena ouviu seu celular informá-la do recebimento de uma nova mensagem.

`Ele disse sim!`

Seus olhos ainda não estavam completamente abertos quando ela leu a mensagem e demorou um minuto para que conseguisse entender do que se tratava. James se virou e a puxou de volta para perto dele.

– Tudo bem? – ele perguntou com a voz sonolenta abafada em suas costas.

– É a Jen. Deixa só eu responder à mensagem.

Você sabe que são cinco da manhã, né?

Sei, mas não podia esperar pra te contar.

Fico feliz que tenha dado certo. Vai ter que me contar tudo depois.

Tô tão animada! Quando você volta pra cá?

Você vai ficar brava se eu disser que não volto?

Não acredito que vou perder pro serviço de quarto.

Hum... não.

Ah? Sério?

James me convidou pra ficar com ele no fim de semana.

E você disse sim??? Isso é tão...

James pegou o celular da mão de Selena e mandou uma mensagem por conta própria:

Por mais que eu esteja adorando a conversa, Selena precisa desligar. Tchau, Jen.

Então, ele jogou o celular no chão.

– Ei! – ela disse, apenas um pouco incomodada com sua interferência – Esse celular custou muito dinheiro.

– Compro um novo pra você. – James disse ao se virar e deixá-la por baixo dele – Eu tinha outros planos sobre como acordar essa manhã e trocar mensagens com Jen a respeito da vida amorosa dela não fazia parte deles.

– Não quis ser rude – Selena ronronou enquanto James a mordiscava no pescoço – Isso seria... Ah, isso é tão gostoso... Só queria ter certeza...

– Selena?

– Hum?

– Pare de falar.

E ela parou.

•

Não há como ficar bem – ou respeitável – com sapatos de boliche. Selena olhou para seus pés e suspirou. Ela havia passado o dia todo correndo para se certificar de que as coisas estariam perfeitas para a festa no boliche. E pensar que o figurino tão pensado tinha agora como acessório sapatos de boliche multicoloridos... isso era muito incômodo.

– Não sei por que você se preocupou em colocá-los – James disse, ao aproximar-se por trás dela e apoiar o queixo em seu ombro. – Você sabe que não vai jogar.

Selena virou-se para ele:

– Quem sabe? – ela disse, mas não foi muito convincente. – Posso jogar, se eu quiser. – A última parte foi dita em voz baixa e ela tinha quase certeza de que ninguém tinha ouvido mas, só de dizer, Selena já se sentiu melhor.

Ela tinha saído do hotel naquele mesmo dia e toda a sua bagagem estava no carro. O plano era vir, jogar boliche, socializar e, depois de a festa terminar, ir para a casa de James. Ele havia se oferecido para levar as coisas dela para sua casa, de forma que ela pudesse se arrumar lá, mas Selena estava tão cansada com as providências de última hora para manter o caos sob controle, que optou por se arrumar no vestiário dos funcionários do boliche.

Uma experiência que ela não estava ansiosa para repetir.

– Você quer que eu fique aqui recebendo os convidados com você? – James perguntou, mas seu tom de voz indicava claramente que ele preferia um tratamento dentário a isso.

– Vá jogar. – ela disse, e pegou Jen, que estava chegando com Mike. – Por que vocês dois não pegam uma pista enquanto Jen e eu cuidamos da recepção? – Mike concordou e prometeu uma cerveja a Jen quando ela terminasse – Então... – Selena começou, quando os dois se afastaram. – Como estão indo as coisas?

– Ele é quase bom demais pra ser real – Jen disse, mas não pôde ir além, pois a primeira leva de colegas de classe estava chegando. – Mais tarde a gente conversa.

Por quase trinta minutos, foi um pandemônio geral de saudações e conversas, todos querendo saber da vida uns dos outros na entrada do boliche. Selena queria ter uma gravação para lembrar as pessoas de seguirem adiante. Quando chegou um momento de calmaria, Jen conseguiu substitutos e levou Selena para o único lugar silencioso: o vestiário dos funcionários.

– Não devíamos estar aqui – Selena disse quando viu Jen fechar a porta.

– Não tem problema, você se trocou aqui mais cedo.

– Nem me lembre – Selena olhou em volta e se lembrou de não tocar em nada: muita coisa engordurada e manchas suspeitas. Depois da inspeção, ela voltou-se para Jen. – O que estamos fazendo aqui?

– Bom, com os tijolos arremessados, James, Todd, o hotel e Mike, você e eu perdemos o tempo que ficaríamos juntas. E agora você vai passar o resto do seu tempo aqui com o James e, bem... estou um pouco chateada.

Selena agarrou a amiga em um abraço apertado.

– Sei disso. E sinto muito. Nunca imaginei que as coisas fossem acontecer desse jeito. Quer dizer, acho que eu imaginava que, quando James e eu nos encontrássemos, conversaríamos, esclareceríamos as coisas e... seguiríamos nossos caminhos. Ainda estou um pouco surpresa com a forma como as coisas estão caminhando.

– Então vocês estão juntos de novo? – Jen perguntou, esperançosa.

– Por enquanto – Selena disse, mas sua voz estava cheia de incerteza. – Quer dizer, estamos passando muito tempo juntos e...

– Tenho certeza que o sexo é incrível... – Jen acrescentou.

– Não era isso que ia dizer – Selena retrucou. – Mas não falamos além do aqui e agora. Vou embora na quarta-feira e não conversamos sobre isso. Na verdade – ela disse, franzindo o cenho –, ele nem perguntou sobre meus planos. Você não acha estranho?

– Acho que, como você, ele também está nas nuvens. Parece que encontraram um pouco de paz e felicidade e, talvez, ele não queira pensar no fim. Pode ser por isso que ele convidou você pra ficar na casa dele no fim de semana, sabe, pra poderem falar do futuro.

Fazia sentido de um jeito estranho, mas Selena não estava completamente convencida.

– Se ele quisesse discutir pra onde vamos daqui, não faria diferença estarmos no hotel ou na sala da casa dele.

– Então, se ele perguntasse isso enquanto estivessem jogando boliche, estaria tudo bem? – Jen perguntou.

– Bom, não, mas...

– Ou, digamos que a gente esteja na reunião oficial, amanhã à noite, você esteja se preparando pra subir ao palco, mas ele se aproxime e queira conversar com você sobre o futuro, seria uma boa?

– Ok, entendo seu ponto, mas está exagerando.

Jen ergueu as mãos, desistindo.

– Essa não é uma discussão leve. Vocês ficaram sem se ver por anos, Selena. Os dois têm vidas separadas a avaliar. Seria besteira para os dois se jogar em algo nesse minuto. Muito passional. Precisam de tempo pra se conhecerem de novo.

– Não houve uma discussão entre James e eu, semana passada, que tenha sido leve! Tudo é tão intenso e dramático e, pra dizer a verdade, emocionalmente desgastante! Eu só queria relaxar e me divertir, sem ter que me preocupar com grandes confissões ou revelações secretas. Só queria aproveitar o tempo com ele. É pedir muito?

Ah, se você soubesse, Jen disse para si mesma.

– Não tenho como saber quais outras surpresas os aguardam, mas você precisa saber que um relacionamento a distância vem com uma grande cota de surpresas e de questões emocionais. Precisa estar preparada para isso.

– Eu sei, eu sei, é que sinto que não tive tempo suficiente pra... ser. E não vai ficar mais fácil quando eu voltar pra casa, mas não há nada que eu possa fazer a respeito. Tenho um negócio na Carolina do Norte e preciso voltar, e ele tem uma carreira aqui. Vai ser difícil encontrar um ponto de equilíbrio.

– Você está disposta a buscar esse ponto de equilíbrio?

Selena estudou o semblante de esperança no rosto de Jen enquanto refletia sobre a pergunta. As duas soltaram um grito em uníssono e se abraçaram, saltitantes.

– Meu Deus, não acredito que estou pensando sobre um futuro com James... de novo!

Jen se afastou e sorriu.

– Acho que, se você for honesta, nunca parou de pensar em um futuro com ele.

– Acho que você tem razão. Você acha ao menos possível? – Selena perguntou e a incerteza marcava sua voz. – Acha que já se passou tempo demais? Que perdemos nossa chance?

– Por que você está procurando problemas? Por que não pode apenas ser feliz?

Selena se encolheu.

– Provavelmente porque eu não sei como se faz isso – ela suspirou e então percebeu como estava soando negativa. Afastou os pensamentos ruins, ajeitou-se e olhou animada para Jen. – Então, me conte como conseguiu que Mike viesse com você.

– Bom, fiz o que você sugeriu e preparei uns cookies pra levar até a delegacia. Acontece que o turno dele tinha terminado e ele estava saindo quando eu estava chegando.

– Bom.

– Eu sei! – Jen disse, animada. – Então, conversamos no estacionamento e eu lhe dei os cookies...

– Sei... – Selena provocou a amiga.

– Pare, Selena! – Jen riu. – Não me distraia! Espere, onde eu estava? Ah, sim, eu dei os cookies pra ele e agradeci; disse que precisaria do prato de volta, então era pra ele me ligar quando terminasse.

– Você não fez isso!

– Fiz sim! Estou dizendo, sou uma completa idiota com coisas como essa. Mas, por mais idiota que pareça, funcionou.

– Então ele ligou quando terminou os cookies?

– Ele ligou do carro, cinco minutos depois de termos saído da delegacia.

– Não!

– Sim! Estou dizendo, Selena, provavelmente foi a coisa mais romântica que um cara já fez por mim.

– Só por que ele ligou?

– Não, porque não esperou pra ligar. Saímos pra jantar e depois ele foi pra minha casa e comemos os cookies vendo filmes no Netflix.

– Que filme?

Jen revirou os olhos.

– Como se eu tivesse prestado atenção! – Elas riram e se abraçaram. – Não seria ótimo se nós duas fôssemos felizes ao mesmo tempo?

Selena não conseguia pensar em algo que quisesse mais.

A porta se abriu e um dos funcionários entrou.

– Desculpe – ele disse. – O chefe está procurando por vocês e quer saber se podemos tirar a mesa da recepção pra usar em outro lugar. Parece que a casa está cheia, então, talvez, não precisarão mais dela lá.

As duas se olharam e depois olharam para o adolescente que estava ali sem jeito. Selena passou por ele e o agradeceu.

– O dever nos chama – ela disse ao sair do vestiário saltitante.

Jen a observou sair e pegou o telefone para fazer uma breve ligação para William Montgomery.

– Senhorita Lawson! – ele disse ao atender – Espero que esteja ligando para dar boas notícias!

Ela gostava dele. Gostava honesta e verdadeiramente daquele homem. Ele amava sua família tanto que estava disposto a todo esse absurdo para garantir a felicidade de James.

– Sabe, senhor, acho que estou, sim…

Capítulo 11

Já eram quase duas da manhã quando Selena parou o carro na frente da casa de James, ela estava exausta. A noite tinha sido um completo sucesso e ela não conseguia se lembrar da última vez que tinha rido tanto!

Ou se machucado tanto.

Boliche estúpido.

Antes mesmo de ela sair do carro, James estava do lado de fora, abrindo a porta do motorista.

– Abra o porta-malas pra eu pegar as suas coisas.

Nunca palavras foram tão doces. Em silêncio, ela o observou pegar suas malas, fechar o bagageiro e ir até a porta. Ele ficava tão bonito à luz da lua, tão forte, competente, e só de olhar para ele Selena tremia. De repente, Selena ficou muito nervosa. Era a casa dele. Ele morava ali. Ela, enfim, teria uma visão mais íntima da vida dele, e esse pensamento a animava e assustava ao mesmo tempo.

O que descobrira sobre James agora? Seria ele um louco por organização ou seria uma casa típica de solteiro, toda bagunçada e com sujeira para todo lado? Será que ele mesmo tinha decorado a casa? Ou teria contratado alguém? Uma namorada antiga teria feito isso? Pensar nisso a desnorteou. Selena sabia que James não vivia uma vida de abstinência, mas encarar a realidade era um pouco mais difícil. Ela não queria enfrentar os fantasmas de antigas namoradas ao entrar ali.

Talvez ela devesse ficar com a Jen. Selena procurou sua bolsa para pegar o celular quando James apareceu outra vez a seu lado.

– Sei que não é um hotel cinco estrelas, princesa, mas acredito que as acomodações são mais confortáveis do que o banco do seu carro alugado. – O tom de sua voz indicava a provocação, mas sua expressão facial mostrava a mesma ansiedade e a mesma incerteza que ela estava sentindo.

– Eu… eu estava me arrumando pra me juntar a você – ela mentiu. – Minha mente desligou por um momento. Acho que estou mais cansada do que imaginei.

– Ou talvez seu pé continue doendo depois de você ter derrubado a bola de boliche nele. Duas vezes.

Ótimo. Ele precisava lembrá-la disso. O simples ato de sair do boliche e ir até o carro tinha sido excruciante e pensar em tirar os sapatos e colocar os pés para cima soava divino. Era só o trajeto do carro até dentro da casa que estava em seu caminho.

– Talvez – ela murmurou e, depois gaguejou, quando ele a pegou nos braços. – Você precisa parar com isso.

– Com o quê? – ele perguntou, fechando a porta com o quadril.

– Me carregar. – Ela sabia que tinha um motivo para pedir isso, mas era tão bom estar nos braços de James, toda aninhada, o rosto no pescoço dele, sentindo seu cheiro. Selena fechou os olhos, suspirou e relaxou.

Quando ela abriu os olhos, estavam no que deduziu ser o quarto principal. Estava deitada na cama e James tirava seus sapatos com cuidado. Ela tentou levantar-se, apoiando-se nos cotovelos, e olhar para ele. Como tinha chegado ali? Como era o resto da casa? Um milhão de perguntas estavam na ponta da língua quando James começou a massagear seu pé dolorido. Que escolha ela tinha? Largou-se outra vez nos travesseiros suspirando de contentamento.

– Não é justo – ela sussurrou, gemendo de satisfação.

– O quê? – ele perguntou com a mesma suavidade. Apenas a luz do corredor entrava no quarto e mesmo assim era perfeita para moldar Selena com seu suave brilho. – O que não é justo?

– Perdi tudo – ela disse, bocejando.

– Do que você tá falando?

– Da sua casa. Fechei os olhos quando estávamos lá fora e quando abri já estava no seu quarto. – Ela abriu os olhos. – É o seu quarto, certo?

– De quem mais seria? – James a provocou.

– Hum... nosso – ela disse baixinho.

As mãos de James se acalmaram e ele olhou para Selena. Ali, nos travesseiros, ela deixou escapar um leve ronco. Estava dormindo profundamente. Com cuidado, ele desceu da cama e saiu do quarto. Sua casa rústica tinha dois andares e ele desceu as escadas para trancar a porta, acionar o alarme e apagar as luzes. No escuro, foi até a cozinha e se serviu de um copo de água quando, enfim, permitiu-se respirar.

Nosso.

Ela tinha dito *nosso*. Seria mentira se ele dissesse nunca ter pensado nisso. Quando comprou a casa, quatro anos antes, fez a maior parte do trabalho pensando em Selena. Era inusitado, ele sabia, afinal fazia muito tempo que não se viam, mas ainda assim ela influenciava sua vida. Os dois costumavam conversar sobre o tipo de casa que teriam um dia, quando esta ficou disponível, James sabia que Selena adoraria.

E ela dormiu durante o *tour*.

James deu um longo gole e colocou o copo na pia antes de voltar a subir as escadas. Na porta do quarto, ele parou. Seu peito doía ao vê-la, os cabelos avermelhados no travesseiro, o rosto relaxado enquanto dormia. Era uma cena que ele tinha medo de se permitir imaginar e, ainda assim, ela estava lá.

Em silêncio, ele entrou no quarto, ligou o pequeno abajur e colocou a bagagem dela no banco ao pé da cama. Ele não queria mexer nas coisas dela, mas sabia que Selena ficaria desconfortável se dormisse como estava. Então, foi até o guarda-roupa, pegou uma camiseta velha e depois voltou para começar a tarefa de trocar a roupa de Selena.

Ela estava parecendo uma boneca. Com o máximo de gentileza possível, ele deixou Selena só de calcinha e parou para se recompor. Será que ele, um dia, se cansaria de vê-la? De tocá-la? James sabia que não era o momento para pensar em nada remotamente sexual, mas não conseguia evitar. Para afastar os pensamentos antes que se fixassem, ele balançou a cabeça e a vestiu com a camiseta, soltando um suspiro de alívio.

E ela continuava dormindo.

Certo de que nada a faria acordar, James mexeu nos travesseiros e puxou a colcha e os lençóis que estavam debaixo dela para, depois, cobri-la. Ele tirou a roupa, ficou de cueca e deu uma última olhada para Selena, como se fosse para assegurar-se de que ela estava mesmo ali, antes de apagar a luz. James se virou e puxou Selena para perto, uma posição à qual estava começando a se acostumar, e sentiu seu cheiro de baunilha. Ela suspirou satisfeita em seus braços e, naquele momento, soube como era ter tudo o que desejava.

•

Selena acordou devagar. Sentir o corpo de James contra o seu estava se tornando algo familiar e muito confortável. Ela se espreguiçou e sorriu ao perceber que ele estava feliz por ela estar ali, dada a pressão que sentia em seu quadril. Delicadamente, ela se aproximou mais enquanto ele a abraçava com mais força.

A respiração de James em sua nuca e o lento roçar de seu queixo nela colocou todo o corpo de Selena em alerta. Sim, uma garota poderia se acostumar a acordar assim todos os dias. O nome dele saiu como um apelo sussurrado enquanto ela se virava devagar nos braços dele. Cara a cara, coração com coração, era exatamente onde ela queria estar. Para sempre.

Caramba, Selena pensou enquanto acordava, *é muito cedo para pensamentos tão profundos*. Quando suas pernas nuas se enrolaram nas dele, ela sorriu. Ele tinha tirado a roupa dela mas tinha sido respeitoso o suficiente para não deixá-la nua. Seu cavalheirismo fez o coração dela derreter-se mais um pouco. Queria agradecê-lo, dizer-lhe o quanto apreciava o que tinha feito por ela, mas decidiu mostrar-lhe em vez de dizer.

Os beijos começaram pelo rosto dele. Os olhos de James permaneciam fechados, mas Selena sabia que ele estava prestes a acordar. Ela desceu pelo pescoço e lambeu suas orelhas antes de entrar embaixo dos lençóis e beijar seu peito. A respiração forte lhe mostrou que James estava bem acordado. A mão que pegou de repente seus cabelos confirmou isso também. Agora foi o nome de Selena que saiu como uma súplica enquanto ela descia e subia pelo corpo dele.

Quando não podia mais aguentar, ele a pegou pelos quadris e a manteve imóvel. Sem dizer nada, James esticou a mão até o criado mudo. Selena o observou pegar a camisinha na gaveta e colocou a mão sobre a dele.

– Eu disse que não precisa. Além disso, já não é meio tarde pra isso?

James riu e, então suspirou com a sensação do corpo dela tão macio onde ele estava mais rígido.

– Pode ser, mas quero que saiba que não estou sendo irresponsável. Quero proteger você.

– Não precisa se preocupar. Confio em você.

– Não foi o que quis dizer, Selena. Nada é cem por cento seguro e não fomos muito cuidadosos. Só não quero que aconteça algo para o que não estamos preparados.

Um sorriso triste surgiu no rosto de Selena quando ela lhe acariciou o rosto.

– Não importa se estamos prontos ou não, não vai acontecer. – Era impressionante como o tempo tinha tornado possível ela dizer essas palavras em voz alta e a dor em seu coração ter se entorpecido.

– Do que você tá falando? – James se ajeitou no travesseiro para poderem se enxergar melhor, mas suas mãos continuavam a segurá-la sobre seu corpo.

– Não quero falar disso agora – ela disse, inclinando-se para beijá-lo no pescoço, numa tentativa de distraí-lo. – Por favor.

Por mais que ele fosse adorar que ela continuasse o que tinha começado, James precisava saber do que ela estava falando e o que a tinha feito mudar de expressão. Tirando as mãos de seu quadril, ele a afastou pelos ombros:

– Selena, fale comigo.

Os olhos dela se fecharam e a derrota se abateu sobre ela.

– Uma das sequelas do acidente foi... bom, eu... não posso ter filhos. – Ela fez o que pôde para manter o tom de voz neutro, mas não era fácil. A expressão de James mostrava quão devastado ele tinha ficado e quase a fez desmoronar. – Tudo bem. Tive muito tempo pra aprender a lidar com isso. Mesmo. Então, veja – ela tentou mudar o tom –, não há necessidade disso.

Selena jogou a embalagem de camisinha para trás e tentou se aproximar dele, mas James a segurou.

– Não entendo – ele disse. – O que poderia ter acontecido pra causar isso? O que aconteceu exatamente com você? – No momento, não estava claro se ele estava bravo consigo mesmo, com Selena ou com o pai dela.

– James, não quero mesmo...

– Me conta – ele exigiu com dentes cerrados.

Suspirando, ela desceu do colo dele e se distanciou um pouco.

– Não sei o que dizer. Você quer um resumo do que aconteceu comigo, o motivo de ter acontecido, mas não existem respostas claras. Eu tive um aborto. Tive ferimentos internos. Existem cicatrizes onde não deveriam existir.

– Não tem como reverter?

Ela encolheu os ombros.

– Talvez. Os médicos disseram que seria outra cirurgia, bastante invasiva e, pra ser honesta, não quero mais passar por procedimentos médicos. Meu plano de saúde não cobre porque não é um procedimento necessário, entra na categoria de tratamentos de fertilidade. É muito trabalho desnecessário. Aceitei não poder ter filhos e estou bem em relação a isso agora.

Algo feroz despertou dentro de James. Ele jogou as cobertas de lado, saltou da cama e começou a andar pelo quarto como um animal encarcerado.

– Você está bem com isso? – Ele perguntou incrédulo. – Como assim? Tudo o que você queria era ser mãe e agora você diz que está bem, como se não fosse nada? Não pode ser verdade!

A maioria dos homens pegaria a chance de fazer sexo sem proteção, sem o risco de uma gravidez, com alegria. Não James. Esse era um assunto sobre o qual Selena nunca havia se sentido confortável para conversar a respeito e, depois de um tempo, parou também de pensar nisso. Não houve ninguém em sua vida que a fizesse reconsiderar suas opções e ela achava que tinha chegado no ponto de estar mesmo em paz com o fato. Bastou olhar para James para Selena começar a duvidar de si mesma.

– Que escolha eu tinha? – Ela disse, finalmente, abraçada a um travesseiro. – Quando descobri, já tinha passado pelas mãos de tantos médicos. Procurei saber o que poderia ser feito, mas, como disse, meu plano de saúde não cobria o procedimento e nunca fiquei com alguém com quem quisesse ter filhos, então, não foi um problema. Por que você está transformando isso em problema agora?

Essa era a pergunta de um milhão de dólares. Em seu coração, James sabia que queria um futuro com Selena; ele sempre quisera. E lidar com o presente estava mexendo com ele. Já tinham avançado tanto, mas James sabia que ainda tinham de avançar muito até tudo ficar bem.

– Se tivesse condições de fazer o procedimento, você faria?

Os olhos de Selena se arregalaram diante da pergunta.

– Não vejo onde...

– Você faria ou não faria o procedimento se o dinheiro não fosse um problema? – ele questionou, parado ao lado dela.

– Acho que você não imagina o valor...

James se abaixou até olhar nos olhos dela:

– Não estou nem aí pro preço, Selena. Se fosse possível, você gostaria de ter um filho?

A garganta de Selena travou de medo. Seu coração acelerou num ritmo frenético. Da forma como as coisas tinham acontecido, Selena tinha ficado livre do medo de perder outro filho. O subproduto da infertilidade era, no fim das contas, mantê-la a salvo, sã. Como ela conseguiria seguir em frente se produzisse outra vida e a perdesse de novo? Os olhos de James continuavam nos seus e ela sabia que não poderia mentir a respeito daquilo.

– Para ser honesta, não sei. Não sei se consigo passar por tudo de novo.

Sua voz estava baixa e frágil. Ela segurou o ar, esperando pela ira de James. Em vez disso, ele tirou o travesseiro dela e a envolveu em um terno abraço.

E lá ficaram por um bom tempo. Depois, ele se afastou e pegou o controle da televisão.

– Tem a maratona Jimmy Stewart essa manhã. Vou preparar um café da manhã pra gente. Por que não volta pra cama e fica confortável?

– James... – ela começou, mas quando ele se virou para olhar para ela, Selena não sabia o que dizer.

– Não precisamos estar na reunião antes das quatro, certo? – Ele perguntou e ela fez que sim – Ótimo, então. Me dê vinte minutos e eu preparo o café. – E assim ele se virou e saiu do quarto, deixando Selena ali, surpresa.

James precisava admitir, sua voz estava calma e ele tinha certeza de que, para Selena, ele parecia calmo de verdade. Por dentro, no entanto, a história era completamente diferente. Por muito tempo ele se ateve à raiva e à sensação de traição mas, no fim das contas, ela havia sofrido muito mais do que ele. Não havia como ele comparar a dor, a decepção, nada. O que ele podia fazer era dar tudo o que podia agora.

Já longe do quarto, ele ouviu o volume da televisão aumentar. James separou os ingredientes para bater uma massa de panqueca e pegou o telefone. Com um ouvido ele ouvia o telefone tocar do outro lado, com o outro, certificava-se de que Selena continuava no quarto.

– Alô.

– Ryder? É o James – ele respirou fundo enquanto misturava a massa de panqueca e rezava para estar fazendo a coisa certa. – Escuta, preciso de um favor...

– Um minuto... quem é? – Ryder disse, num tom de provocação.

– Agora não é hora pra isso – James rosnou.

– Duas vezes em uma semana? Precisa me perdoar por estar um pouco confuso.

James contou até dez mentalmente para se acalmar enquanto esperava o irmão acabar com o sarcasmo antes de continuar:

– Se já tiver terminado...

– Acho que terminei. O que foi?

– Como é sua relação com o obstetra da Casey?

Silêncio.

– Hum... Ryder? Está aí?

Do outro lado, Ryder limpou a garganta.

– Sim, sim, estou aqui. Essa pergunta veio do nada. Por que você quer saber?

James fez um breve resumo da situação de Selena:

– Preciso que fale com o médico da Casey por mim e verifique os custos e os riscos de tentar reverter ou consertar isso, ou como quer que chame.

– É o que Selena quer? – Ryder perguntou hesitante.

Boa pergunta.

– Acho que é algo que ela tem medo de querer, pois quem quer que tenha sido o médico dela na época a assustou.

– Talvez por uma boa razão.

– Olha – James disse irritado –, você pode, por favor, ver isso pra mim? Não conheço nenhum ginecologista ou obstetra. Conheço você e sei que procuraria um excelente médico pra Casey. Pode me ajudar?

Ryder não precisou pensar duas vezes:

– Faço a ligação na segunda-feira.

James desligou e soltou o ar que ele nem mesmo percebera estar segurando. Ao olhar para a bagunça do preparo do café da manhã, sentiu-se pronto para enfrentar o dia.

Capítulo 12

Os sapatos a machucavam, os dedos latejavam, e era só o começo da lista... A reunião estava em pleno andamento e a música tocava tão alto que Selena só queria encontrar um cantinho onde pudesse tirar os sapatos e deitar-se em posição fetal.

– Se servir de consolo, seu vestido é fabuloso – Jen disse, ao chegar perto da amiga.

– Desculpe?

– Pela sua cara acho que você não está feliz por estar aqui, mas seu vestido é incrível e você está linda nele.

– Obrigada – Selena não pôde evitar o sorriso. Ela observou a multidão e ficou aliviada ao perceber que todos pareciam estar se divertindo. – Meus pés estão me matando depois do desastre de ontem no boliche.

– Todos tentamos avisar...

– Eu sei, eu sei – Selena suspirou e amaldiçoou sua teimosia. – Deu tudo certo. O espaço está lindo e a comida, deliciosa. Quem pagou por isso merece um milhão de agradecimentos porque tem um excelente gosto.

Jen estava prestes a dar uma resposta atrevida, mas mordeu a língua.

– Tudo o que fizemos foi reservar o espaço, todo o resto, quem fez foi você. Você fez um grande trabalho, estou orgulhosa.

– Obrigada – Selena riu.

James aproximou-se com duas taças de champanhe nas mãos, Mike vinha logo atrás dele. Vendo a imagem dos quatro juntos, Selena ficou um pouco triste. Em alguns dias ela partiria. Seriam um ótimo quarteto para sair juntos, mas isso não aconteceria.

•

Quando James voltou para o quarto naquela manhã com a bandeja cheia de panquecas, geleias e suco de laranja, deixaram todos os pensamentos a respeito da conversa anterior de lado e assistiram a *Janela indiscreta*. Depois do café da manhã, James arrumou as coisas enquanto Selena procurava na bagagem o que precisaria para a reunião.

Ela estava ajeitando suas coisas quando James chegou silencioso e a abraçou. Foi só o que foi preciso. Nenhum deles disse uma palavra, ele a levou de volta para o quarto, deitou-a na cama e a amou com doçura. Na última semana, o sexo tinha sido explosivo, como se quisessem compensar os anos de distância, mas, naquela manhã, tinha sido tão terno, tão doce, que ela chegou a chorar.

James a acalmou e a confortou. Ele a amou. Só de pensar nisso ela engasgava.

•

Sentindo a emoção que estava prestes a dominá-la, James entregou a bebida para Mike e para Jen e chamou Selena para dançar.

Ele a pegou em seus braços e graciosamente a girou pelo salão até chegarem na pista de dança, onde dançaram a música que tocava. Moviam-se juntos como se sempre tivessem sido parceiros, e ele se esforçava para lembrar se tinham, alguma vez, dançado juntos.

– Acho que nunca fizemos isso antes – Selena disse, lendo sua mente. – Dançamos à luz da lua, na praia, e brincamos, mas nunca dançamos em uma pista de dança. – Tinham perdido a formatura dela por James ser mais velho e se sentir desconfortável em levá-la. Na ocasião, claro, o preço também havia sido uma questão. Ele trabalhava com o que gostava e a formatura não tinha sido necessária para ele. Na época, Selena não se importou, mas depois de um tempo ela se arrependeu de ter perdido o que foi um marco para muitos dos colegas.

– Bom, então, pra duas pessoas que nunca fizeram isso antes, acho que estamos nos saindo muito bem. – James murmurou em seu ouvido, aproveitando o toque dela nele.

– Tenho que concordar. – Continuaram a dançar e ambos suspiraram quando começou a música seguinte, mais uma balada. – Jen e eu fomos dançar na noite em que cheguei na cidade e foi incrível. Não achei que fosse possível, mas isso superou em muito aquela noite.

A mão grande de James deslizou pelas costas dela. Sob aquele toque, sentia-se tão pequena e delicada. Ele sorriu ao pensar em Selena e Jen dançando e se divertindo e percebeu que, ao final da noite, saberia pela primeira vez como era vê-la se divertindo com os amigos.

A música terminou, os dois saíram da pista e voltaram para a mesa que compartilhavam com um pequeno grupo de amigos. James sorriu ao ver o primo Kent se aproximar. Eles apertaram as mãos e Kent inclinou-se para dar um beijo no rosto de Selena.

– Uau! Nem acredito no que tô vendo!

– Pode acreditar – James disse sorrindo, ao abraçar Selena possessivamente.

Poucos minutos depois, Kent e sua mulher sentaram-se à mesa com eles para o jantar que estava sendo servido. Selena estava tonta por tentar acompanhar tantas conversas à sua volta.

– Estamos casados há três anos...

– Estou no exército há cerca de oito anos...

– James e eu trabalhamos juntos...

– Dar aula para crianças pode ser muito desgastante...

– Você fez um excelente trabalho organizando tudo isso...

Sempre mais observadora, Selena ficava feliz em ouvir todas as conversas sem uma real participação ativa. Era maravilhoso ouvir sobre o que aconteceu de bom na vida dos amigos. Ela ficou um pouco triste por ter se afastando de tantas coisas e, ao olhar para trás, tinha a certeza de que tinha sido a opção errada. Essas pessoas foram o mundo dela por muito tempo. Como ela lhes demonstrou tamanha indiferença indo embora e não mantendo contato? Isso precisava mudar. E já.

– Selena faz isso dormindo – Jen disse. – Quando chegou a hora de organizar o comitê, sabia que ela deveria estar à frente de tudo. – Todos concordaram. – E, pra comemorar, quero propor um brinde – ela se levantou e ergueu a taça. – Para nossa presidente que fez tudo isso possível, obrigada. Você é minha melhor amiga. Na verdade, mais do que isso. Você é como uma irmã pra mim. Eu te amo e estou feliz por você ter podido vir pra casa participar disso. Não seria igual sem você. – Todos ergueram suas taças e brindaram.

Selena corou por todos estarem prestando atenção nela e se esforçou para começar outras conversas e desviar o foco para outro assunto. Ela estava saboreando seu filé mignon e degustando seu champanhe quando Kent perguntou:

– Isso significa que você vai se mudar de volta pra cá?

Com os olhos arregalados, Selena quase engasgou com a bebida. James esfregou suas costas e perguntou se ela estava bem. Foi preciso um momento para que Selena pudesse recuperar o ar e organizar os pensamentos.

– Hum… não foi o que planejei – ela disse, enfim. – Tenho um negócio na Carolina do Norte que tá começando a dar certo. Tenho, pelo menos, seis meses de eventos agendados.

– Você pode planejar eventos daqui, não pode? – ele perguntou. – Quer dizer, olha como você organizou isso! O fim de semana tá sendo incrível! Você deveria pensar a respeito. Ganharia mais dinheiro aqui do que no sul, talvez. Os nova-iorquinos gostam de dar festas e, por esse evento, dá pra ver que você é muito boa no que faz. O boca a boca espalharia que você é a melhor. – Normalmente, ela aceitaria o elogio com prazer, mas, naquele momento, parecia que todos olhavam para ela.

Exceto James.

Por sorte, Jen percebeu seu desconforto por ficar em destaque e interrompeu:

– Ei! Você sabe que eu também estava no comitê! – ela disse, soltando uma gargalhada. – Eu estava indo para a minha terceira série de trabalhos em decoração, mas me disseram que fazer isso era como trabalhar em uma fábrica de suor. – Todos riram com ela e logo a conversa mudou de rumo.

Selena e James terminaram a refeição em silêncio.

Depois do jantar, era o momento de Selena subir ao palco para fazer uma apresentação das conquistas dos colegas de classe. Falar em público não era um problema para ela; na verdade, ela era muito boa nisso. O problema era seu acompanhante ter, de repente, se tornado mudo.

E não havia tempo para ela ver se estava tudo bem.

Droga.

A cerimônia durou mais que o previsto por conta de muitos intrusos na plateia que acrescentavam comentários a quase tudo. Ela fez o que pôde para manter o roteiro; no final, os prêmios foram entregues, piadas foram feitas e, quando chegou a hora de descer do palco, Selena já podia dizer que a noite tinha sido um sucesso. Ao olhar no relógio e ver que ainda eram dez horas, ela ficou cansada só de pensar em mais duas horas de conversas. Não que não fosse ótimo ver tantos rostos familiares mas, naquele momento, ela só queria ficar sozinha com James e saber se ele estava bem.

Selena passou os olhos pelo salão e viu James no bar, conversando com Kent. Ela passou pela multidão, conversando com pessoas pelo caminho, mas seu foco era alcançar os dois no bar. Nenhum deles percebeu sua chegada e ela ouviu parcialmente o que diziam.

– E quais são seus planos? – Kent perguntou, pegando a garrafa de cerveja.

– O que quer dizer?

– Se Selena voltar pra Carolina do Norte, você sabe que sua família adoraria que você a acompanhasse. Sabe que querem que você volte e fique com eles há anos.

– Não vai acontecer. – James balançou a cabeça. – Eu disse isso pra eles anos atrás. Foi por isso que fui embora.

– Olha, cara, eu entendo que você queria fazer o que bem entendesse quando era mais jovem, mas você vive quase na pobreza e pra quê? Não consigo entender por que você escolhe sofrer quando poderia viver confortavelmente.

– O conforto vem com um preço alto. – James disse e se ajeitou. Ao se virar, ele viu Selena. Quanto ela teria ouvido?

– Posso pegar uma bebida pra você, Selena? – Kent perguntou, sentindo a tensão de seu primo.

– Seria ótimo – ela respondeu. – Estava tão quente lá no palco, todas aquelas luzes. Acho que quero um refrigerante. – Kent virou-se para pedir a bebida e Selena sorriu para James. – Como me saí lá em cima?

Ok, talvez ela não tenha ouvido nada, ele pensou, sentindo-se aliviado. James inclinou-se e a beijou no rosto.

– Estava natural. Fiquei muito impressionado. – Com o braço em torno de sua cintura, ele a puxou para perto. – Eu sabia que não conseguiria tirar os olhos de você. – Ele sussurrou no ouvido dela, para que só ela ouvisse.

– Todos aqueles anos no conselho dos estudantes me prepararam para isso – ela sorriu e Kent lhe entregou o refrigerante. – Obrigada, Kent. Onde está sua linda esposa?

Ele apontou para um grupo de mulheres no qual Jen também se encontrava.

– Estão conversando sobre o jogo de *softball* de amanhã e organizando comidas, bebidas, essas coisas. Não é a minha mesmo – ele disse, rindo – Meu plano é apenas estar presente e bater na bola, em qualquer posição que precisaram que eu fique. É pra se divertir, não é?

– Essa é a ideia – Selena disse com um sorriso.

– E você, James? – Kent perguntou. – Vai jogar amanhã?

– Bom, se os cavalheiros me permitem, acho que vou conversar com as garotas. – Selena se despediu e saiu, desejando secretamente que James observasse seu rebolar enquanto caminhava. Quando ela chegou ao grupo de mulheres, entrou na conversa e, rapidamente, decidiram quem levaria o quê no jogo de *softball*. – Não vou jogar, mas não me importo em ficar na lateral e torcer!

– E comer! – Jen disse, levantando a mão.

– E beber! – Outras mulheres acrescentaram.

Todas riram e comentaram o que fazer na festinha particular que teriam enquanto os homens jogavam. A música estava tão alta que continuar a conversa estava impossível.

– Adoro essa música! – Alguém gritou, e, logo, estavam todas na pista celebrando a noite com os demais convidados. O tradicional "Uhu" das garotas estava em ação.

Selena dançou muito, bebeu muito e cantou alto algumas de suas músicas preferidas. Quando se encontrou com James de novo já era meia-noite.

– Só mais uma música – ela disse quando ele a abraçou.

– Vai tocar mais uma música lenta, o DJ me prometeu. Dança comigo.

Ela não aguentaria mais uma música dançante com as garotas, mas pensar em dançar uma música lenta com James a fez sorrir.

Talvez ele tivesse imaginado coisas antes, talvez sua própria culpa o estivesse deixando paranoico em relação ao comportamento dela. Era possível que, com toda aquela música, conversa e barulho, Selena nem tivesse ouvido a conversa dele com Kent e, se tivesse, não teria dito alguma coisa? Ou talvez tenha sido esse o motivo de ela ter ficado dançando na última hora sendo que seus pés a estavam matando. Talvez ela o estivesse ignorando.

– James? – ela chamou, apoiando-se nele com um sorriso tranquilo em seu rosto.

Ou talvez não.

– Vamos dançar – ele disse e começou a se mover com ela no ritmo da música.

O tempo que tinham juntos estava chegando depressa ao fim e ele sabia que, antes de ela partir, precisariam esclarecer suas origens e o porquê de ter mantido esse segredo por tanto tempo. Ela entenderia, não entenderia? Ele franziu as sobrancelhas. Se fosse o contrário, ele seria capaz de entender?

– Hum... – ela suspirou ao se aproximar dele, distraindo-o de seus pensamentos. – Isso é muito melhor do que ficar pulando por aí com as garotas a noite toda. Estou feliz por ter acabado.

– Eu também – James disse, beijando o topo da cabeça de Selena. – Você precisa ficar até o final ou estamos livres para ir pra casa?

Casa. Mais uma vez o som dessa palavra fazia ela pensar na casa como dos dois, uma casa para viverem juntos e permanentemente, não para um fim de semana. Imaginar os dois morando ali, com os filhos que teriam, era algo tão nítido na imaginação de James que quase chegava a ser palpável. Inconscientemente, ele a abraçou, desejando que ela quisesse o mesmo.

Por um minuto, Selena permitiu-se apenas ficar aconchegada em James. Ela adorou sentir-se envolvida por ele enquanto continuavam dançando. Quando a música acabou, ela se afastou e olhou para ele com um sorriso sonolento:

– Posso ir a qualquer momento. – Selena soltou-se do abraço e tirou os sapatos. Um som, misto de alívio e exaustão escapou assim que seus pés tocaram o chão frio da pista de dança. – Estou oficialmente de folga e, se você não se importar, adoraria que desse uma de homem das cavernas de novo e me levasse no colo até o carro. – Ela riu ao visualizar a imagem e soltou um gritinho quando ele a levantou – Ai, meu Deus! Não achei que fosse mesmo fazer isso!

– Eu te disse isso há muito tempo, querida, tudo o que você precisa fazer é pedir. Fico mais do que feliz em obedecer.

Ele voltou até a mesa e, pelo caminho, disse boa-noite a todos que passavam. Receberam muitos olhares estranhos, mas, mais do que isso, as pessoas os saudavam quando passavam. James ajudou Selena a pegar sua bolsa e continuaram a desejar boa-noite a todos e a prometer um novo encontro no dia seguinte. Jen apareceu e começou a falar sobre a noite, sobre como estava feliz por Selena estar ali, sobre como tinha se divertido com Mike e, então, James a interrompeu:

– "Diga 'boa noite, Gracie'"[1] – ele sussurrou no ouvido de Selena. Um pouco corada e com um grande sorriso, Selena virou-se para Jen:

– "Boa noite, Gracie!" – ela disse e caiu na gargalhada, enquanto James a levava para fora do salão.

•

Apesar dos pés doloridos, Selena não queria que a noite terminasse. Foi maravilhoso encontrar os velhos amigos e relembrar uma época feliz de sua vida, onde as possibilidades eram infinitas. Ela estava muito satisfeita enquanto dirigiam pela noite, pelas ruas desertas, a caminho da casa de James. Olhou para ele e percebeu que, além da taça de champanhe, ele havia bebido apenas refrigerante e água a noite toda por estar dirigindo. Sua consideração a fez amá-lo ainda mais. Ela tinha tanta sorte por ter um homem como James em sua vida e, secretamente, sentiu-se mal por todas as outras mulheres cujos parceiros não eram tão solícitos.

---

1 Referência ao monólgo *Say goodnight, Gracie*, de Rupert Holmes. (N. E.)

Com a cabeça apoiada e os olhos fechados, Selena aproveitou o passeio de carro ouvindo *jazz* no rádio. *Hum*, ela pensou, *quando foi que James passou a gostar de jazz?* Ele costumava gostar de músicas populares e conhecidas, ao menos era o que ela se lembrava, não se recordava de algum dia terem ouvido *jazz*. Isso não importava, tudo o que importava, no momento, era o fato de estarem juntos.

James pegou sua mão. Era o final perfeito para uma noite quase perfeita. Sem dúvida os pés de Selena estariam ainda mais doloridos no dia seguinte, por conta do acidente na pista de boliche e da noite dançando de salto. Por sorte, ela poderia usar tênis e talvez até um moletom. Não seria algo glamouroso, mas o jogo de *softball* também não tinha nada de elegante. Depois de uma noite de estilo, Selena tinha certeza que não seria a única querendo roupas confortáveis para sentar na grama.

Ela sabia que tinha algo sobre o qual queria falar com James. Mas o que era? Sua cabeça estava um pouco confusa de tanto champanhe e música alta. Ela continuava ouvindo as caixas de som e estava um pouco embriagada. Essa seria mais uma questão para a manhã seguinte. Se as coisas fossem diferentes e ela estivesse voltando para o hotel, com certeza mergulharia na banheira, tomaria uma cartela de comprimidos para dor de cabeça e provavelmente pediria uma massagem. Ela soltou um gemido de satisfação só de pensar na possibilidade.

– Meu reino pelos seus pensamentos...

Selena virou a cabeça e sorriu para James. Ele era tão bonito, ainda tinha muito do garoto por quem ela havia se apaixonado tantos anos atrás. O cabelo estava um pouco mais curto, mas o corpo tinha chegado à perfeição e ele tinha uma covinha que só vinha sorrir para ela de vez em quando, mas era suficiente para quase fazê-la desmaiar. E isso nada tinha a ver com o álcool mas, sim, com o homem que ele era. Ela quis beijá-lo naquele exato ponto de sua bochecha.

– Eu estava pensando num banho de espuma, com massagem e serviço de quarto – ela disse, suspirando. – Acho que fiquei um pouco mal acostumada no hotel. Provavelmente vou precisar participar de um programa de doze passos quando voltar para casa – ela pensou por um momento. – Uma pessoa pode ficar estragada por tantos mimos?

James riu.

– Talvez um pouco. – Ele olhou para o relógio: quase uma da manhã. Era um pouco tarde para tudo o que ela estava pedindo, mas nada que ele não pudesse dar conta – Vamos fazer assim: quando chegarmos em casa, vou preparar um banho pra você, fazer pipoca, nos servir uma taça de vinho e eu prometo uma massagem completa. – Sua voz era profunda em cada uma das promessas.

Selena olhou para ele e lá estava a covinha solitária.

– Ótimo.

Em menos de cinco minutos estavam parando na frente da casa de James. Ele levou Selena para dentro e se esforçou ao máximo para não tocá-la, ou não conseguiria fazer tudo o que ela estava querendo. Subiram juntos para o quarto e, conforme prometido, ele preparou um banho para ela.

– Como não percebi o tamanho dessa banheira antes? – Selena disse ao parar ao lado dele, enrolada em um robe de seda verde.

– Você estava muito ocupada com seu cabelo, sua maquiagem, seu vestido, seu…

Ela ergueu a mão para interrompê-lo e soltou uma gargalhada, afinal, ele tinha razão.

– Ok, ok, já entendi.

Mas o porquê de isso ser importante, ela não fazia ideia. No dia a dia, Selena não era tão vaidosa. Parecia ridículo ter se esforçado tanto para impressionar a todos naquela noite. Ela não os via há anos e nem sabia quando os veria outra vez.

– Não tenho espuma de banho, então vou colocar xampu – ele disse e não percebeu que não seria uma boa solução até ela erguer a mão para impedi-lo.

– Não! – ela protestou. Mas era tarde demais.

– Por quê? Qual é o problema?

– Nenhum – Selena balançou a cabeça e riu. – Mesmo. Eu tenho algumas coisas que poderíamos usar, mas assim está bom.

Não demorou muito para o banho ficar pronto e Selena esperava que James fosse acompanhá-la. Em vez disso, ele lhe deu um beijo na testa e disse para ela aproveitar e relaxar antes de sair.

Provavelmente seria diferente se ela fizesse um mínimo protesto, mas a banheira estava tão convidativa e seu corpo, tão dolorido, que Selena apenas tirou o robe e entrou. A água quente estava divina e, à medida que ela submergia, seus músculos pareciam suspirar. Fechando os olhos, ela se desligou de todas as preocupações. Amanhã haveria tempo suficiente para pensar nisso.

Mas que preocupações? Ah, sim, a conversa de James com Kent. Sim, sim, isso podia esperar até amanhã. Não havia razão para estragar uma noite perfeita. A qualquer momento James voltaria com vinho e... o que ele estava fazendo? Pipoca. Selena sorriu. Não era um serviço de quarto *gourmet*, mas estava perfeito. Ela o imaginou entrando na banheira enquanto tomavam vinho e conversavam sobre qualquer coisa. Então, talvez, eles sairiam do banho e ficariam juntinhos com uma tigela enorme de pipoca – torcendo para que ele se lembrasse que ela adorava muita manteiga – e veriam um filme.

A vida estava boa, ela suspirou. E deitou-se até a água tocar seu queixo. Sim, a vida estava muito boa.

Capítulo 13

O som do telefone parecia o de uma sirene. Selena deu um salto e ficou surpresa ao ver o sol brilhando pela janela. James estava deitado ao seu lado, mas logo também acordou.

– É o meu – ele murmurou antes de pegar o aparelho no criado-mudo.

Selena jogou-se de volta nos travesseiros e resmungou. Sua cabeça ainda latejava com a música da noite anterior, seus pés estavam destruídos e todos os músculos de seu corpo doíam de tanto dançar. Não tinha sido na semana passada, na casa de Jen, que ela havia prometido fazer tudo com moderação? Como isso foi esquecido depressa. A voz de James era baixa mas, ainda assim, ecoava em seu cérebro a ponto de ela pensar em gritar. Não havia como pedir silêncio a ele. Então, ela colocou o braço sobre o rosto para proteger os olhos do sol e bloquear parcialmente a voz dele.

– Como você está? – James perguntou quando colocou o telefone de volta no criado-mudo.

– Como deveria estar: morta – ela conseguiu resmungar antes de rir de dor.

Sem dizer uma palavra, ele foi até o banheiro e voltou com um copo de água e um comprimido.

– Muito obrigada – ela disse ao tomar o remédio e a água como se estivesse vagando pelo deserto. Então, voltou para sua posição nos travesseiros, com um braço protegendo-a da luz do sol. Ela virou a cabeça para o lado de James – A que horas fomos dormir?

– Depois das quatro – ele riu.

– O que eu tava pensando? – ela resmungou.

James se moveu, esforçando-se para beijá-la sem que ela precisasse mexer o braço.

– Você estava pensando que sou irresistível e que não importa quanto você esteja cansada ou o quanto queira ver o fim de *A mulher faz o homem*, você precisa me ter. Me sinto um pouco usado – ele suspirou, dramático, e, quando a viu erguendo o braço para poder vê-lo, piscou.

– Tenho certeza que você vai superar – Selena disse.

– Querida, se eu não precisasse sair agora, ficaria feliz em deixar você me usar de novo. – Ele se levantou e foi em busca de suas roupas.

– Espere, o quê? Está saindo? Achei que estivesse de folga! – ela reclamou ao sentar-se rapidamente e depois se xingou por ter feito um movimento tão estúpido. E por ter gritado.

– Eu sei, eu sei, mas tem um caso no qual tenho trabalhado... e a prisão aconteceu na noite passada. Preciso ir cuidar de algumas coisas. Sinto muito. – Ele colocou a calça jeans e uma camiseta antes de aproximar-se para lhe dar um suave beijo. – Tem comida na geladeira, fique à vontade. Encontro você no jogo dessa tarde. Prometo.

Selena queria ficar brava e fazer manha, mas sabia que não ajudaria. Ela estava desapontada que o mundo real estivesse interferindo no tempo que tinham juntos, mas não havia o que fazer. Por um breve momento, pareceu que o mundo real tinha deixado de existir, deixando-os seguros e sozinhos em seu próprio casulo. A verdade era que James tinha um emprego importante e ela precisava lhe apoiar.

– Vou passar na padaria e levar uns sanduíches pra gente almoçar – Selena disse. – Algum pedido?

Distraído, James anotou o que queria de almoço e, antes que ela pudesse se dar conta, deu-lhe um beijo de despedida e saiu.

Era estranho estar sozinha. Era a casa de James e, por mais que ela estivesse lá há dois dias, ainda não tinha dado uma olhada e visto tudo. Selena conhecia o quarto e o banheiro da suíte bem, mas isso não mostrava muito quem James era. Bom, exceto pelo fato de ele ter um excelente gosto por colchões e banhos de espuma. Dizer que ela estava curiosa sobre sua vida seria subestimar a verdade. Por quase todo o tempo que estiveram juntos as suas conversas focavam no passado e quase não havia sobrado tempo para falar do presente.

A casa era bonita. Rústica. Era uma opção sobre a qual conversavam quando mais jovens. Selena quase tinha se esquecido desse sonho, sua casa atual era em um condomínio moderno, perto da praia. Simples e prático e, depois de comparar com o quarto de James, muito sem graça. Por que ela não havia percebido isso antes? Quando ela tinha ficado tão sem personalidade, cor ou vida? Ela organizava grandes eventos com muitas cores e vida, por que negou isso a si mesma?

Selena se levantou da cama, procurou seu robe e o vestiu. Uma rápida ida ao banheiro para jogar um pouco de água no rosto tornou-se um longo caminho para fazê-la acordar. Sentindo-se um pouco mais viva, Selena decidiu começar pela cozinha, onde poderia fazer uma torrada e tomar um suco antes de começar a vistoria. Uma parte dela se sentia culpada por bisbilhotar a casa de James, mas ela queria saber mais sobre o homem que ele havia se tornado, talvez mais do que ele estivesse disposto a compartilhar no momento.

A cozinha era o sonho de um *chef*, com todos os equipamentos de primeira linha em aço inoxidável, incluindo um forno a gás com grelha. Selena adorava cozinhar mas atualmente sua vida consistia em uma gaveta cheia de cardápios de *delivery*.

– Preciso mudar isso – ela disse em voz alta, criticando-se.

Como um fim de semana podia mostrar-lhe tudo o que faltava em sua vida? Sem querer se autoavaliar no momento, ela achou o pão e colocou duas fatias na torradeira; serviu-se de suco enquanto esperava as torradas ficarem prontas.

Tocou a bancada em granito e os armários pretos; os pés sentiam o piso frio de cerâmica. Era bonito e prático e ela se perguntava se James cozinhava ou se aquela era só uma forma de valorizar a casa. Desde que se reencontraram, James só comia em restaurantes ou usando o serviço de quarto, mas agora ela sabia que podiam fazer deliciosas panquecas ou pipoca de micro-ondas. Ela sabia que, se morasse ali, utilizaria aquele espaço todas as noites para fazer os pratos requintados que sempre adorou.

Selena pegou a torrada quente e começou a mordiscá-la. Foi até a grande janela acima da pia e ficou encantada com o quintal. Era pequeno, mas muito bem projetado; ela não esperaria menos dele. Ele tinha uma pequena oficina no fundo onde, com certeza, guardava todas as ferramentas necessárias para manter o jardim tão bem cuidado. A imagem de James trabalhando no jardim a fez sorrir. Selena não tinha dúvidas que esses eram os momentos em que ele se sentia mais relaxado e em paz. Ninguém ficava como ele depois de um dia trabalhando na terra. Não importava quão quente estivesse ou quão suado e sujo ele ficasse, sempre a fez tremer de desejo só de olhar para ele. Ela sabia que se sentiria da mesma forma se ele estivesse trabalhando no jardim agora.

Ela colocou o copo e o prato na lavadora e foi para a sala. Havia fotos por todos os lados e, se ela fosse chutar, diria que eram de sua família. Ela podia ver uma semelhança entre James e, talvez, seus dois irmãos e sua irmã. O assunto família havia sido um que Selena aprendera a deixar de lado. Ao olhar para a foto, ela ficou triste. Ele tinha uma família, irmãos e nunca os mencionou em todo o tempo que ficaram juntos. O que poderia ter acontecido para ele excluí-los de sua vida? Teria sido escolha dele? Se não, que tipo de família expulsaria alguém tão jovem quanto James era quando saiu de casa?

– Uau – Selena disse ao colocar a foto no lugar –, que família bonita.

Ela tentava se afastar, mas não conseguia, algo naquela situação não parecia certo. A foto ao lado era de um casal mais velho. Se ela pudesse chutar, de novo, diria que eram os pais de James. Sorriam adoravelmente um para o outro. Era algo novo para Selena, já que ela nunca, mesmo antes do divórcio, havia visto seus pais se olharem daquele jeito. Como James podia ignorar essa parte de sua vida? Ele não percebia a sorte que tinha? Ela adoraria ter feito parte de uma família grande, que ela soubesse que se amava só de olhar as fotografias. Uma sensação desconfortável a invadiu quando pensou, outra vez, o que faria alguém se afastar de um ambiente assim.

Andando pela sala, ela continuou a ver fotos que a faziam sorrir, fotos de James em várias situações e épocas. Fotos de pescaria, fotos em que ele estava recebendo prêmios na polícia, todas pequenas pistas sobre quem era o dono daquela casa. O homem por quem, como ela estava percebendo cada vez mais, continuava apaixonada.

Depois de ver as fotos, Selena passou para os livros. Havia muitos títulos sobre horticultura e paisagismo. Ela abriu um sorriso triste ao colocar um livro na mesa de café. Era aquilo que James amava, e ele tinha deixado que o pai dela destruísse tudo. Selena se sentou no sofá e observou a sala. Era a casa dele. Ele vivia ali sozinho e passava a imagem de corajoso, de durão para o resto do mundo, mas ali, no espaço privado dele, James Montgomery tinha feito uma casa da qual podia se orgulhar.

E não havia ninguém para compartilhar isso com ele.

Ao perceber que ela estava muito confortável no sofá e que, em breve, acabaria caindo no sono, Selena se levantou e andou pela sala de jantar antes de subir as escadas e explorar o piso de cima. Ela já sabia que lá ficava uma linda suíte máster, mas parecia haver outros dois quartos e um banheiro.

O primeiro quarto era de hóspedes. Sua decoração era muito básica, mas havia toques pessoais, como fotos de família e lindas molduras com imagens de paisagem penduradas nas paredes. A porta no final do corredor estava fechada, o que ela achou estranho, já que o restante da casa estava todo aberto. Selena olhou por sobre o ombro e decidiu terminar o *tour*.

Ali era, claramente, o escritório de James. As paredes eram cinzas e havia altas prateleiras de livros contornando as paredes e a grande mesa que ficava no meio do cômodo. No canto, um pequeno sofá de couro, uma mesa de café e arquivos espalhados. Mas foi a mesa que a encantou.

Ela era antiga e contrastava com o resto da mobília contemporânea da casa. A cadeira de couro chamou sua atenção. Selena deu a volta na mesa e se sentou ali com cuidado. Parte dela temia que James chegasse a qualquer momento e a reprimisse por bisbilhotar, mas ela não conseguiria parar, nem que quisesse.

Selena estava desesperada para conhecê-lo melhor, descobrir o que o fazia feliz, o que o deixava triste, como ele passava os dias. Sentada na cadeira, ela olhou para o escritório e tentou ver o que James via quando estava sentado ali. Havia algo de interessante? Por que a mesa não ficava de frente para a grande janela? Ao virar a cadeira, ela ficou encantada. Dali ela podia ver todo o jardim e ele ficava ainda mais bonito do que quando visto da cozinha.

– Por isso – ela disse, entendendo os motivos.

Virando-se de volta para a mesa, Selena viu como tudo estava organizado. Arquivos empilhados, canetas tampadas num suporte, tudo parecia ter sido posicionado com exatidão. Exceto...

Um arquivo que estava fora da pilha. Isso em si não era grande coisa, mas, quando ela olhou de perto, sentiu o sangue lhe abandonar o rosto.

O arquivo tinha o seu nome escrito.

O coração de Selena começou a bater freneticamente. Por que James teria uma pasta com o seu nome? Ela pegou a pasta com cuidado e a abriu. Ali, olhando para ela, estava uma foto sua. Uma foto recente. *O que...?*

Com as mãos trêmulas, ela passou pelas páginas digitadas, que traziam uma descrição bastante precisa de sua vida atual com fotos de dez anos atrás e, também, atuais. E dos anos durante esse intervalo. A raiva tomou conta dela. Ali, logo na primeira página, estava seu endereço atual. Todo esse tempo James sabia exatamente onde ela estava, onde vivia, e nunca foi encontrá-la. Passando pelas outras páginas, viu que todos os seus endereços estavam ali.

E ele a deixou sozinha.

Quanto tempo ela tinha perdido esperando que ele a encontrasse, que ele aparecesse e dissesse que sentia muito por ter sumido quando ela mais precisou? E, agora, Selena tinha a prova de que não foi o caso de ele não conseguir encontrá-la, mas de não querer.

Sua cabeça estava girando, ela sentia vontade de vomitar. Selena colocou o arquivo de volta no lugar em que estava, saiu do cômodo e fechou a porta antes de ir até a suíte pegar suas coisas. Ela respirou fundo e tentou processar o que tinha acabado de ver. Por quê? Por que ele tinha essas informações e quando as tinha obtido? Será que ele tinha pesquisado sua vida depois de tê-la reencontrado na casa da Jen ou será que sempre soube onde ela estava e nunca fez nada a respeito? Racionalmente, ela podia ver sentido nas duas possibilidades, mas na prática ela queria gritar, fugir e voltar para casa. Se ela ligasse e perguntasse sobre o arquivo, ele lhe diria a verdade?

Não importava. Como quer que fosse, ela se sentiu invadida. Sua vida era um livro aberto, ele só precisava perguntar. Investigá-la pelas suas costas, colocar alguém para segui-la ou como quer que se diga em uma situação assim, era algo que Selena não merecia. Ela teria lhe dado tudo, dito tudo, se ele tivesse apenas perguntado.

– Ok, você pode fazer isso. – Selena disse para si mesma ao começar a arrumar suas coisas com as mãos trêmulas.

Por um breve momento, ela tinha tido uma amostra de tudo o que sempre quisera. O único problema era que a pessoa com quem ela queria tudo não existia. Ou não era confiável. No momento ela não sabia qual seria a melhor descrição. Talvez as coisas tivessem ficado mais claras se ela não estivesse de ressaca, mas tudo o que Selena sabia era que estava cansada de tantos obstáculos quando se tratava de sua relação com James. O passado deles já era o suficiente, e essa situação havia conseguido superá-lo. Selena não achava possível aguentar mais.

Por mais que ela estivesse desesperada por um banho, precisava sair daquela casa. Era a casa de James, um lugar que ela nunca deveria ter visitado. Por que tinha caído no conto de ter um futuro nessa casa com ele? Por que resolveu perder seu tempo passeando pela casa e se imaginando ali? Ela sentiu como se chutasse a si mesma. Por que não ficou na casa de Jen? Ou no maldito hotel? Assim, nada disso teria acontecido.

Não é verdade, ela pensou. *Ainda assim teria acontecido. Você só não saberia*. Ao olhar ao redor, viu que todas as suas coisas estavam arrumadas. Os bons modos pediam que ela, ao menos, arrumasse a cama, por mais que isso a irritasse. Selena queria ter certeza de apagar qualquer vestígio seu daquele espaço.

Ela não queria que ele tivesse a menor dúvida de que ela tinha partido.

•

– Você não pode ir embora assim.

– Por que não?

– Porque não! – Jen gritou. – Precisa dar a chance de ele se explicar.

Jen estava em pânico e andava pela sala. Como ela explicaria isso para William e Ryder Montgomery? Tudo bem que ela não tinha culpa, mas Jen sabia que precisava fazer tudo o que pudesse para convencer Selena a ficar e dar a James mais uma chance. No entanto, ele não estava ajudando com esse tipo de comportamento.

– Explicar o quê? Que ele tem um maldito arquivo a meu respeito? Por quê?

– É isso que estou dizendo! Por quê? Ele é policial, Selena, está acostumado a pesquisar os antepassados e outros detalhes das pessoas. Talvez ele só quisesse saber o que você estava fazendo da vida, talvez fosse o jeito dele de manter uma conexão com você.

– Sabe o que teria sido um bom jeito de manter uma conexão? – Selena esbravejou irritada. – Manter contato de verdade! Pelo que sei, ele sempre soube onde eu tava e nunca fez nada a respeito! Imagina como me sinto com isso?

Jen podia apenas imaginar. Se estivesse no lugar da amiga, também ficaria furiosa. Infelizmente, ela precisava permanecer neutra e trazer as coisas de volta ao prumo.

– Ok, você precisa se acalmar...

Selena gesticulou e retrucou:

– Não, eu não preciso. Você tem ideia do que é ter as pessoas tomando grandes decisões sobre a sua vida sem nem se importar com o que você quer? – O volume de sua voz aumentava a cada palavra.

– Não, mas...

– Bom, eu sei muito bem! Primeiro meu pai, agora James.

– Não pode comparar James com seu pai, Selena. É completamente diferente!

– É? Na minha opinião, meu pai me tirou o direito de viver uma vida com James ao mentir para ele e o fazer partir. James nos tirou o direito de viver juntos ao ser covarde e permanecer distante. Nenhum dos dois se preocupou com o que eu queria. Só pensaram neles mesmos. – Selena olhava a sala de Jen, sem saber muito bem o que procurava. Todas as suas coisas estavam no bagageiro do carro alugado, ela só precisava remarcar o voo para partir no mesmo dia.

– Sei que parece ruim, mas tem de haver uma explicação lógica, Selena! Dê a ele uma chance! – O pânico a dominava vendo Selena sair pela porta. – Você nunca vai ter paz até saber por que ele fez isso. Você passou sua vida toda esperando para saber por que James tinha ido embora. Acha que pode, honestamente, me dizer que dessa vez vai ser diferente? – Jen observou a expressão de Selena ficar um pouco mais suave – Sei que você quer acreditar no pior agora, mas estou dizendo, deve haver uma boa explicação para isso. Por favor. Espere e fale com ele.

De certa forma, Selena queria que houvesse uma explicação. Ela não tinha ideia de qual poderia ser, mas queria uma. Queria terminar a viagem e ter tempo com seus amigos. Queria fazer mais uma visita à sua avó. A ideia de ficar, entretanto, apavorava-a. James tinha tido a coragem de dizer que não conseguia acreditar nela e agora Selena sabia bem como era a sensação, afinal, não importava o que ele dissesse, não importava quão lógica fosse a explicação, ela sabia que não acreditaria.

– Está bem. – Selena olhou para Jen. – Vou ao jogo de *softball* e vou esperar por ele. E vou esperar até todos saírem para confrontá-lo se for preciso. Mas, depois disso, eu vou embora.

Suas palavras eram definitivas e Jen não pressionou a amiga.

– Sinto muito, Selena. Sinto que é tudo minha culpa.

– Por quê? Você mandou James me investigar?

A pergunta chegou mais perto do que Jen conseguia lidar. Ela pode não ter pedido a ele para investigá-la há sabe-se lá quanto tempo, mas sabia que a família Montgomery tinha informações a respeito de Selena. E se Selena descobrisse que Jen fazia parte de todo o esquema, sabia que ela nunca a perdoaria.

– Jen?

Jen balançou a cabeça.

– Eu... eu pressionei você pra voltar e foi por você estar aqui que tudo isso aconteceu. – Seus olhos se encheram de lágrimas ao olhar para Selena. – Eu sinto muito de verdade.

Selena achou que havia algo de estranho nas palavras de Jen, mas foi até ela e a abraçou mesmo assim.

– Como eu disse, não havia como saber que James me investigava. Não importa quando ele começou a fazer isso. – Ela abraçou a amiga um pouco mais forte antes de se afastar. – Isso nada tem a ver com você. É entre mim e James. E é o último confronto que teremos. – Selena olhou pela janela, queria estar no carro. – Não posso acreditar nele, Jen. Aconteceu muita coisa. Fui uma boba ao pensar que poderia dar certo.

Jen sabia que era inútil discutir, pelo menos por ora.

Juntas, elas se arrumaram. Roupas casuais e confortáveis. Saíram da casa de Jen cada uma em um carro e foram buscar a comida e as bebidas antes de irem para a parte final da reunião.

O fim não podia chegar rápido o suficiente para Selena.

Capítulo 14

O tempo estava um pouco mais frio do que se esperava, mas não pareceu desanimar ninguém. Quatro times foram formados e havia um dia inteiro para os jogos. Jen e Selena tinham montado o bufê em um espaço ensolarado, na lateral do campo, com uma grande toalha e dois refrigeradores com comida. Juntas e separadas, interagiram com todos. Embora Selena se esforçasse para passar uma imagem alegre, por dentro estava péssima.

Havia tanta coisa acontecendo e tanta gente que, se ela resolvesse partir, ninguém notaria. Infelizmente, ela deu sua palavra a Jen de que ficaria e, mais do que nunca, Selena queria provar que *ela* não tinha mentido e que era confiável. Podia parecer infantil, mas ficaria e provaria seu ponto mesmo que isso a matasse.

E isso era possível, levando em conta como seu estômago se contorcia por conta da ansiedade.

– Oi, Selena! Onde está o James? – Ela se virou e viu Nancy, mulher de Kent, aproximando-se.

Escondendo-se como um covarde ou apodrecendo no inferno, era o que ela queria dizer, mas escolheu a opção mais elegante.

– Ele recebeu um chamado pela manhã. Ontem à noite aconteceu uma prisão referente a um caso em que ele estava trabalhando, então, precisou ir cuidar de papéis ou do que quer que seja que os policiais cuidam quando encerram um caso. – Ela não sabia e, no momento, não se importava. Como Nancy a olhava, Selena se forçou a sorrir. – Se tudo correr bem, ele deve chegar logo. Ele prometeu. – Como prometera anos antes, estar sempre ao lado dela. Ele era um mentiroso e, pelo visto, continuava sendo.

– Então, que bom. Quer dizer, nós o vemos com frequência, mas é bom saber que ele enfim tirou uma folga. Ele trabalha tanto.

Primeiro Selena encolheu os ombros, não se importava, depois, percebeu que aquela era uma ótima oportunidade que se apresentava. Ela tinha tantas perguntas a respeito de James, e, apesar de não querer saber mais nada a respeito dele, Nancy poderia ser uma rica fonte de informação. Ao menos, desse jeito, ela teria acesso à verdade, ou assim desejava. Ao olhar em volta, Selena viu que Kent estava jogando então, tecnicamente, a área estava livre. A partida estava começando e elas teriam um bom tempo sem a interferência de Kent.

– Vamos nos sentar. Tem comida para um batalhão aqui. – Selena havia se questionado por que estava comprando toda aquela comida, mas agora, nessa situação, ela estava feliz com isso.

– Obrigada! – Elas se sentaram e viram algumas das jogadas antes de perderem o interesse pelo jogo. – Sei que Kent adora esse tipo de coisa, mas eu preferia estar em casa, quietinha, com um bom livro e uma xícara de chá. Esporte não é pra mim e, mais do que isso, essa manhã eu estava muito cansada – Nancy disse.

– Eu também. Mas preferiria estar bebendo um chocolate quente. – Selena lembrou-se que deveria passar na Starbucks a caminho do aeroporto.

– Ah, isso também seria bom.

Selena olhou mais uma vez para Nancy e pensou que, em outro momento, poderiam ser amigas. Seus cabelos loiros e seu enorme sorriso eram muito amigáveis, mas Selena tinha uma missão.

– Fico feliz que James e Kent mantenham contato. Fico triste quando penso no resto da família e em tudo o que aconteceu. – Como Selena não sabia dos detalhes, teria de manter seus comentários muito genéricos. Por sorte, Nancy não percebeu.

– Ah, com certeza. São tão doces, e sei que a mãe dele fica arrasada por ele morar tão longe e ir tão pouco para casa.

– Sei dos motivos dele – Selena mentiu. – Mas espero que ele consiga superá-los. – *Vamos, Nancy, me diga algo!*

– Todos queríamos os problemas dele, certo? "Minha família é muito rica, quero ser eu mesmo, blá-blá-blá..." De verdade, não sei como Kent aguenta. Sempre que estou junto e James começa com isso, eu saio de perto. Quer dizer, Kent e eu estamos muito bem, mas se um de nós tivesse vindo de uma família rica como a de James, vamos dizer que seria tudo muito mais fácil.

James era rico? Vinha de uma família rica? Como assim?

– Mas ele e Kent são primos – Selena disse confusa.

– Por parte de mãe, o dinheiro está todo do lado Montgomery. Não sei se você um dia terá a oportunidade de conhecê-los, mas são impressionantes. Além de muito ricos, todos são irritantemente atraentes.

Selena lembrou-se das fotos.

– É, são mesmo. – Ricos e bonitos. Se ela não queria socá-lo antes, agora, ela queria.

Nancy pegou uma bolacha e começou a mordiscar.

– Não é que Kent tenha inveja deles, são as pessoas mais generosas que já conheci. Só odiamos o fato de que ele se mantenha isolado. O que ele quer provar? Quando era adolescente, havia a pressão para entrar na empresa da família, mas ele já se mantém por conta própria. Tenho certeza que ninguém mais pensa nisso, só ele.

– Ele é muito teimoso, isso é verdade. – O eufemismo do ano.

– Aham. – Nancy concordou antes de se virar e torcer para o marido, que ia rebater.

Selena tentava digerir toda aquela informação mas, em vez de ter conseguido respostas, ela agora tinha mais perguntas. Olhando em volta, ainda não havia nenhum sinal de James. Mas ela viu Jen, ao longe, no telefone, um tanto irritada.

– Volto já – ela disse para Nancy ao se levantar e atravessar o gramado para aproximar-se de Jen.

Selena esperava que não tivesse nada a ver com Todd. Seria possível ele ter voltado a assediá-la? Ela se sentiria muito mal de partir se esse fosse o caso. Dessa vez, convenceria Jen a ir com ela. Sair da cidade juntas e escapar desse drama que parecia persegui-las. Ao se aproximar, Selena ouviu parte da conversa. Entre o som da torcida e o fato de Jen estar falando baixo, Selena não tinha ideia do que estava se passando.

– Ela está um pouco mais calma – Jen dizia –, mas ficou muito brava. – Silêncio. – Ele ainda não chegou, recebeu um chamado e precisei segurá-la aqui, de outra forma ela já estaria num voo de volta pra casa. – Silêncio. – Olha, sei que disse que ajudaria, mas não achei que fosse ser assim. Sinto muito, fiz tudo o que pude. Adeus.

Jen tinha a cabeça baixa e os ombros caídos, estava derrotada. Ao se virar, ela se assustou ao ver Selena tão perto.

– Tudo bem? – Selena perguntou calmamente.

– Hum... Sim. Só uma ligação que precisei atender. – *Meu deus, meu deus, meu deus! O que será que ela ouviu?*, Jen pensava.

– Quem era?

– Quem?

– Foi o que perguntei. – A paciência de Selena estava se esgotando. Algo de suspeito estava acontecendo e ela estava cansada dos joguinhos que as pessoas faziam com ela.

– Ah... ninguém importante. – Jen olhou em volta, nervosa. – É a Nancy sentada ao lado das coisas que trouxemos? Você ofereceu a salada de batata a ela? Tem o suficiente pro time todo.

– Boa tentativa. Sim, é a Nancy. Não, eu não ofereci porcaria de salada nenhuma. Com quem você tava falando?

Jen passou a mão trêmula nos cabelos e suspirou, derrotada. Ela olhou para a amiga.

– Eu só queria ajudar.

– Acho melhor você se explicar. – Era incrível como as palavras soavam calmas, sendo que, por dentro, Selena estava irada. Jen também estava participando disso? A viagem toda foi uma mentira?

Sem dizer muito, Jen fez o melhor resumo que pôde do encontro com a família de James e sobre como queriam que ele e Selena se reconciliassem.

– James sabe disso? – a pergunta saiu por entre os dentes cerrados de Selena.

Jen negou.

– As coisas pareceram se encaixar quando você chegou.

– E toda essa coisa de reunião? Haveria uma ou foi esse tio do James que fez isso acontecer?

– Foi ele que deu o dinheiro. – Jen olhava para ela, sem saída – Não sabia o que fazer pra trazer você pra casa! Sei como ama o que faz, então, achei que um trabalho que interessasse seria tentador.

– E todo o resto? Tinha mesmo alguém atrás de você? Esse tal Todd existe?

– Claro que sim! Nunca inventaria algo assim!

– Precisa me perdoar por eu não ter plena certeza disso. Quer dizer, a maior parte da viagem foi uma grande mentira. – Todos a haviam traído: sua família, seus amigos... James. Quando ela ia aprender?

– Selena, por favor... Não é assim.

– Quer saber? – ela disse, áspera. – Não importa. O dia já tá quase acabando e eu vou embora. E, de verdade, tô em paz com isso.

Não era verdade, mas Selena sabia que só sobreviveria a isso se bancasse a forte diante de todos e fosse para casa, onde poderia desmoronar, chorar e lamber suas feridas. Ela já tinha feito isso antes, muitas vezes, e faria de novo. Ela se virou, pronta para voltar ao piquenique quando viu James correndo em sua direção, com um grande sorriso no rosto. *Meu deus, não posso fazer isso*, ela pensou, desesperada.

– Fale com ele. – Jen disse em voz baixa, antes de se afastar.

– Oi! – James disse ao parar à sua frente e lhe dar um sonoro beijo nos lábios. Ele nem pareceu perceber que ela não correspondeu. – Perdi muita coisa? Trabalhei feito uma mula pra conseguir sair de lá, mas a boa notícia é que ganhei mais um dia de folga. O que acha? – Ele estava tão feliz por estar ali com Selena, que demorou a perceber a expressão de animosidade em seu rosto – Selena? O que foi?

Ela passou os olhos pelo gramado para ver um lugar onde poderiam conversar a sós. Não estava confortável em ter aquela conversa no meio de tantas pessoas. Sem dizer uma palavra, ela cruzou o estacionamento. James a seguiu, silenciosamente, até pararem perto do coreto.

– Você se lembra quando me encontrava aqui depois dos jogos? – ela perguntou, distante.

Ele fez que sim. Onde quer que ela quisesse chegar, James sabia que não seria uma boa conversa. Seu celular vibrou no bolso e, por mais que ele quisesse atender, achou que isso apenas pioraria a tensão entre eles.

– Eu esperava terminar a torcida pra encontrar com você aqui e podermos ir em qualquer aventura que quiséssemos. Você me trazia chocolate quente e a gente saía pra conversar e… era tudo tão simples naquela época. – Se Selena fechasse os olhos, podia ouvir a torcida e a banda tocando. Ela não revivia esses dias com frequência, tanto que pareceu que ela tinha voltado no tempo por um momento.

– O que aconteceu, Selena? – a preocupação subia pela coluna de James. A mulher à sua frente nem parecia aquela com quem tinha passado a última semana. Ela estava tensa, no limite. E ele não tinha a menor ideia do que tinha acontecido.

– Quando? Antes ou hoje? – ela perguntou com sarcasmo.

– Agora. É claro que algo aconteceu pra irritar você desse jeito. Sei que você tava cansada pela manhã, mas com certeza algo mais aconteceu pra deixar você com esse humor. – Ele olhou em volta, para a multidão que havia no evento. – Alguém disse algo que a chateou?

– Não – ela disse com desdém. – Todos foram ótimos. Muito amigáveis. Muito abertos e honestos. São ótimas pessoas.

O que poderia estar acontecendo?

– Olha. Precisa me perdoar, mas não tenho ideia do que você quer dizer. Então, vou perguntar de novo, o que aconteceu pra te deixar com esse humor?

– E que humor seria esse, James? – Selena perguntou. Mas, antes que ele pudesse responder, ela prosseguiu: – Você acha que me conhece muito bem, provavelmente por ter mantido registros da minha vida pelos últimos anos! Mas talvez o seu investigador não tenha feito o trabalho completo se você não consegue saber o que me tirou do sério!

– Registros? Investigador? Do que você tá falando? – ele perguntou, dividido entre a confusão e a raiva por conta da acusação

– Achei o arquivo que você tem da minha vida! Há quanto tempo faz isso, hein? Uma semana? Um mês? Anos? – ela gritou. – Me fala, desgraçado!

– Selena – James disse, calmo –, vamos para casa e…

– Não! – ela gritou em resposta. – Não vou pra lugar nenhum com você! Você mentiu pra mim. Traiu minha confiança. Achei que as coisas fossem ser diferentes dessa vez, achei que o pior tinha ficado para trás. Mas tava errada. Nunca vai dar certo. – Sua voz falhava à medida que os olhos se enchiam de lágrimas.

O estômago dele revirava ao vê-la assim.

– Não é isso – ele disse, e o desespero transparecia em sua voz – por favor, vamos sair daqui pra conversar.

Ela balançou a cabeça. Seus longos cabelos já estavam quase soltos do rabo de cavalo.

– Eu... eu não posso. – Todo seu corpo tremia e parte dela só queria que James a pegasse nos braços e a acalmasse. Mas a outra parte queria bater em algo. Com força. De preferência, nele.

– Selena? – ele apelou e viu sua expressão mudar da raiva para a tristeza.

– Todo esse tempo você soube onde eu tava e nunca foi atrás de mim...

E esse era o motivo oculto. Ela podia perdoar a invasão de privacidade. Podia perdoar as mentiras sobre a família e sobre quem ele era de verdade. Mas não podia perdoá-lo por tê-la abandonado. Outra vez.

– Não é assim – ele disse desesperado. – Eu juro! Eu não tinha... não fui eu que fiz os registros, Selena. Depois que você voltou, falei com meu irmão e ele...

– Então a sua família me investigou? – ela perguntou, agressiva – Quem faz isso? Pra que precisariam fazer isso? Fui completamente honesta com você desde que nos conhecemos e você os deixou...

– Eu não sabia! Precisa acreditar em mim.

James colocou a mão no ombro de Selena. Mas ela se encolheu, tirando a mão dele, e deu um grande passo para trás.

– Não, eu não preciso e não posso. Talvez você devesse ter pedido pra me investigarem anos atrás.

– Não pedi que fizessem isso.

– Então, por quê? Por que fizeram isso?

James queria poder responder. Tantas coisas passavam por sua cabeça, mas não era o momento de entrar nesse assunto. Se ele conseguisse convencê-la a ir para casa com ele, ouvi-lo sem distrações, sabia que poderia fazê-la entender.

– É complicado.

– Sério? É isso o que vai dizer? – ela perguntou, enojada – Posso ver que tem mesmo questões com sua família.

– O que você quer dizer com isso?

– Você podia ter me contado. Podia ter se aberto. Mas não. Foi um covarde e, por isso, perdemos todos esses anos. Se sua família tinha tanta curiosidade a meu respeito, ou se pensavam que eu tava escondendo algo, poderiam ter me procurado. Em vez disso, resolveram me espiar e invadir minha privacidade. Fico com nojo só de pensar. – Isso nunca teria fim. Não importava quanto conversassem a respeito, esse parecia ser um obstáculo grande demais para ser superado ou ignorado.

– Eu não sabia, Selena! Tenho certeza que só estavam preocupados comigo, queriam saber se tudo o que me disse era verdade. Antes eu só agia por instinto, baseado nos fatos que tinha...

– Que não eram fatos, eram mentiras que meu pai contou. E você preferiu acreditar na palavra dele do que na minha. Por quê? Porque era mais fácil fugir. – A raiva tinha voltado e, dessa vez, ela ia abraçá-la. – Você me acusou de ter arrumado um jeito de fugir, mas acho que foi você que fez isso. – Ela olhava para ele como se fosse um ser repulsivo. – Escolheu o caminho mais fácil.

– Nunca foi fácil me afastar de você – ele grunhiu, aproximando-se dela. – Não teve um maldito dia que tenha sido fácil. Já disse antes e digo de novo: dez anos atrás eu tinha minha vida planejada, tinha tudo o que queria e, num piscar de olhos, não tinha mais nada. Lutei muito pra sair do fundo do poço em que tava e fazer algo por mim. Enquanto me desculpo pelo que meu irmão fez, sei que ele só queria cuidar de mim. Talvez ele quisesse saber que as coisas não fossem dar errado outra vez.

– Não dá pra saber isso tirando fotos a distância – ela retrucou.

– Selena...

– Se você tivesse ligado, escrito... qualquer coisa! Teria tido sua resposta anos atrás. Mas, em vez disso, manteve sua preciosa distância. Esse é claramente um padrão seu; mantém distância de mim, da sua família...

– Minha família não tem nada a ver com isso!

– Sua família tem *tudo* a ver com isso! – ela argumentou. – Fugiu deles quando as coisas ficaram difíceis e fez a mesma coisa comigo!

– Você não sabe do que tá falando – ele disse, e xingou quando o telefone tocou outra vez. Ao pegar o aparelho, ficou surpreso ao ver o nome de seu tio William na tela. Ele desligou o telefone e o colocou no bolso.

– Sei mais do que você pensa. Pobre menino rico que não queria trabalhar na empresa da família. Tadinho. Fugiu da sua família e veio aqui brincar de garoto pobre trabalhando pra conquistar algo por conta própria. Seria incrível, se não fosse uma mentira. Você sabia que o maior problema do meu pai com você era achar que não chegaria a lugar nenhum. Podia ter provado o contrário a ele!

– Eu não deveria ter que provar nada! Não havia nada de errado comigo, mas seu pai era esnobe demais pra perceber isso. Pessoas como ele foram o motivo de eu ter ido embora, a vida de privilégios não é bem como deveria ser. Ninguém gosta de você pelo que você é. Só querem se aproximar pra ver o que você pode fazer por eles. Eu não ia viver daquele jeito e com certeza não ia tirar o cartão de garoto rico pra conquistar o seu pai. Não teria importado se eu dissesse que eu tinha dinheiro mais que suficiente pra comprar a cidade toda; ele se mostrou pra mim e, qualquer coisa depois daquilo, seria pura encenação. Tenho nojo só de pensar!

– Se você tivesse sido honesto desde o começo, sobre quem você realmente era e por que estava vivendo como estava, teria feito diferença – ela disse com os dentes cerrados. – Mas agora? Agora percebo que o homem que amei e que achava que continuava amando não existe. Era uma mentira. Há menos de uma semana você me disse que não sabia como acreditar nas coisas que eu tava dizendo. Bom, agora eu sei exatamente como você deve ter se sentido, porque, no momento, não há nada que você possa dizer ou fazer que me faça acreditar em você. – Furiosa, ela limpou as lágrimas que estavam prestes a cair. – Adeus, James.

Desafiadora, ela passou por ele e começou a ir embora.

– Não faça isso – ele pediu.

Selena parou onde estava e olhou para ele por cima do ombro.

– Não fui eu que fiz. Dei tudo pra você dez anos atrás e voltei pra cá. Estava pronta pra te dar tudo de novo. Você que não estava disposto a fazer o mesmo por mim.

– Sinto muito – ele disse com a voz embargada. – Me diga como consertar isso e eu conserto. Me diga o que fazer e eu faço. – James imploraria, se precisasse, seu orgulho era algo do passado – Por favor, Selena. Não vá. Me dê mais uma chance. Diga o que quer de mim.

Ela balançou a cabeça, triste.

– Tudo o que eu queria era você, o verdadeiro você. E você o manteve em segredo. Você foi o único que me fez sentir amada e aceita além da minha avó. Ao menos sei quem ela é de verdade. Ela não se esconde de mim. O mundo a conhece, com verrugas e tudo. Mas você? Não acho que eu vá conhecer de verdade independente do que faça.

– Não é verdade, Selena. Posso não ter contado sobre a minha família, mas tudo o que fiz ou disse era real. Sou mais do que um nome de família, caramba!

– Mas isso faz parte de você. Não entende? Você achou que eu ia querer o seu dinheiro se soubesse a verdade?

– Não seria a primeira vez…

– Então você não me conhece.

– Não vá – ele suplicou. – Por favor. Vamos pra algum lugar conversar.

Selena deu um sorriso triste.

– Conversamos por uma semana e não estamos mais perto de resolver as coisas do que estávamos antes. Às vezes não importa o quanto você quer alguma coisa, simplesmente não é pra ser.

– Nunca achei que fosse vê-la de novo – ele disse. – No dia em que entrei na casa da Jen e vi você, foi como ter levado um soco. Você tava exatamente como eu me lembrava.

– Espero que essa memória seja útil no futuro. – Selena viu James ficar pálido, em choque, a derrota estava na sua cara. – Adeus, James.

Dessa vez, ele não a impediu.

Capítulo 15

Droga.

Ir embora de Long Island tinha sido mais difícil do que ela esperava; mais difícil do que quando tinha dezoito anos. Jen implorou para que ela ficasse, voltasse para sua casa e terminasse a viagem, apenas as duas. Era tentador, mas Selena sabia que, se ficasse, acabaria sendo pressionada a encontrar James.

Pressionada por ela mesma.

Ou por Jen.

Na verdade, provavelmente James apareceria e a pressionaria ele mesmo.

Fazendo o que podia para não parecer estar fugindo, Selena pegou as coisas do piquenique, entregou-as a Jen e passou pelo campo, despedindo-se de todos. Poucos comentaram o estranhamento ao vê-la partir no meio da comemoração e, para aqueles que comentaram, ela disse que havia uma emergência em sua empresa e que ela precisava voltar.

Jen segurou a mão da amiga quando iam até o carro.

– Eu espero que...

– Por favor, não – Selena a interrompeu. – É pedir demais. Não posso lidar com isso agora.

Elas seguiram em silêncio até chegar ao carro. Jen a abraçou com força.

– Da próxima vez vou visitar você. – Se Selena tivesse insistido um pouco para isso acontecer, ela não sentiria que estava morrendo outra vez. – Prometo não deixar ninguém jogar tijolos nas minhas janelas.

Jen riu e a abraçou com ainda mais força.

– Não era assim que eu queria que sua visita terminasse. Na minha mente, teríamos ressaca de chocolate, as duas de óculos escuros, e eu a levaria até o aeroporto enquanto você estaria implorando pra não ir embora.

Selena não pôde evitar a risada.

– Seria mesmo preferível. – Selena se afastou e viu que Jen estava prestes a se desculpar de novo. – Tudo bem. Já sou crescida e as coisas estão muito mais claras. Não tenho mais medo de voltar aqui. Sou até sortuda, uma das poucas que pode ter uma ideia do que poderia ter sido. Infelizmente, não era o que eu esperava.

– Selena…

– Não. Vou fazer uma parada rápida a caminho do aeroporto, entregar o carro e pegar meu voo. Amo você e quero que me mantenha informada sobre as coisas com Mike.

– Alguém disse meu nome?

As duas se viraram e viram Mike chegando com um grande sorriso. Estava com um taco de beisebal sobre um ombro e, na outra mão, uma caixa de cerveja.

Momento certo, Selena pensou. Assim, ela sabia que Jen ficaria bem, que voltaria ao jogo e até poderia se divertir. E Selena ficaria livre para partir.

– Você está indo embora, Selena? – ele perguntou com a expressão confusa. – Achei que James vinha encontrá-la aqui. Vi ele saindo da delegacia há mais ou menos uma hora. Ele chegou?

Ela fez que sim.

– Ele está por aí. Mas tenho uma emergência de trabalho que preciso resolver – ela disse com um sorriso falso no rosto. Antes de perder a paciência, ela abraçou Jen mais uma vez e virou-se para Mike. – Seja legal com ela, ok?

Mike puxou Jen para perto.

– Pode deixar.

Seus membros pareciam de chumbo quando ela entrou no carro e baixou o vidro.

– Ligo à noite, quando chegar em casa. – Jen concordou. – Divirtam-se.

Eles acenaram e Selena partiu. Pelo retrovisor, ela viu James ao lado do campo. Por um breve momento, pensou em pisar no freio, engatar a ré, voltar e dizer que não se importava com as mentiras ou com o maldito arquivo, que só queria ele.

Então, percebeu que não sabia quem ele era de verdade, ou se *ele* sabia quem era. Era como se ele tivesse passado grande parte de sua vida tentando ser outra pessoa. Será que já tinha tentado ser ele mesmo? E ele reconheceria essa pessoa se conseguisse?

Ela parou de olhar pelo retrovisor e jurou que, a partir de então, não olharia mais para trás.

•

Mas era mais fácil falar do que fazer. A última coisa que tinha a fazer antes de ir para o aeroporto era visitar sua avó.

Com sorte, ela teria alguns conselhos sobre como ela poderia sobreviver a mais uma traição.

Ela chegou na hora do jantar. Sua avó a viu e levantou-se para abraçá-la. E, quando foi saindo com Selena, ela perguntou:

– E seu jantar?

– É bolo de carne, posso viver sem isso. Tenho coisas para fazer sanduíches no meu quarto. Vamos, me diga o que fez você fazer as malas e partir tão rápido.

Selena se afastou com os olhos arregalados.

– Como você faz isso?

Sua avó riu.

– Já não falamos disso?

E elas seguiram juntas, de braços dados, de volta para o quarto. Selena se sentou enquanto sua avó lhes preparava sanduíches. Assim que os pratos estavam sobre a mesa, ela olhou para Selena e apenas levantou a sobrancelha.

– Ele mentiu.

– Ok.

Então, foi a vez de Selena levantar a sobrancelha.

– É isso? Ok? Você não deveria estar irritada, assim como eu?

– Por quê? Você ainda não me disse qual foi a mentira. Pode ter sido sobre comprar leite ou sobre seu cabelo estar bonito. Sinceramente, querida, você precisa elaborar. – Na sua idade, Betty Ainsley já tinha visto e ouvido de tudo. Sabia que sua neta estava irritada mas, em seu estado emocional, era possível ser apenas um mal-entendido.

Selena soltou um suspiro frustrada e contou toda a história, irritando-se a cada frase. Quando terminou, recostou-se na cadeira e cruzou os braços na defensiva.

– Bom, estou certa em partir, não estou?

Sua avó resmungou algo e levantou-se para cuidar da louça.

– O quê? Você não acha que o que ele fez foi errado? Ele mentiu. Sobre tudo! Até sobre quem ele é!

– Mentiu? Mesmo?

– Como você pode perguntar isso? Você me ouviu?

Selena não queria ser desrespeitosa, e assim que fez a pergunta se arrependeu. Ela foi se desculpar, mas sua avó ergueu a mão para interrompê-la.

– Vou dizer como vejo a situação: você está magoada. Sente que foi traída. Não vou dizer se você está certa ou errada, Selena. Acho que você sempre teve gente o suficiente dizendo quando deveria ficar brava com alguma coisa. Você é um indivíduo, uma mulher crescida e vai saber o melhor momento para superar isso. – Ela encolheu seus frágeis ombros ao se sentar ao lado da neta. – Sinto muito se te irritei e espero poder fazer algo para reparar isso. Mas você precisa decidir o que é melhor pra você.

Por mais que Selena sempre quisesse ter tido essa opção, ela nunca achou que seria possível. Sempre que se irritava, recorria a alguém para saber o que fazer. Saber que a decisão agora era dela, tirou um enorme peso de seus ombros. Ela olhou para a sala da avó e deixou as palavras serem absorvidas.

O silêncio era quase ensurdecedor.

– Você me ajudou mais do que pode imaginar – Selena disse, levantando-se para dar um beijo na avó. – Preciso ir, tenho um voo para pegar e preciso devolver o carro antes. – Sua avó se levantou e a abraçou. – Gostaria que você pensasse em se mudar para o sul – Selena continuou –, a gente se veria muito mais.

– Nem pensar. Acredite ou não, gosto dos invernos, além disso, a maioria dos meus amigos está aqui. E outra, o que seria da igreja sem mim? Aquela estufa ficaria largada rapidinho.

– Isso é verdade, você fez um incrível trabalho ali. Muito amor e carinho foi colocado naquele lugar. Espero que continue assim por muito, muito tempo.

– Continuarei, querida. Tenho certeza de que continuarei.

Era doloroso partir sabendo que sua avó estava envelhecendo e que poderia ser sua última visita a ela. As palavras de sua avó, no entanto, fizeram Selena se sentir um pouco melhor. Ela podia estar brava e ninguém deveria lhe dizer como deveria se sentir ou quando era o momento de seguir adiante.

No caminho para o aeroporto, Selena viu a paisagem com outros olhos. Tantas coisas haviam mudado desde que ela vivia ali, e era assim que devia ser. Lugares, assim como pessoas, não podem permanecer iguais. É preciso que possam crescer e evoluir e, às vezes, essas mudanças são boas e outras, não.

Ela gostava de pensar que tinha mudado. Com os anos, Selena aprendeu a ter mais controle sobre sua vida e a ir atrás do que desejava. Na maioria das vezes isso era bom. No caso de querer James Montgomery, não. Ela precisava aprender a não idealizar o tempo que tiveram juntos. Eram dois indivíduos com opiniões muito diferentes sobre o que era aceitável em um relacionamento. Talvez, se ela soubesse da verdade, de onde ele tinha vindo, não tivesse ansiado tanto por ele.

Não é verdade, ela pensou. Se ela tivesse tido coragem e aproveitado uma oportunidade, quem garantiria que ela não teria largado sua família mais cedo? Claramente James tinha questões com as cobranças familiares e não era esse o problema que ela tinha com o pai? Pelo pouco que sabia dos Montgomery, eles não eram cruéis e vingativos como seu pai, mas isso não significava que não pudessem ter feito James se sentir menos inferior do que ela se sentiu por tantos anos.

Ao pegar a saída para o aeroporto, Selena suspirou. O fim de… tantas coisas. De sua viagem. Da visita à sua melhor amiga. E do sonho do "viveram felizes para sempre" com o homem a quem se mantinha presa há tanto tempo. Ela precisaria superar isso tudo.

•

Já fazia semanas que Selena estava de volta em sua casa, em Outer Banks, e ela continuava a acordar chorando todos os dias. É claro que ir dormir chorando também não ajudava. Ao olhar para o relógio, ela resmungou. Seis da manhã. Parecia que nem tinha dormido e já era hora de acordar. Mais uma consequência de sua desastrosa viagem a Nova York: seu sono.

Maldito James Montgomery.

Durante a maior parte de sua vida, Selena ficava bem dormindo sozinha e, depois de uma semana dividindo a cama com James, seu corpo parecia não relaxar sem tê-lo ao seu lado. Era uma lembrança diária do quanto ela sentia falta dele, independente do quanto tentasse negar. A fadiga que se arrastava por todo o dia, todos os dias, não se deixava silenciar.

Por sorte, no entanto, o ritmo frenético de seu trabalho ajudava a manter o pensamento de Selena ocupado durante o dia. Era como se sempre tivesse algo acontecendo, ainda mais morando no litoral. As pessoas tinham essa imagem de que qualquer evento seria mais mágico na praia. Às vezes funcionava, outras, não.

Selena estava terminando as anotações de um chá de panela que estava tentando mudar de tema. Por que alguém achava que um chá de panela na areia era uma boa ideia, ela nunca entenderia. Havia um adorável restaurante no píer que seria perfeito para o evento e, depois de algumas ligações, conseguiu reservá-lo para sua cliente e todos ficaram felizes. Ao colocar o arquivo na gaveta, uma sensação de desconforto percorreu seu corpo. De vez em quando, Selena olhava em volta para ver se alguém a estava observando. Ela nunca flagrou ninguém, mas a sensação acontecia mais do que ela gostaria.

A porta de seu escritório abriu.

– Oi, chefa! – Kate era uma salva-vidas. Não fosse por ela, Selena teria muito tempo livre para se afogar em autopiedade. E isso estava começando a cansar. E rápido. – Viu os relatórios que deixei na sua mesa?

– Eu vi, e preciso dizer que você nunca deixa de me surpreender.

– Eu? Por quê? – Os grandes olhos azuis de Kate se acenderam de alegria. Ela era um turbilhão de energia e tinha sido uma ótima aquisição para a empresa de Selena. E o melhor era que ela adorava as coisas que fazia. Selena queria ter esse tipo de amor pela vida.

– Você está conseguindo mais eventos do que poderíamos imaginar! Esse vai ser nosso melhor ano por sua causa! – Selena não era muito de elogios, mas esse era mais do que merecido.

– Imagina – Kate disse, corando. – É por causa do seu trabalho, da sua reputação. Fica fácil conseguir os clientes. Somos uma boa dupla.

Selena não podia concordar mais.

– Ok. Então, parece que está tudo certo pra festa de noivado dos Jenkins, para o baile de debutante dos Martins... só falta decidirem o DJ, e, por fim, temos o chá de bebê "barra" festa de aniversário dos Wilkinson que depende da decisão da mãe sobre o bolo. – Ela passou por suas anotações e olhou de novo para Kate. – Está tudo ótimo. Mais um fim de semana movimentado chegando!

– A maioria de nossos fins de semana estão preenchidos pelos próximos três meses – Kate disse orgulhosa. – Entretanto...

– Ai – Selena a interrompeu. – Não gostei disso.

– Temos um cliente em potencial na minha mesa. Ele gostaria de falar com você sobre vários eventos que tem para produzir.

Selena balançou a cabeça.

– Não costumamos lidar com pessoas de passagem, ainda mais com todos os fins de semana reservados. Peça pra ele marcar uma reunião e dizer para quando precisa dos serviços pra vermos o que temos disponível.

Kate olhou para trás antes de se inclinar na direção de Selena e sussurrar:

– Já tentei dizer isso, mas ele nos ofereceu um grande bônus se você aceitar falar com ele hoje e mais um adicional se aceitarmos os eventos.

Selena odiava quando os ricos usavam o dinheiro para conseguir atendimento preferencial.

– Não gosto disso – ela disse mais para si mesma do que para Kate.

Selena tentou pensar em um jeito educado de mandar o sujeito levar seus eventos para outro lugar. Mas era muito diferente despachar alguém cara a cara do que pelo telefone. Fora que ela costumava contar com Kate para dar as más notícias. E ela pressentia que isso dependeria exclusivamente dela.

– Se ajudar, ele não parece o típico esnobe. – Kate sabia como sua chefe detestava pessoas que tinham dinheiro e complexo de superioridade. – Ele parece muito sincero, como se estivesse mesmo num aperto.

Como Selena ainda estava hesitante, ela disse:

– Ele me lembrou um pouco meu avô. Olhos gentis, sorriso doce e, honestamente… tem algo nele que faria eu me sentir péssima em mandá-lo embora.

Selena revirou os olhos e cedeu.

– Ok – ela disse a contragosto. – Falo com ele, mas não prometo nada. – Ótimo, agora ela estragaria o dia do avô de alguém. Perfeito.

– Vou mandá-lo entrar. – Kate saiu da sala e voltou em um minuto com o senhor. – Selena, esse é o senhor Mackenzie Williams.

Selena se levantou. Os dois deram um aperto de mãos e ela indicou que ele se sentasse enquanto agradecia Kate por trazê-lo.

– Bom, senhor Williams, o que posso fazer pelo senhor hoje?

Kate estava certa, Selena gostou dele imediatamente. Ele tinha entre cinquenta e sessenta anos e, ao ver seus brilhantes olhos azuis e seu contagiante sorriso, Selena soube que faria o que pudesse para ajudá-lo.

– Bom, senhorita Ainsley, estou um pouco apertado e sei que você é a melhor da região – ele começou meio tímido. – Veja, procrastinei um pouco demais com eventos que preciso realizar para a empresa e para a família e, agora, não sei como fazer.

Ela concordou e começou a fazer anotações.

– Ok, por que não começamos pelo evento empresarial? O que o senhor quer fazer?

– Estamos abrindo uma nova divisão dentro de nossa empresa que ficará sediada aqui em Outer Banks. Um novo escritório, nova equipe, e queríamos fazer uma grande festa de boas-vindas para os executivos principais. Nada muito chique, alguns petiscos, bebidas… Algo como um coquetel.

– Não me parece muito complicado, só não entendo por que um bufê não pode cuidar disso. – Selena questionou.

– Para ser honesto, não queria algo que pudesse comprar na padaria, senhorita Ainsley. Por mais que eu tenha dito que não é algo muito chique, não significa que eu não queira que tenha qualidade e sua reputação por aqui me diz que você se supera nesse quesito. Vou entender se for algo aquém do seu padrão...

– Ah, não – ela o interrompeu, sem jeito por sua colocação. – Não é isso, de forma alguma. Só fiquei curiosa por que colocar tantos esforços em um evento aparentemente pequeno. Não quis ser desrespeitosa.

Ele sorriu.

– E não foi, minha querida. Esse evento em particular tem muito significado para mim e quero que o presidente dessa divisão saiba como o valorizamos e como queremos que ele esteja aqui. Estamos atrás dele já faz um bom tempo e, agora, enfim, ele aceitou a posição. Não quero bolachas e queijo. Quero que se sinta valorizado. Da família.

Selena não pôde conter o sorriso ao pensar se esse novo executivo imaginava a sorte que tinha por ter um chefe disposto a fazer tudo para impressioná-lo.

– Vou me certificar de que tudo esteja do seu agrado. Se conseguir uma lista das preferências dele... comidas, bebidas, músicas... Minha equipe e eu garantiremos que não vá faltar nada e que ele agradecerá ao senhor!

– Excelente! – Mackenzie exclamou. – Sabia que você seria perfeita para o trabalho.

– E o segundo evento? O evento familiar? – ela perguntou, fazendo mais anotações em seu caderno.

– Oh, esse será um pouco mais difícil, acredito.

Selena ergueu a sobrancelha:

– Como assim?

– Pra começar, terá de ser surpresa.

– Isso não é problema. Na verdade, fazemos muitas festas surpresas por mês. Prometo que nossa equipe será muito discreta e não contará nada. – Ela fez algumas anotações. – Podemos esconder os carros para não deixar pistas.

Mackenzie continuava sorrindo para ela.

– Isso nunca foi uma dúvida. Será um desafio por conta do tempo. Veja, terá de ser no mesmo dia da festa no escritório.

Selena perguntou a data e verificou sua agenda.

– Isso não será problema para nós, senhor Williams. Costumamos ter vários eventos num mesmo dia. E, de verdade, como ainda temos um mês, mesmo se eu tivesse problemas de agenda, poderia resolvê-los.

Ele balançou a cabeça antes de se ajeitar na cadeira.

– Vou dificultar as coisas um pouco, senhorita Ainsley. O evento familiar é um pouco mais... íntimo. Não quero equipe lá, apenas uma pessoa. Você.

Selena deixou a caneta que estava em sua mão cair. Ela tinha ouvido direito.

– Desculpe, acho que não entendi...

– O evento familiar é, na verdade, algo como uma festa de noivado. Bom, talvez festa não seja a palavra correta. O noivo quer pedir a noiva em casamento, e quer algo muito romântico, nada muito... público. Sem restaurante, fogos ou frases no céu. Ele é muito discreto. – Selena continuava confusa. – Ele acabou de comprar uma casa e quer pedi-la em casamento na casa onde vão morar pelo resto da vida. Ele não é muito bom com isso e eu... digamos que tenho um dom quando se trata de unir as pessoas. Pensei em um jantar romântico, muitas velas... A propriedade é linda e tenho certeza que, quando for visitá-la, terá inúmeras ideias fabulosas. Mas eu já tenho algumas ideias...

– Tenho certeza de que o senhor é muito talentoso, senhor Williams. – Selena começou com diplomacia. Quantas vezes ela não tinha que dizer a pessoas bem intencionadas que suas ideias, além de péssimas, eram impraticáveis? – Mas – ela prosseguiu –, não costumo fazer esse tipo de evento. Sou a proprietária, organizo tudo mas tenho uma equipe que cuida da preparação. Tenho uma equipe muito profissional. Talvez Kate possa estar presente na proposta de casamento.

Ele se ajeitou na cadeira.

– Senhorita Ainsley, entendo sua posição, sinceramente entendo. Como proprietário de minha empresa eu reagiria da mesma maneira se alguém me pedisse para voltar a campo. Entretanto, significaria muito para mim se você cuidasse disso pessoalmente. Pago o quanto for para valer o seu tempo.

Agora foi ela quem se ajeitou.

– Não é questão de dinheiro – ela disse, com frieza –, é uma prática minha.

Selena quase deu um salto quando ele pegou suas mãos nas dele, com se fossem amigos há tempos em vez de meros desconhecidos.

– Sou um homem de negócios e respeito você. Fiz um grande desserviço a esse homem anos atrás e, mais uma vez, recentemente. Estou fazendo o que posso para ajudá-lo. Veja, há apenas uma coisa que ele sempre quis em sua vida, e não é muito, mas nunca conseguiu. Respeito. Posso estar muitos anos atrasado, mas eu tinha de tentar. Por favor, senhorita Ainsley. Me ajude a compensá-lo. – A sinceridade em sua voz era nítida e, ao final de seu apelo, seus olhos brilhavam com lágrimas não derramadas e sua voz estava embargada de emoção.

Bom, como ela poderia dizer não para isso? Selena não era insensível e, quando se tratava de família, ela queria ter alguém como Mackenzie Williams para confortá-la. Seus olhos encontraram os dele. Havia algo de familiar naquele homem, mas Selena não sabia ao certo o que era. Ainda de mãos dadas a ele, ela respondeu:

– Ok. Eu faço.

Capítulo 16

James estava péssimo.

Isso não era novidade.

Ele tinha pegado mais alguns dias de folga depois da partida de Selena, mas não importava o quanto trabalhasse em seu jardim ou se exercitasse, parecia impossível se livrar da depressão em que se encontrava. Passaram-se semanas e ele mal aguentava ficar em casa. Começou a dormir no quarto de hóspedes porque seu quarto guardava muitas memórias.

Muitas pessoas o alertaram de que esse dia chegaria, o dia em que precisaria lidar com o fato de toda a sua fuga o pegar pelas costas.

E assim foi.

O grande dia.

Mesmo agora, James não conseguia dizer por que tinha feito o que fez. Existe rebeldia e existe estupidez. No momento ele se sentia completamente encaixado na categoria da estupidez. Ou ainda pior. Todos esses anos tinham sido perdidos, sem fazer o que queria: procurar Selena e reconquistá-la. As palavras odiosas do pai dela sempre o impediram e, muitas vezes, ele mesmo achou que ela merecia algo melhor.

Por que ele tinha duvidado de si mesmo? James sabia que tinha sorte por ter crescido no ambiente em que cresceu e por ter a família que tinha. Sempre o apoiaram. Bom, pelo menos até ele decidir que não queria ser parte da máquina corporativa Montgomery. Mas isso não era um crime, era? Quanto mais ele argumentava que não queria trabalhar no negócio da família, mais ele e seu pai discutiam.

Robert Montgomery sempre fora um homem justo, mas entendeu a necessidade de James de criar seu próprio espaço no mundo como um ataque pessoal. James nunca se esqueceu do dia em que saiu de casa. Sua mãe chorava e seu pai disse que, quando ele estivesse pronto para fazer o que era certo, poderia voltar. Engraçado como ele nunca considerou a felicidade do filho como a coisa certa. James não odiava o negócio da família, ele sabia que aquela empresa lhe havia dado muitas oportunidades. Só não era o que ele queria fazer. James não tinha o perfil corporativo. Ele gostava de colocar as mãos na massa, gostava de trabalho braçal. Nenhum dos outros Montgomery tinha esse gosto. Bem, exceto por seu irmão Zach, mas ele gostava da parte física quando se tratava de esportes radicais. E isso, com certeza, não era algo que interessasse a James.

E aonde isso o havia levado? James tinha trinta anos e ainda não sabia o que queria ser quando crescesse. Ou talvez não soubesse *quem* ele queria ser. Era mais provável essa segunda opção. Ele só sabia que queria ser ele mesmo. Apenas James, não James Montgomery, da família Montgomery; queria ser um cara que trabalhasse e levasse uma vida honesta, fazendo o que gosta. Por que, na visão de seu pai, isso precisava significar vestir terno e gravata todos os dias para trabalhar? Por que não lhe foi permitido qualquer tipo de concessão? Onde ficava o meio termo? Talvez fosse o momento de seu pai e ele resolverem essa questão de uma vez por todas.

Talvez depois.

No momento, James estava muito confortável na varanda em frente à sua casa, tomando uma cerveja, curtindo sua fossa. Mesa para um. Ele viu uma família descendo a rua: um casal empurrando um carrinho de bebê. Esfregou a mão no peito. Era isso que James queria. Mas, admitir isso não era novidade. Por que ele tinha perdido sua chance sem lutar? Por mais que odiasse ter o nome Montgomery, quando o pai de Selena o ameaçou, ele poderia ter tido os melhores advogados do país trabalhando em sua defesa e poderia ter mostrado a Jerry Ainsley que não podia ser intimidado. Em vez disso, deixou que aquele homem ditasse o rumo de sua vida e, agora, sua vida era uma droga.

Ele ainda estava sentado quando um carro estranho parou na frente de sua casa. Se havia uma coisa da qual James tinha certeza é que ninguém nunca tinha ido visitá-lo de surpresa. Era uma regra. Ou talvez fosse apenas como as coisas aconteceram, depois de tirar tantas pessoas da sua vida, é difícil ter visitas surpresas quando ninguém quer encontrar você. Talvez a pessoa estivesse com o endereço errado.

A surpresa o fez engasgar e, depois, resmungar, quando reconheceu o homem que descia do carro. Seu tio William. Ótimo, bem o que ele precisava. James não estava no clima de ser educado ou ao menos civilizado. Só queria ficar sozinho para poder sofrer em paz.

James se lembrou que, no dia do jogo de *softball*, quando ele e Selena estavam discutindo, seu tio havia ligado para ele. James não retornou a ligação e também não ouviu a mensagem de voz que ele deixara. Havia acontecido algo com sua família? *Não*, ele pensou, balançando a cabeça, se algo tivesse acontecido a algum membro da família, não seriam semanas sem notícia. Alguém teria ligado antes para informá-lo. Então, o que seu tio queria?

– Bonita casa – seu tio disse subindo o caminho de tijolos até a varanda. – Sempre achei que não há nada melhor do que uma casa rústica. Adoro a varanda em volta dela. Sua tia sempre preferiu algo maior, mais colonial, com muitos tijolos, mas, para mim, essa é a casa. O trabalho em pedra é magnífico. Não se vê mais esse tipo de trabalho. – William estava em pé com as mãos no bolso e olhando para seu sobrinho, sentado nos degraus da frente. – Como você está, James?

Como ele estava? *Como ele estava?* James queria se levantar e gritar com raiva, exatamente como estava se sentindo, na esperança de que seu tio fosse embora e o deixasse sozinho. Esforçando-se ao máximo para não fazer isso, ele respondeu.

– Bem, e o senhor?

William apoiou-se sobre os calcanhares e riu.

– Qual é a graça? – James perguntou, irritado e sem paciência para o que quer que seu tio quisesse ali.

– Sua mãe fez um bom trabalho ao lhe ensinar boas maneiras, mas seu rosto e sua postura estão dizendo o oposto da sua boca. – Ele se sentou ao lado de James, no degrau. – Agora, esqueça a resposta politicamente correta e me diga como você está de verdade.

– Por quê? O que ouviu? – Quando o tio continuou a encará-lo, James tomou um gole da cerveja que estava ao seu lado. – Estou apenas trabalhando no jardim.

– Está incrível. – William olhou em volta, impressionado. – Você sempre teve um dom com esse tipo de coisa. Fico surpreso que não tenha ido mais longe nisso. – James encolheu os ombros e seu tio prosseguiu: – Não que o cumprimento da lei não seja algo honroso; apenas estou dizendo que me surpreende que você tenha escolhido ser policial em vez de fazer o que ama. Afinal, foi por isso que você saiu de casa, para *poder* fazer o que ama, certo? O que aconteceu?

– Mudei de ideia – James disse, em tom de provocação, olhando para a frente.

– Besteira.

James virou a cabeça:

– Desculpe?

– Você tem muitas falhas, James, mas não é surdo. Ouviu muito bem o que eu disse. Eu disse: besteira.

– E o que isso significa? – James gritou, levantando-se. Ele não se importava que seu tio fosse trinta anos mais velho, estava querendo brigar fazia semanas, e parecia que, enfim, teria essa oportunidade. E como isso não deixaria sua família orgulhosa? Bater em um senhor de sessenta anos.

William se levantou e, mesmo James tendo quase um metro e oitenta, ficou firme diante do sobrinho.

– Quer dizer que já chegou a hora de crescer! Você saiu de casa porque achou que não poderia ser quem quisesse, ou fazer o que quisesse. Quatorze anos depois, nada mudou. Ainda não fez o que queria com a sua vida!

– Tive um desvio – James retrucou com os punhos fechados ao lado do corpo.

– E de novo eu digo: besteira. O que você está esperando? Acha que o pai daquela garota ficou impressionado porque você se tornou policial? Ele nem deve pensar em você há anos. Acha que ele ficaria impressionado se você tivesse feito o que deveria e virado um sucesso? Talvez isso lhe chamasse a atenção, você conseguir o sucesso com o que ele considerava um fracasso. Você só provou que ele estava certo.

– Não tem nada a ver com ele. Eu tinha de tomar uma decisão, e tomei – ele respondeu com os dentes cerrados.

– Achei que você fosse mais inteligente do que isso, James. – William balançou a cabeça e riu.

– O que quer dizer?

– É claro que tem a ver com ele. Não deixou seu pai ditar como você deveria viver a sua vida, mas deixou que o pai de Selena fizesse isso. Ele pode não ter dito exatamente o que fazer, mas disse o que você não deveria fazer. E você obedeceu. – William se aproximou do sobrinho. – E achei que fosse mais forte do que isso. O garoto de quem me lembro tinha força de vontade suficiente para provar a todos que não precisava seguir ordens ou fazer o que esperavam que ele fizesse. Engraçado como um zé-ninguém como Jerry Ainsley foi capaz de colocar você no seu lugar sendo que mais ninguém conseguiu.

– Espera aí – James disse, dando um passo para trás e passando a mão nos cabelos. – Do que o senhor está falando? Como sabe da Selena? – Então, ele parou e resmungou, frustrado. – Foi o senhor, não foi? O senhor e Ryder se uniram e interferiram na minha maldita vida. Graças a vocês e aquele maldito arquivo...

– Você acha que ninguém nessa família fala? – William perguntou, exasperado. – Dez anos atrás, você manteve silêncio sobre o que tinha acontecido, mas depois de uns *drinks* falou tudo o que queria de verdade.

– Maldito Ryder...

– Seu irmão ficou preocupado com você. Poxa, todos ficamos. E o que aconteceu, James? Ela veio aqui, você a viu... e depois?

James não queria contar os detalhes dos eventos, seu tio sempre conseguia descobrir coisas que você achava que ninguém mais soubesse.

– Depois, nada. Acontece que não sou quem ela quer. Ela seguiu em frente. E agora eu também preciso fazer isso. – William ficou olhando para o sobrinho antes de dar um aceno de adeus e começar a andar em direção ao carro – É isso? Você vai embora?

– Por que não? – William se virou. – Você não quer ser honesto, nem comigo nem com você mesmo. Na minha opinião, foi uma viagem sem sentido. Erro meu. Cuide-se, James – ele sorriu um sorriso sincero. – Ah, e ligue para sua mãe, ela sente a sua falta.

James não achou que o tio fosse mesmo embora, mas foi. Ele ficou ali, mudo, enquanto o carro se movia. Estava envergonhado de saber que seu tio viera até ali para ajudá-lo e ele tinha agido como um imbecil. Quando aprenderia?

Como poderia colocar em palavras a dor que sentia? Como poderia admitir para seu tio, ou para quem quer que fosse, que estava tão perdido a ponto de não ter ideia de quem ele era ou do que queria da vida? Que tinha se perdido tanto no caminho e não sabia como encontrar o caminho de volta?

E lá estava mais uma mentira: ele sabia o que queria de sua vida. Queria Selena. Sempre quis, e continuaria querendo até dar seu último suspiro. O problema não era admitir isso, mas descobrir como conseguir isso, de verdade, especialmente depois da forma como ele havia estragado tudo.

James olhou em volta e entrou em sua casa. Ele tinha conseguido uma boa vida, mas era vazia. Era uma linda casa, mas não tinha com quem compartilhá-la. Ele não tinha nem mesmo um cachorro. Será que deveria ter se esforçado para ter um pouco de companhia? Ele era solitário. Isso não o havia incomodado até aquele momento. Mas a verdade é que ele era um homem solitário, vivendo uma vida triste.

Que diferença fazia ter uma carreira bem-sucedida quando não era a carreira que se gostaria de ter? De que servia ter uma linda casa quando se ficava sozinho nela? Ele caminhou pela sala, observando as fotos espalhadas. James sentia saudades de sua família. Ele pegou uma das fotos em que estava com seus irmãos e abriu um sorriso triste. Ryder estava casado com a garota dos seus sonhos e iam ter um filho. Zach estava se preparando para fazer uma grande escalada no parque Denali. E Summer sempre ia aonde seu coração a levava. Estavam todos felizes, fazendo o que amavam. E ele? Estava sentado em sua casa vazia, vivendo uma vida sem significado.

James colocou a foto no lugar, foi até a cozinha e lavou a garrafa de cerveja antes de colocar no cesto de recicláveis. Ao olhar para o jardim que amava e se esforçava tanto para manter perfeito, não pôde evitar abrir um sorriso orgulhoso. Ele tinha feito aquilo, tinha pegado uma tela branca e transformado em um pequeno oásis. Era isso o que queria fazer. Queria fazer isso para si e para as outras pessoas. Seu coração começou a acelerar com as possibilidades à medida que sua animação aumentava. Não precisava ser ali, em Long Island, poderia ser em qualquer lugar.

Mesmo em Outer Banks, na Carolina do Norte.

Com a mão no bolso, James pegou o telefone e buscou, nos contatos, o número que queria. Andando pela cozinha, esperou ser atendido e ficou surpreso ao ouvir o telefone tocando na frente de sua casa. Abriu a porta e sorriu para a pessoa que estava do outro lado.

– Por que demorou tanto?

Capítulo 17

Faltavam três dias para os eventos do senhor Williams e Selena se sentia fora de foco. Os negócios iam bem, ela tinha conseguido aumentar repentinamente a clientela, chegando quase ao dobro, e estava, enfim, começando a dormir melhor. Bom, já não acordava chorando no meio da noite.

Um passinho por vez.

Kate entrou no escritório, animada como sempre.

– Como vai, chefa? Já está pronta para dominar o mundo? – Ela colocou uma xícara de café na mesa de Selena, em meio aos papéis.

Selena riu.

– O senhor Williams deveria me mandar a chave pra eu poder ver a casa do evento de sexta à noite. Ele, com certeza, se esqueceu disso. Talvez precisemos… – Selena interrompeu sua fala ao ver Kate lhe entregar uma única chave dourada. – Ok, sem problemas. – Ela procurou o arquivo onde tinha começado as anotações sobre o jantar de noivado. – Odeio fazer coisas de última hora, ainda mais quando vai ficar tudo comigo.

– Por favor, é o tipo de coisa que você faz de olhos fechados. Não exige inteligência. Fora que vai ser bom você trabalhar em um evento.

– O que quer dizer? – Selena queria soar um pouco mais indignada, mas não tinha energia para isso.

– Quer dizer que no começo você estava em todos os eventos, trabalhava em todas as festas, não tinha medo de colocar as mãos na massa.

– Não tenho medo de colocar as mãos na massa! Não é por isso que está me incomodando – Selena disse, defendendo-se.

– Então o que é? O valor não é bom?

– Não é questão de dinheiro.

– Ok, então está tendo problemas com o cardápio?

Selena negou.

– Só pra constar, o menu está excepcional. O *chef* do Adrienne vai servir o jantar. Teremos salada *Caesar*, lagosta, pão fresco com manteiga de mel seguido por costela de cordeiro, batatas e vegetais frescos. A sobremesa vai ser mousse de chocolate porque parece que é a preferida da futura noiva.

– Ela tem um excelente gosto – Kate disse, sorrindo.

– É o que parece. – Selena olhou suas anotações mais uma vez. – Tenho velas e flores suficientes para decorar uma pequena catedral e, pelo que entendi, a música será providenciada pelo futuro noivo. Só preciso aparecer, organizar, servir e ir embora.

– Vai ser simples.

– Então, vou ajudar no evento comercial e, quando acabar, vou querer ir pra casa, ficar quietinha e passar o resto do fim de semana na cama.

– Acho que isso pode ser arranjado. – Kate disse. Quando Selena olhou para ela, confusa, Kate explicou: – Temos bastante gente para o fim de semana e você não precisará se preocupar com nada. Está sacrificando seu tempo para agradar um cliente, então, não precisa passar nem no baile de debutante do sábado nem no chá de bebê do domingo. Considere meu presente pra você.

– Inclua uma massagem e temos um acordo.

– Vou ver o que posso fazer. – Com uma piscadinha e um sorriso, Kate saiu do escritório.

– O que eu faria sem ela? – Selena suspirou ao pegar a xícara e sorriu com o cheiro do chocolate quente. Sem nunca ter pedido detalhes, Kate parecia saber que algo havia acontecido no período de ausência de Selena. Desde então, ela vinha sendo seu apoio. Sempre que Selena começava a ficar muito triste, ou prestes a chorar no meio do dia, Kate aparecia como que por mágica e tinha uma história engraçada para contar ou trazia alguma distração que sempre ajudava. Como o chocolate quente. – Se eu pudesse cloná-la, ficaria rica!

Aproveitando alguns minutos para se recostar e aproveitar a bebida, Selena esforçou-se para deixar a cabeça vazia por um momento. Bom, talvez não vazia, mas forçou-se a pensar em algo que não fosse trabalho. Ela precisava ligar para Jen e saber como ela estava. Mas, a considerar pela conversa da semana passada, Jen nunca estivera tão bem. As aulas estavam acabando e as coisas com Mike estavam progredindo muito bem. Pensar que algo maravilhoso tinha acontecido a partir de algo péssimo a fez sorrir. Não fosse pelo namorado maluco que perseguia Jen, ela nunca teria conhecido Mike. *Talvez ela tenha o seu final feliz*, Selena pensou. Ela não tinha inveja, estava animada pela amiga.

Com tudo em ordem e a chave na mão, Selena pegou a bolsa e decidiu ir conhecer a casa onde Mackenzie Williams teria seu evento, na sexta à noite. Olhou no relógio e viu que era hora do almoço, então, mataria dois coelhos com uma cajadada só.

– Vou conhecer a casa agora, Kate – ela disse ao sair do escritório. – Você pode me enviar o endereço pra eu poder usar o GPS do telefone? – Tecnologia sempre foi um desafio para Selena e ela sabia que demoraria alguns minutos até conseguir programar o tal GPS. Ela entregou o aparelho para a assistente. – Ou talvez você possa fazer isso pra mim e me economizar o tempo e a dor de cabeça.

– Acho que não vai ser preciso.

– Sério? – Selena olhou para cima. – Por quê?

Kate fez uma pausa e olhou em volta, nervosa.

– Acho que você vai ficar um pouco irritada.

Como se isso fosse novidade. Selena fechou os olhos e colocou a mão no rosto.

– Diga o porquê.

– É a sua casa.

Espera... O quê? Isso não fazia sentido.

– Minha casa? Por que vou cuidar de um jantar romântico para um casal de desconhecidos no meu condomínio? Isso não fazia parte do acordo!

– Não, não, não... não é no seu condomínio, é na *sua* casa. Sabe, a antiga propriedade de Davidson. – Kate suavizou seu tom de voz como se tentasse amortecer a pancada um pouco. – Sei que sempre adorou aquele lugar.

– Não! Não é possível! – ela protestou. – É sério?

Kate fez que sim, triste.

– Não mentiria sobre algo assim.

Selena tinha adorado a casa desde o momento em que a viu, muitos anos atrás. Era uma casa rústica que parecia um pouco deslocada entre as casas da praia, mas ficava em uma das maiores propriedades da área, parecia fazer sentido. Ela costumava desviar seu caminho todas as noites, antes de ir para casa, apenas para vê-la. Era um sonho não tão secreto ser dona daquela casa, um dia, quando seu negócio estivesse mais estabelecido.

Acho que aquele navio partiu, ela pensou, triste.

– Eu nem sabia que estava à venda!

– Bom, parece que os filhos do Davidson não queriam a propriedade, mas como estava na família há muitos anos, não sabiam bem o que fazer com ela. A transação foi toda privada.

– Por que não me contou isso? – Kate sempre parecia saber as coisas antes dos outros. Incomodava Selena que ela tivesse guardado algo dessa magnitude para si, sabendo o quanto Selena queria aquela casa.

– Selena – Kate começou, pacientemente –, você e eu sabemos o quanto você ama aquela casa, mas estava muito acima do seu orçamento. Ficaria se torturando se soubesse que estava à venda e que não poderia comprá-la.

– Ainda assim…

Kate a interrompeu:

– Se não fosse por esse evento, você nunca saberia que ela foi vendida. Como eu disse, foi tudo tratado de forma privada. Sinto muito que tenha ficado sabendo dessa forma. – Kate encolheu os ombros e abriu um pequeno sorriso. – Achei que estava fazendo um favor por não falar disso. Imagine a minha surpresa quando o senhor Williams me passou o endereço.

– Algumas pessoas têm toda a sorte – ela resmungou ao sentir ainda menos vontade de fazer o tal evento.

Ver a tristeza e a decepção na expressão de sua chefe era quase mais do que Kate podia suportar. Ela tentou encontrar, então, algo para animar Selena.

– Veja por outro ângulo, assim você vai, enfim, conhecer a casa por dentro e, se fizer tudo certo, pode ficar amiga dos novos moradores e, talvez, eles te convidem para ir lá. Aí você pode fingir que a casa é sua.

Selena cruzou os braços e fez bico.

– Você sabe que eles vão decorar tudo do jeito errado.

Kate se levantou e deu um tapinha no braço da chefe.

– Eu sei. Só resta esperar que ainda não tenham feito muita coisa e, aí, você pode oferecer alguns conselhos.

Insatisfeita, Selena disse para a assistente que voltaria em algumas horas e saiu. Durante todo o caminho, estava muito emotiva. Aquela deveria ser a *sua* casa, era o local com o qual sonhava há anos e não lhe parecia justo que essa futura noiva desconhecida fosse ter tudo. Era justo? Por que as coisas não davam certo para ela? Nunca? Quando ela achava que, enfim, sua vida estava indo num caminho positivo, vinha uma dessas para derrubá-la. Por que o universo a odiava tanto?

Ela ligou o rádio no volume máximo, parou de se lamentar e forçou-se a entrar no modo de trabalho. Ela faria aquele ser o pedido de casamento mais memorável de todos os tempos. Quando terminasse, quem quer que quisesse se casar a procuraria para organizar o evento.

A casa, em si, não ficava muito longe da estrada e tinha uma ampla entrada redonda, feita de pedras miúdas. O novo dono já estava começando a mexer no lugar, pois a casa estava com a pintura nova e flores lindas. Ao descer do carro, lutou contra a inveja e forçou esse monstro a voltar a se esconder.

Ao menos por ora.

Seis degraus contornavam as colunas que ela tanto adorava e levavam a uma varanda. A pintura branca fazia tudo ficar brilhante e alegre. A mobília de vime estava espalhada nas áreas designadas para se sentar. Em um canto, ela viu um balanço para dois.

– Eu teria colocado do outro lado – ela disse, em voz baixa, ao pegar a chave.

Ao abrir a porta, Selena perdeu o ar. A casa era magnífica. Um elegante piso de madeira, pé direito alto, uma planta ampla... Era tudo o que ela imaginava que seria. Depois de fechar a porta, percorreu o primeiro piso. Havia pouca mobília, a sala de jantar estava vazia, exceto por algumas caixas no canto, e a sala de estar tinha uma grande seção branca no centro, com a televisão acima da lareira. Fora isso, não havia nada. O senhor Williams a alertara disso, então, Selena havia alugado um pequeno equipamento de jantar para sexta à noite. Ela pensou onde colocaria os móveis e esforçou-se ao máximo para se desvincular da casa e vê-la apenas como um espaço.

A cozinha era enorme e tinha equipamentos de primeira linha, com qualidade profissional. Ela não teria problemas em aquecer e preparar o jantar ali. Reparou na porta que levava para o *deck* e pensou se seria melhor um jantar ao ar livre. Ela abriu a porta e avaliou o espaço. Uma fresca brisa batia e a ajudou a se decidir: do lado de dentro seria mais seguro. Se o feliz casal quisesse ir para fora, poderia fazer isso por conta própria. Talvez ela pudesse alugar um daqueles aquecedores de áreas externas e montar uma pequena área onde poderiam admirar a vista. Mas decidiu que isso não seria necessário.

Então, Selena pegou a câmera e fotografou os espaços que usaria para que, quando voltasse ao escritório, pudesse mapear onde colocaria tudo o que tinha encomendado e ver como ficaria depois de pronto. Na bolsa, ela pegou uma trena. Quando terminou de tirar as medidas da sala, pegou seu celular e começou a verificar suas tarefas. Alguns diriam que isso era desnecessário, mas Selena preferia pensar que essa era uma forma de evitar surpresas no dia do evento.

Quando terminou tudo, foi até a porta. As escadas que levavam ao piso superior a chamaram.

– Não! – ela se recriminou. – Não há razão para subir lá. Meu trabalho será apenas aqui embaixo. – Já na porta, ela olhou para a escada – Isso só vai servir para me torturar – ela disse em voz alta ao dar o primeiro passo. Seria tão fácil virar as costas e ir embora, mas ela viveria para sempre com a curiosidade de nunca ter visto como era lá em cima. Quantos quartos? Quantos banheiros? Se ela subisse, poderia curar seu amor pela casa. Poderia ser horroroso, um espaço no qual ela não poderia viver. – Bom, eu não tenho escolha, não é mesmo?

Selena subiu a escada e, ao chegar no alto, descobriu que amava a casa ainda mais. Havia uma grande área no alto da escada com uma janela que emoldurava a paisagem e mostrava a parte da frente. Portas duplas no final do hall levavam à suíte principal.

– Isso não é justo. – Ela suspirou quando abriu as portas. O quarto em si não era um absurdo de grande, mas, com aquele teto e a janela que mostrava os fundos da casa, juntamente com a varanda privativa, não era difícil se imaginar sentada ali com uma taça de vinho, vendo o pôr do sol.

Selena se odiava por não ter ido embora quando podia. Então, prosseguiu com a visita. Havia outros três quartos e banheiros, todos com uma vista espetacular da propriedade. O espaço recebia luz natural, os acabamentos eram todos de alta qualidade e ela sentiu a inveja voltando a dominá-la.

– Muito injusto, muito injusto, muito injusto – ela dizia ao descer a escada.

Deixando o piso superior para trás, Selena voltou à cozinha e ao *deck*. O quintal era um grande gramado, o que era estranho para essa região, tão perto da praia. Todo o contorno tinha arbustos para garantir a privacidade. Parada ali, observando, imaginou uma piscina para aqueles que quisessem nadar sem precisar caminhar até o mar e passar pela areia. No canto esquerdo do quintal, havia um arco branco de treliça que levava ao caminho para a praia.

– Você sabe que precisa ir lá e ver com seus próprios olhos – ela disse para si mesma enquanto passava pelo grande quintal. Parada no alto da escada, a vista lhe tirou o ar. – Não posso ser amiga dessa gente. Vou odiá-los demais. – Eles tinham tudo o que Selena sempre quis e ela tinha uma vida solitária, em um condomínio sem graça, ajudando outras pessoas a celebrar conquistas em suas vidas enquanto ela mesma lutava para encontrar motivos para sorrir.

No caminho de volta, suas pernas pareciam de chumbo. De volta ao *deck*, Selena olhou uma última vez para o quintal e suspirou. Uma imagem do pequeno jardim de James lhe veio à mente e ela soube que aquela seria uma casa espetacular para os dois.

Depois, xingou-se. Como se lidar com a perda dessa casa não fosse o suficiente para deprimi-la, ela precisava pensar em James? Afastou os pensamentos e atravessou a porta. Estava pronta para entrar no carro quando outro veículo parou atrás do seu. Achando que poderia estar prestes a conhecer os novos moradores, Selena entrou em pânico. Mackenzie Williams não tinha dito que deveria ser uma surpresa? Ela pensou em se jogar nos arbustos, mas sabia que já era tarde demais. Quem quer que fosse que estivesse no carro, com certeza já a tinha visto. O que poderia ser dito para explicar sua presença ali?

Uma mulher grávida desceu da SUV, olhou para Selena e sorriu.

– Ei! Você deve ser Selena. – ela disse ao se aproximar, estendendo a mão para cumprimentá-la.

– Sim, sou eu. E você, quem é? – Selena perguntou, cautelosamente.

– Oh, não se preocupe. Não sou a futura noiva desavisada. Meu nome é Casey. Essa é a nova casa do meu cunhado. Vim para dar uma olhada. – Selena não sabia o que dizer, então, apenas sorriu. – Ele me contou sobre seu plano supersecreto e tal, mas quis vir ver o lugar eu mesma. Homens nunca são bons em detalhes. – Casey ficou ao lado de Selena e deu uma boa olhada na casa. – É muito mais do que ele descreveu.

– É um lugar incrível – Selena disse. Ela olhou e viu que Casey caminhava rumo à porta da frente, parecendo imaginar o que tinha dentro das paredes. Antes de poder pensar duas vezes, ofereceu: – Quer ver por dentro?

Casey olhou pra ela e, feliz, perguntou:

– Você tem a chave?

Selena fez que sim.

– Preciso voltar ao escritório, mas posso destrancar a porta e deixar você olhar.

Casey aproximou-se e pegou a mão de Selena:

– Não! Quer dizer... você não me conhece. Só sabe que não sou parente, só uma grávida louca que gosta de ver as fabulosas casas da orla.

– Você é? Louca, eu digo?

– Não, só uma cunhada que cansou de esperar um convite.

Esperando não se arrepender, Selena ajudou Casey com a escada e entraram na casa. Juntas, andaram pelo espaço falando sobre o que poderiam fazer nele. Era incrível como suas visões para aquela casa eram similares.

– E o que você planejou para sexta à noite?

Selena falou rapidamente sobre as flores, onde colocaria a mesa, a iluminação, o básico.

– Por mais que eu adore cômodos interligados acho que pode ser desconfortável eu estar aqui, na cozinha, preparando o jantar enquanto ele faz o pedido de casamento.

– Hum... talvez. Talvez ele espere até depois do jantar para fazer o pedido.

– É possível – Selena olhou para o relógio e franziu as sobrancelhas. – Odeio ter de apressar você, mas preciso voltar para o escritório.

– Eu também – Casey disse, arrumando a bolsa no ombro. – Obrigada por me mostrar a casa. Quem sabe quando vou receber um convite formal? – As duas riram. – Foi muito bom conhecê-la, Selena. Espero que nos vejamos de novo.

– Você mora por aqui?

– Moro em Wilmington, cerca de duas horas daqui.

– E trabalha por aqui?

– Oh, não – Casey balançou a cabeça. – Como eu disse, só estava sendo xereta e tenho meu próprio negócio, então, posso sair quando quiser. – Ela colocou a mão sobre a grande barriga. – Se bem que, depois que meu marido souber que vim tão longe sem falar nada, ele vai passar a me vigiar como um falcão e não vai me deixar voltar aqui sozinha.

– É uma longa viagem. Você trabalha com o quê?

– Sou coordenadora de casamentos.

– Sério? – Selena disse, animada. – Que pena não morarmos perto. Seria divertido fazermos um evento juntas.

Elas saíram pela porta e Selena trancou a casa. Já perto dos carros, Casey deu um abraço em Selena.

– Obrigada mais uma vez. Fiquei feliz por ter visto a casa. Agora já sei o que esperar quando for convidada.

– Foi um prazer. E, se vier para Outer Banks ou precisar de ajuda em um evento por aqui, me procure. – Com um sorriso e um aceno, Selena partiu.

Ah, eu vou, Casey disse para si mesma. *Com certeza.*

Capítulo 18

– Péssimo momento para ter dor de cabeça – Selena resmungou para si mesma ao pegar sua maleta e colocar os sapatos. – Por que não bati o pé e insisti que você cuidasse disso?

– Porque Mackenzie Williams é um grande cliente em potencial para nós e você é uma fofa. – Kate disse, bailando pela sala ao entregar um copo de água e um comprimido a Selena. –

– Afe. E vejam onde cheguei. Estou com essa roupa ridícula...

– É um vestido preto curto...

– Eu deveria estar vestida como um de nossos funcionários: calça preta, camisa branca, gravata e avental... não assim.

– Isso não se encaixaria com o que o senhor Williams pretende para a noite. É preciso que você se misture um pouco mais. Se você entrasse ali vestida como um de nossos garçons, a coitada da futura noiva ficaria sem jeito.

– Ah, e ter uma completa desconhecida pra lá e pra cá resmungando sobre sua dor nos pés por conta dos saltos altos não vai ser estranho?

– Você está linda. Sabia que o cabelo ficaria ótimo. Meu cabeleireiro não é incrível?

Kate havia convencido Selena a ter um dia de cuidados pessoais. Pareceu desnecessário a princípio, mas depois de ter feito as mãos e os pés, recebido massagem e cortado o cabelo, já estava gostando:

– Sim, sim, tenho de admitir. Eu precisava mesmo de um dia como o de ontem.

– Toda mulher deveria ter um dia desses de tempos em tempos. E sua irmã ser dona de um salão é ótimo de vez em quando.

– Agradeço muito a generosidade da sua irmã. E obrigada a você por ter cuidado de tudo. – Selena olhou no relógio e terminou de pegar suas coisas. – Preciso encontrar a empresa responsável pelo aluguel dos equipamentos na propriedade. Estão entregando a mesa, as cadeiras e as velas. E a florista chegará lá em breve. Me deseje sorte!

– Pode deixar! – Kate sorriu como um gato quando vê um pássaro.

•

Muitas coisas aconteciam ao mesmo tempo. Primeiro, o celular tocou; então, o sapato ficou preso no tapete do carro; depois, os responsáveis pelo aluguel haviam chegado mais cedo e estavam andando de um lado para o outro na varanda impacientes, e, por fim, seu estômago estava fazendo barulhos nada femininos por Selena ter se esquecido de almoçar.

– Droga.

Primeiro as coisas mais importantes. Selena descalçou o sapato e o pegou. Felizmente, ela resistiu à ideia de arremessá-lo no gramado. Ao abrir a porta do carro, acenou para a equipe da empresa de locação, indicando que estaria com eles em um minuto. Então, atendeu o telefone.

– Alô?

– Senhorita Ainsley? Aqui é Mackenzie Williams. Como vai?

– Bem, senhor, muito bem. Acabei de chegar na casa, mas não parece haver ninguém. A empresa de locação de equipamentos está aqui com a mesa, as cadeiras e as velas, mas ninguém abriu a porta para eles.

– Acho que é minha culpa. Precisei resolver algumas coisas por aqui. Você ainda tem a chave?

– Sim.

– Esplêndido! Entre e faça o que precisar. Meu sobrinho chegará assim que possível.

Antes de Selena poder comentar ou dizer algo mais, a ligação foi desligada. Ela colocou o celular de volta na bolsa, subiu as escadas da frente da casa, destrancou a porta e começou a orientar a equipe para que colocassem os móveis onde ela desejava.

Com as velas arrumadas e a mesa do jantar montada, Selena procurou algo para comer em sua bolsa.

– Obrigada, meu deus, por essa barrinha de cereais. – Os remédios para dor de cabeça a estavam fazendo se sentir um pouco grogue. Então, ela rapidamente devorou a barrinha e foi até a geladeira se servir de refrigerante. – Não dá pra viver de granola. Cafeína é uma necessidade. – Selena amaldiçoou-se por não ter almoçado e fez o que pôde para se distrair arrumando os últimos detalhes da decoração das velas antes de voltar sua atenção para a mesa, arrumada com a fina porcelana e os cristais que ela havia alugado para a noite.

Nunca, nem em seus sonhos mais inspirados, Selena se imaginou contratando uma empresa para organizar um jantar romântico. *Esse cara deve ser péssimo se não consegue nem mesmo fazer um jantar*, ela pensou. Embora algo pudesse ser dito a respeito de um homem que queria tudo perfeito para a mulher que amava. Selena nunca havia experimentado isso, mas imaginava que seria algo bom. Então, retirou o comentário sobre ele ser péssimo.

A campainha tocou e ela ficou feliz ao encontrar a florista com um lindo arranjo.

– Ok. Temos dois arranjos de lírios – ela disse e olhou para a sala. – Vamos colocar um de cada lado do batente. – Quando os outros dois arranjos, de rosas brancas, chegaram, ela orientou a florista a colocar um sobre a mesa de jantar e o outro na bancada de mármore que dividia a cozinha da sala.

– Montagem interessante, Selena – a florista comentou. – Acho que colocar a mesa aqui, em vez de usar a sala de jantar, foi uma ideia espetacular. Com a vista do pôr do sol e a lareira acesa... Muito romântico.

– Obrigada – Selena disse e olhou em volta. – Ainda temos mais dois arranjos chegando, não temos?

– Verdes, como você solicitou. As plantas estão lindas e acho que, se os colocarmos margeando a lareira, vão emoldurar as velas e o fogo perfeitamente.

– Parece ótimo. Se não se importa, vou deixá-la fazendo isso enquanto finalizo a mesa.

Elas trabalharam juntas em silêncio. Quando a florista achou que, da sua parte, tudo estava perfeito, despediu-se de Selena, desejando-lhe uma boa-noite.

– Se ao menos esse espetáculo fosse sair em turnê, eu ficaria animada – ela resmungou.

Por sorte, Selena não precisou esperar muito pela próxima distração: a comida chegou. Adrienne era um dos melhores restaurantes da região e, normalmente, demorava em torno de dois meses para uma pessoa normal conseguir uma reserva. Felizmente, Selena tinha feito vários eventos para os proprietários e, quando ligou com um pedido, ficaram muito felizes em atendê-la. Ela desejava que o *chef* fosse até lá fazer isso pessoalmente, mas, numa sexta à noite, o restaurante não poderia ficar sem ele. Fora isso, ela sabia que isso infringiria seu acordo sobre a equipe para o evento. Uma pessoa. Sem equipe. Apenas ela. Selena sorriu para Marco e o agradeceu por ajudá-la. Era muito bom ele ter podido vir orientá-la, por mais que parecessem instruções simples. Com um beijo no rosto e um lembrete de colocar o avental quando fosse servir, ele a desejou uma boa-noite e partiu, deixando Selena sozinha aguardando.

Qual era o plano? Quando alguém chegaria ali? O tique-taque do relógio na parede era alto e mostrava que já eram quase seis da tarde. Ela esperava ter ido embora até as oito para poder passar no outro evento e ver se estava tudo certo. Mas, se o sobrinho de Mackenzie Williams não chegasse logo, todos os seus planos seriam arruinados. E ela odiava quando seus planos eram atrapalhados pelo atraso dos outros.

A comida cheirava maravilhosamente bem. Ela mexeu a lagosta com cuidado para mantê-la aquecida e macia. O que ela não daria por um prato. E pão... com manteiga de mel. Ela estava prestes a pegar uma colher quando ouviu uma porta de carro se fechando ao longe.

Hora do show.

Selena virou a lagosta antes de ajeitar seu avental. Então, caminhou até a porta de entrada e a abriu.

E ficou paralisada.

Subindo as escadas, muito bonito em um terno de alfaiataria, estava ninguém menos que James Montgomery. *O que é isso?* Quando já estava perto dela, ele sorriu. James teve coragem de sorrir para ela, que achava que desmaiaria. O que ele estava fazendo ali? Agora? Tinha decidido que *agora* era um bom momento para vir atrás dela? Ela estava no meio de um trabalho! Tentou abrir a boca, nenhum som saiu.

A visão de Selena quase fez James se ajoelhar, e essa era uma possibilidade, mas Selena parecia prestes a desmaiar, então, ele achou melhor manter-se em pé. Ao dar um passo para frente, ele se inclinou e beijou-lhe o rosto com delicadeza.

– Oi – ele sussurrou, passando os braços em sua cintura e fechando a porta. – Você está bem? – Selena estava muito pálida. – Precisa se sentar? Quer algo para beber?

– O que... o que você está fazendo aqui? – ela disse, saindo enfim de seu transe e percebendo como aquilo era inapropriado. – Você não pode estar aqui agora. Meu cliente vai chegar a qualquer minuto. Devia ter ligado! Talvez possamos sair para conversar amanhã. Hoje à noite ainda tenho mais um evento. – Seu balbuciar indicava o nervosismo e ela fechou a boca.

– Dois eventos em uma noite? Os negócios devem estar indo bem – ele disse, enquanto andava pela sala.

A lareira estava acesa e havia torres de velas posicionadas estrategicamente pelo ambiente. O sol estava se pondo e as luzes estavam baixas. Era perfeito. Selena andava atrás dele.

– É sério, James, você não pode ficar aqui, meu cliente...

– Pagou muito dinheiro para garantir privacidade. Eu sei.

– Mas, espere... Como...?

– Meu tio William tem um jeito próprio de conseguir o que deseja.

– Seu tio? Não, não... O nome do meu cliente é Mackenzie. Mackenzie... – Então ela entendeu. – Williams! Droga. Não entendo. Por que ele...?

– Faria tudo isso por mim? – Selena concordou. – Parece que, com o avançar da idade, meu tio assumiu o papel de casamenteiro da família.

Conseguiu levar seus três filhos, meus primos até o altar e inclusive ajudou meu irmão com sua esposa, Casey.

– Casey? – ela repetiu e, depois, engasgou. – A mulher grávida de Wilmington?

– Como você conhece a Casey? – Agora foi a vez de James engasgar.

– Ela veio xeretar quando eu estava aqui outro dia. Eu estava saindo e ela parou o carro e se apresentou. E eu… bom, eu a deixei entrar e lhe mostrei a casa.

– Aquela cobrinha – ele disse rindo. – Ryder vai ficar louco se descobrir que ela dirigiu essa distância toda sozinha.

– Ela queria ver a casa porque, ao que parece, ninguém havia lhe dado uma descrição precisa.

– Não, ela é xereta mesmo. Mas tudo bem. É da família, não me importo.

Selena podia perceber a mudança nele: a forma como falava de sua família, a postura relaxada, era como se fosse uma pessoa diferente que estava à sua frente. A transformação era quase inacreditável.

– Então, o quê? Seu tio vem me visitar, dá um nome falso, usa o dinheiro pra conseguir o que quer e... pra quê? O que estou fazendo aqui, James? – De repente ela percebeu que deveria se preocupar. Mais uma vez tinha sido enganada. Foi até a cozinha verificar a comida. – Isso é algum tipo de brincadeira cruel?

Ele estava atrás dela e a virou para que ficassem cara a cara.

– Não, não é uma brincadeira. Se ele tivesse chegado até você e dito que seu nome era William Montgomery, não acha que teria suspeitado?

– Montgomery é um nome bastante comum – ela disse e se soltou das mãos dele. – Eu acharia muita coincidência, mas passaria. Você não é tão importante para que eu pense que tudo está relacionado a você.

James deu um passo para trás e a observou mexendo na lagosta freneticamente e verificando a comida que era aquecida no forno. Ela estava tremendo de raiva e era a coisa mais linda que ele já tinha visto. Quando não tinha mais o que fazer na cozinha, Selena se virou para ele, sua postura era desafiadora.

– E o que isso quer dizer? – James perguntou. – Você está dizendo que já me esqueceu?

– Bom… não – Selena respondeu.

Ele deu um passo em sua direção.

– Não pensa mais em mim?

– Não mais – ela mentiu.

Ele deu mais um passo em sua direção.

– Não pensa em mim nunca? Nem um pouquinho? – Sua voz baixou, nada além de um baixo ruído.

– Não – Selena sussurrou.

Os dois estavam frente a frente, muito próximos.

James podia ver a garganta de Selena pulsar, podia sentir seu corpo tremer e, quando seus grandes olhos verdes olharam para cima com uma expressão de desejo, ele foi derrotado.

– Mentirosa – James sussurrou antes de beijá-la nos lábios.

Selena nem tentou relutar. Seus braços envolveram o pescoço de James enquanto os dele passaram em volta de sua cintura e a puxaram para perto. Suas línguas duelavam e as mãos passeavam enquanto se deliciavam um com o outro depois de um afastamento muito longo. James não conseguia respirar mas, ainda assim, pensar em afastar sua boca da boca de Selena parecia uma ameaça ainda maior. As unhas de Selena passavam pelos cabelos de James enquanto as mãos dele desciam por seu corpo e a pegaram pelo quadril, para puxá-la para mais perto.

Selena afastou-se, direcionando a boca dele para o seu pescoço e, quando ele passou a língua por sua pulsação, ela se arrepiou.

– Me diga por que está aqui – Selena disse antes de gemer de prazer com o que ele fazia.

– Meu tio já te contou.

O tio dele tinha contado? Espera… O quê? Selena teve dificuldade para entender e, quando entendeu, achou que seu coração fosse explodir.

– Talvez eu queira ouvir de você.

James levantou a cabeça, olhou em volta, colocou as mãos nos quadris dela e a levantou, apoiando-a na superfície mais próxima. Selena resmungou com o toque frio do granito sob seu fino vestido. Ele se aproximou, ficando entre as pernas dela. Pegou seu rosto e a beijou mais uma vez.

– Talvez tenha algo que eu queira ouvir de você antes – James disse, por fim.

Mudando de posição, ela se esfregou nele, sem vergonha. A necessidade que sentia ameaçava dominá-la.

– O quê? O que você quer ouvir? – Selena disse quando ele se aproximou e gesticulou sobre o que gostaria que estivessem fazendo. Ela diria qualquer coisa se isso significasse ficarem nus logo.

– Diga que me quer – ele disse em seu ouvido.

E ela disse…

Ele lambeu sua orelha.

– Diga que precisa de mim – ele exigiu.

E ela disse.

As mãos de James deslizavam pela pele de Selena até que encontraram sua calcinha.

– Mais alguma coisa que queira dizer? – ele perguntou enquanto a levava à loucura com seus dedos.

– Agora – ela ofegava. – Eu quero e preciso de você agora.

– Você só precisava pedir.

•

Fazer amor na cozinha era mesmo excitante. Nem tanto quando seus gritos de prazer ecoam pelo espaço vazio e a comida começa a queimar no forno.

James ajudou Selena a descer do balcão e a observou arrumar o vestido. Ele podia ver as paredes entre eles voltando a se erguer e, antes que pudessem ir muito longe, ele a puxou e a beijou outra vez.

– Não foi assim que planejei – ele admitiu. – Mas também não achei ruim.

– Também não achei ruim, James. Estou muito confusa sobre o que está acontecendo. – Selena foi desligar a sopa e o forno antes de deixar que ele a levasse para a sala de jantar.

– Está tudo lindo – ele disse, quando se sentaram. James mantinha a mão dela nas dele, precisava dessa conexão. – Não quero falar do passado – ele começou. – Já estivemos lá, fizemos aquilo e, de verdade, não nos levou a lugar nenhum. O que quero é começar de novo.

– Começar de novo? – Selena olhou para ele, confusa. – O que quer dizer?

Soltando sua mão da dela, James se distanciou um pouco e se apresentou.

– Oi. Meu nome é James Montgomery. Sou um arquiteto paisagista e sou novo por aqui. Ouvi falar que você é a melhor organizadora de eventos da região e espero que possamos trabalhar juntos. – Sua expressão e sua voz eram cheias de esperança, e ele respirou aliviado quando viu um sorriso no rosto de Selena,

– É um prazer conhecê-lo, senhor Montgomery. Quando se mudou para cá?

Ele não soltava a mão dela.

– Oficialmente me mudei ontem, mas já faz um mês que estou fazendo a transição. Tenho família aqui e eles foram muito gentis em me ajudar. Veja, eu mudei de carreira e queria também uma mudança de cenário.

– É? Me diga, o que você fazia antes? – Eles estavam se divertindo.

– Eu trabalhava na polícia.

– Uau! Muito diferente de paisagismo. Por que uma mudança tão drástica?

– Pra ser honesto, achei que eu deveria ser policial. Eu tinha muitas questões e dúvidas sobre quem eu era e o que esperavam de mim e entrar para a polícia parecia me trazer algum controle. – Seus olhos não desviavam dos dela enquanto ele falava. Eram as declarações mais honestas que ele já fizera a Selena.

– E foi assim? – ela perguntou.

– Não. Eu era bom, mas não era minha paixão. – Seus olhos escureceram e fixaram-se nos dela ao dizer a palavra "paixão".

– E qual é a sua paixão? – ela perguntou com um sorriso tímido, sexy.

– Ah, eu tenho algumas.

– Pode explicar?

– Bom, sempre adorei trabalhar com a terra e criar o design dos espaços com plantas e flores que dessem às pessoas seus oásis particulares. Tinha um belo jardim em Nova York.

– É mesmo? – ela perguntou, inclinando a cabeça para o lado.

– É. Mas sabe qual o problema? – Ela balançou a cabeça, negando. – Não tinha ninguém com quem dividi-lo.

– Bom, isso é uma pena. Existia alguém com quem *quisesse* dividir?

– Isso nos leva à outra coisa pela qual sou apaixonado.

– Mesmo? – Selena fingiu surpresa.

– Mesmo – ele respondeu, com um grande sorriso. – Sabe, sou apaixonado por uma mulher de cabelos escuros e olhos verdes, pele branca; e ela me deixa de joelhos quando usa lingerie de renda preta.

– Uau... isso é muito específico. E se ela quisesse usar lingerie vermelha? Ou verde? Ainda continuaria apaixonado por ela?

– Ela pode usar lingerie de algodão branco que vou continuar a desejá-la – James pegou a mão dela e a colocou em seu colo. – Não importa o que você vista ou faça, Selena. Nunca vou deixar de querer você. – Ele a beijou e reclinou-se no sofá com ela nos braços.

– Hum... – Selena disse ao erguer a cabeça. – Isso é impressionante. Então, agora que definimos quais são suas paixões, o que vai fazer a respeito?

– O negócio já começou. Já tenho clientes e contratos. Estou caminhando, e quanto a você? – Ele se endireitou e delicadamente levantou Selena de seu colo e colocou a mão no bolso, de onde tirou uma pequena caixa aveludada. – Eu te amo, Selena Ainsley, e quero que seja minha esposa. Não sou perfeito, e sei que você acha que não me conhece de verdade, mas quero que saiba que também estou trabalhando nisso. Quero que a gente viva juntos. O que sei a meu respeito no momento é que não posso viver sem você; não quero viver sem você. Estar com você me faz ser um homem melhor. Não havia luz ou alegria na minha vida desde que você partiu. Percebi como eu era solitário. Não quero mais viver assim. Diga que se casa comigo, que aceita formar uma família comigo, ter uma vida comigo. – Ele abriu a caixa e Selena engasgou. – Dez anos atrás nem ao menos lhe ofereci um anel. Eu era muito orgulhoso e muito teimoso para lhe dar o que merecia. Prometo passar o resto da vida compensando você por isso. Você casa comigo?

Lágrimas escorriam pelo rosto de Selena quando ela tocou o braço dele, esforçando-se para não olhar o anel muito de perto. Apenas doeria mais se ele não aceitasse o que ela tinha a oferecer.

– Eu quero me casar com você, James, mas não posso lhe dar uma família... já conversamos sobre isso.

James colocou um dedo sobre seus lábios e a silenciou.

– Shh... Deixe eu te contar uma coisa. Não me importo se nunca tivermos filhos naturais. Podemos adotar ou... podemos visitar um especialista e ver se há algum jeito de reverter isso. Como você quiser, Selena, eu farei. Quero estar ao seu lado como quer que seja nossa família, só nós dois ou com uma dúzia de filhos. Vou ser o homem mais feliz do mundo por estar com você.

– Só tenho uma coisa pra perguntar – Selena respirou fundo e tirou a mão do braço dele.

– O que quiser.

– Você me ama?

– Mais do que qualquer coisa. Sempre amei e sempre amarei. – James observou a expressão de Selena. – Posso fazer uma pergunta pra você?

– O que quiser – Selena sorriu, tímida.

– Você me ama?

– Sempre. Nunca deixei de amar.

– Podemos parar com as perguntas e responder à pergunta da noite?

Selena parou por um momento e foi o suficiente para vê-lo começar a suar.

– Sim. Sim, James, eu me caso com você!

Com as mãos trêmulas, ele colocou o anel no dedo dela e levantou-se para poder girá-la em um abraço. Ele a beijou antes de deixá-la tocar o chão com os pés de novo. Selena acariciou seu rosto e o observou, como se estivesse guardando esse momento na memória. Então, ela perguntou:

– Tenho só mais uma pergunta...

– Mais perguntas? – ele riu. – Não tem um jantar queimando em algum lugar da casa?

– Talvez – ela disse e aguçou o olfato para certificar-se de que não era o caso.

– Então, o que quer saber?

– Por que você demorou tanto?

Em vez de responder, James deu uma gargalhada.

– Digamos que precisei de uma ajudinha com as orientações.

•

Eles, enfim, conseguiram jantar mas decidiram deixar a sobremesa para depois porque Selena queria muito ir ao segundo evento da noite.

– Detesto comer e sair correndo, mas prometi à minha equipe que eu passaria pra ver se tudo estaria sob controle. – Ela olhou para a louça suja e fez careta. Teria de lidar com aquilo depois. – Não sei o que vou dizer quando encontrar o seu tio. Continuo querendo chamá-lo de Mackenzie Williams; espero me lembrar de chamá-lo pelo verdadeiro nome quando chegar lá. – Selena estava calçando os sapatos de salto que havia tirado mais cedo. – Devo estar de volta dentro de uma hora. Tudo bem?

– Se não se importar, acho que vou com você. Afinal, ele é meu tio, e estou curioso pra saber o que ele fez na empresa que exigiu uma expansão. Além disso, minha futura esposa coordenou tudo e fiquei muito impressionado com essa festinha. Mal posso esperar pra ver o que fez lá.

– Acredite quando digo que não foi nada comparado a isso. – Selena corou enquanto procurava a bolsa pela sala e mais alguma coisa de que tinha se esquecido.

– Bem, espero que não – James disse, rindo.

– O que isso quer dizer? – Ela se virou para ele quando percebeu que ele estava segurando sua calcinha.

– Sentindo falta de alguma coisa? – ele a provocou e soltou uma gargalhada.

Selena pegou sua calcinha e foi ao lavabo vesti-la para não parecer alguém que tinha feito sexo no balcão da cozinha. Um sorriso surgiu em seu rosto quando ela viu seu reflexo. Talvez isso não fosse algo ruim. Quando saiu do lavabo, ela continuava corada.

– Não acredito que me esqueci disso.

– Sou um mestre da distração – ele disse, abrindo a porta do carro para ela.

Juntos, foram até o novo escritório dos Montgomery. No carro, Selena percebeu que ele tinha ido até lá sem que ela lhe desse orientações. Quando pediu explicações ele mencionou, casualmente, que seu tio havia comentado sobre o local.

James parou o carro e abriu a porta para Selena. Quando se aproximaram da construção assobradada, ela parou e leu a placa em voz alta:

– JSM Design. Tem certeza de que é aqui mesmo? – Ela tentou se lembrar se o senhor Montgomery havia mencionado o nome da empresa quando se falaram. Não deveria se chamar Montgomery se era parte da empresa? Ignorando sua pergunta, James a acompanhou para dentro, onde foram recebidos por pelo menos uma dúzia de pessoas, a maioria homens, todos muito parecidos com James. Selena olhou ao redor e, depois, voltou seu olhar para James. – O que está acontecendo?

William Montgomery aproximou-se e apertou a mão de James antes de falar com Selena.

– Bem, espero que o jantar tenha sido um sucesso! – ele disse com um grande sorriso.

Desde o momento em que o conhecera, Selena achara seu sorriso contagiante. Incapaz de ocultar seu próprio sorriso, ela respondeu:

– Foi um pouco difícil no começo, mas depois foi um grande sucesso.

Selena levantou a mão e lhe mostrou o anel em seu dedo. William a puxou para um abraço e ele já parecia família para ela.

– Atenção – ele gritou, virando-se para as demais pessoas. – Hoje é uma grande noite! Estamos aqui para celebrar a última aquisição da companhia Montgomery e também da família. Como todos vocês sabem, James está de volta à Carolina do Norte, que é o lugar dele, e nos trouxe mais design. Todos os nossos escritórios terão grandes mudanças nas áreas externas nos próximos doze meses. – Aplausos. – E, essa noite, ele pediu a adorável Selena Ainsley em casamento. – O tio parou esperando uma resposta do público, mas percebeu que tinha esquecido a principal informação. – E ela aceitou! – Mais aplausos antes de todos se aproximarem deles ao mesmo tempo.

James assumiu o lugar de seu tio ao lado de Selena e a apresentou para a família.

– Somos muitos, então, não se sinta mal se esquecer o nome de alguém – ele sussurrou em seu ouvido para deixá-la mais confiante. – Esse é meu irmão mais velho, Zach. Ele vive no Oregon e está se preparando para escalar o monte McKinley. É o maluco da família.

Zach era uma versão mais velha de James, Selena pensou ao cumprimentá-lo de maneira amável.

– É um prazer conhecê-lo.

– Igualmente, Selena. Bem-vinda à nossa família. – Inclinando-se, ele lhe deu um beijo no rosto antes de parabenizar os dois e apertar a mão do irmão.

Quando Zach se afastou, outro homem aproximou-se.

– Esse é meu primo Lucas. Talvez você o reconheça, porque ele costumava jogar futebol profissionalmente. Agora também trabalha na empresa. Ele e sua esposa, Emma, têm duas menininhas que mal posso esperar para apresentar a você.

Lucas apertou a mão do primo e parabenizou os dois.

– Eu queria ter trazido Emma e as meninas, mas Kyla está com um dente nascendo e não está muito sociável no momento. Vamos adorar recebê-los assim que se estabelecerem.

– Parece um bom plano – James disse.

Pelos próximos vinte minutos, James apresentou Selena a seus outros primos, Jason e Mac, e lhe contou como seu tio tinha sido o responsável por arranjar esposas para eles. Mac revirou os olhos.

– Não o incentive. Por favor. Ele já está todo cheio de si com essas marcas. Espero que ele supere essa fase logo.

– Duvido – Jason disse, olhando para o pai e rindo. – Ainda existem muitos Montgomery solteiros por aí.

– Sim, mas acho que somos os últimos que estão perto o suficiente para que ele possa interferir – James disse.

– Talvez – Mac retrucou, sem parecer convencido. – Pessoalmente, acho que Zach está indo escalar essa montanha para fugir dele. Se ficar em terra firme, onde é seguro, pode ser o próximo alvo. Ainda mais agora que você e Ryder estão comprometidos.

– Alguém disse meu nome? – Ryder apareceu e apertou as mãos dos primos antes de abraçar o irmão. – É bom ter você de volta, cara.

– É bom estar de volta – James respondeu, e ele estava mesmo achando bom; estava pronto para apresentá-lo a Selena quando ela viu Casey e a chamou.

– Como? Quando se conheceram? – Ryder perguntou, confuso.

– Melhor não perguntar – James disse enquanto Casey e Selena se abraçavam e começavam a falar muito animadas sobre festas e eventos.

– Com certeza você vai conhecê-la antes de a noite acabar – James disse ao irmão.

– Estou esperando faz tempo.

– Não tanto quanto eu. Sabe, eu queria estar bravo com você por ter interferido na minha vida. Mas agora percebo que tenho muita sorte, porque, se você não tivesse feito isso, eu continuaria perdido e estaria sem a melhor coisa do mundo.

– Então, posso dizer que você me deve uma. E das grandes.

– Não se anime – James revirou os olhos. – Estou grato pelo que fez, mas isso não quer dizer que vou fazer todos os favores que pedir.

– Não todos – Ryder riu –, mas talvez pudesse visitar minha casa nova e me ajudar com o jardim. Sei que ainda é um pouco cedo, mas encontrei um brinquedo de madeira que quero colocar lá. Pensei que poderíamos fazer isso num final de semana. Você e Selena poderiam ficar lá e, enquanto as duas conversam…

– E eu faria o trabalho de graça? – James perguntou, arqueando a sobrancelha.

– Prefiro considerar como um tempo de vínculo de qualidade. – Ele colocou a mão no ombro do irmão. – Faz tanto tempo.

James apenas podia concordar. Seus olhos voltaram-se para onde Selena e Casey estavam conversando. Ela parecia bem ali, como se já fizesse parte da família. Havia muitos Montgomery na sala e, pela primeira vez na vida, James se sentiu parte daquilo.

– Ali estão a mãe e o pai – Ryder disse, interrompendo seus pensamentos. – Vou interromper as garotas para que você possa apresentá-los a Selena. – Parecia um ato simpático, mas James sabia que o irmão estava fugindo do que poderia ser um momento desconfortável.

– Oh, James! – sua mãe gritou ao vir abraçá-lo de forma calorosa. – Não acredito que você está mesmo aqui e que vai ficar! Nunca imaginei que veria esse dia. – Ela deu um passo para trás e tocou o rosto do filho. Seus olhos sorridentes transpareciam sua felicidade.

– Nem eu – ele disse, evitando o olhar sério do pai. – Espero mobiliar a casa até o fim da outra semana, aí convido todos para irem lá.

– Se precisar de ajuda… – sua mãe começou ansiosa, mas animada a passar um tempo com seu filho rebelde.

– Ele não precisa de ajuda – seu pai a interrompeu com firmeza e James virou-se para corrigi-lo. Mas, antes de poder dizer uma palavra, seu pai esclareceu: – Sua linda noiva vai querer ter essa honra – ele sorriu. Isso era algo que James não estava acostumado a ver, principalmente quando envolvia a sua pessoa. – Bem-vindo de volta, filho. – Ele estendeu o braço para James e, assim que apertaram as mãos, puxou o filho num forte abraço que deveria ter acontecido anos antes.

– Obrigado, pai. – Os dois se afastaram e sorriram. Não havia por que remexer no passado; James havia aprendido essa lição muito bem. Algumas coisas ficam melhor onde estão. Era preciso ver essa oportunidade como um novo começo para a vida que sempre desejou. Nesse momento, Selena se aproximou. – Mãe, pai, quero apresentar-lhes Selena. – A mãe puxou Selena imediatamente para um abraço e, quando terminaram, Robert Montgomery deu um passo à frente.

James temia que o pai fosse dizer algo desagradável, algo que retomasse o passado e arruinasse o que vinha sendo uma noite tão alegre.

– É um prazer conhecê-la, enfim, Selena. Esse é um dia muito aguardado. Bem-vinda à família. – Ele a abraçou e lhe deu um beijo no rosto antes de envolver sua esposa com o braço.

Os dois sorriram com o que apenas poderia ser descrito como amor. E foi aí que James percebeu: ele havia passado anos achando que sabia tudo quando, na verdade, não sabia. Essas não eram pessoas das quais deveria fugir, eram pessoas que ele queria por perto. Pessoas que sempre estariam ali para ele. Selena aproximou-se. Ele lhe deu um beijo na testa e, enfim, sentiu-se em paz.

James Montgomery estava enfim em casa.

Epílogo

Seis meses depois...

– É muito tarde pra mudar de ideia? – Selena perguntou, nervosa, mexendo as mãos no colo.

– Acho que sim.

– E se eu quiser muito, muito, muito mudar de ideia?

– Estou dizendo, acho que não dá mais tempo. – James achava incrivelmente doce ver sua esposa, em geral calma e controlada, em pânico. – Não há o que temer.

– Fácil dizer, é tudo em mim – ela disse.

– Em você? Acho que estive envolvido nessa pequena empreitada tanto quanto você – ele disse, ofendendo-se um pouco por ela ter diminuído seu papel. – Do que você está com medo?

– E se eu não gostar do que ele vai dizer?

– Não dá pra saber se não tentar.

– Então você está dizendo que preciso fazer isso? Que não tenho escolha? – Selena não estava brava, seu medo e sua ansiedade a estavam desgastando. Ela respirou fundo, levantou-se do sofá e saiu da sala. – Você sabe que odeio quando não tenho escolha – ela resmungou enquanto saía.

James aguardou que ela retornasse. Estava chovendo há dias. Ele estava cansado dos dias cinzas e da sensação de melancolia. Esse era um ponto negativo de ter uma casa com tanta iluminação natural, ela também deixava entrar toda a melancolia, por mais que tentassem evitar.

No momento, ele mataria por um pôr do sol, pois sabia que ajudaria a colocar um sorriso no rosto de sua esposa.

Cinco minutos depois, Selena voltou para a sala e se jogou no sofá ao lado dele.

– Me distraia.

– Como?

– Uma conversa leve?

James riu.

– É muita pressão pra mim. – Quando viu que ela não estava sorrindo, retomou o tom sério e buscou logo um assunto que fosse ajudar a passar o tempo. – Ok, vamos lá. Oh, falei com Zach hoje. A equipe dele quer que adie a escalada por conta da previsão do tempo, mas ele não quer. Está determinado a seguir em frente e acha que não tem com o que se preocupar.

– Isso é loucura! – Selena argumentou. – O que os guias dizem?

James encolheu os ombros.

– Disseram que se sentem confiantes na capacidade dele em liderar a escalada. Já estão acostumados a condições climáticas intensas, mas acho uma resposta maluca. Quer dizer, espero que possam cuidar disso, por isso são guias. Mas Zach nunca fez uma escalada desse porte, nem a equipe dele. Eu disse que achava que deviam esperar.

– E o que ele disse?

– Prefiro não repetir as palavras. Ele me fez corar.

– E a Summer? Achei que ela estivesse trabalhando com ele. Será que não consegue colocar um pouco de juízo na cabeça dele?

– Ah, a Summer pode falar até ficar sem ar que Zach não vai escutar. Acho que ela deve estar pensando em algum plano maluco pra fazer ele perder o voo e, assim, perder a oportunidade de começar a escalada. Mas não acho que ela consiga.

– Por quê?

– Basicamente porque o Zach vai deixar o Ethan grudado nela pra mantê-la fora do caminho. Ele a está acalmando no momento. Sabe que ela não quer trabalhar na Montgomery. Ela está entediada. Em algum momento vai partir pra algo novo e vai deixar Zach com uma grande bagunça pra arrumar. Eu não ficaria surpreso se ele a trancasse no depósito só pra tirá-la do caminho.

– Isso é errado. Sua irmã é uma mulher muito inteligente e talentosa. Zach deveria encontrar um lugar pra ela na empresa. Acho que ela seria um grande ganho.

– Preciso lembrar você de quando ela quis trabalhar aqui e você pensou em prendê-la no depósito?

– Eu nunca faria algo assim! – Selena queria acreditar no que dizia, mas sabia que James estava certo.

– Veremos – James inclinou-se e lhe deu um beijo.

– Espera... o Ethan não vai escalar com o Zach? – James fez que sim. – Então, como seu irmão pode deixá-lo responsável pela Summer? Ele tá esperando que Ethan perca o voo em vez dele? Porque isso é muito egoísmo. Me parece que o pobre está sendo prejudicado. Zach deveria ser homem o suficiente pra lidar com sua irmã.

– Zach e Ethan são amigos há anos. – James deu de ombros. – Ethan sabe cuidar da minha irmã. Acredite em mim quando digo que é melhor Ethan cuidando da Summer do que o Zach. Em especial, quando se trata da Summer.

– É mesmo? – Selena disse com um tom alegre.

– Não é isso. Zach mataria o Ethan se ele pensasse em tocar na Summer. Todos nós o mataríamos.

– Ah, é mesmo? – Selena disse divertida.

E James odiaria se isso acontecesse, pois gostava muito de Ethan. Era um bom rapaz e merecia uma medalha por conviver com essa família louca.

– Acho que Ethan sabe como manter Summer fora do caminho até partirem para a escalada. Quase fico triste por perder isso tudo. E não descarto a possibilidade de Summer acabar na maldita escalada com eles. – Mas ele esperava seriamente que ela não fosse.

– Talvez ela esteja certa – Selena disse ao pegar a mão de James na sua. – Talvez vocês devessem parar de olhar pra ela como se fosse uma louca e escutar o que tem a dizer. Deve haver algum motivo pra ela ser tão contra a escalada.

– O mesmo que todos temos: é muito perigoso e não há razão pra Zach continuar desafiando a morte. Ele já tá ficando velho pra esse tipo de irresponsabilidade. Já não é mais criança e, se alguma coisa acontecer e ele se ferir, a recuperação não será algo simples.

Selena ficou em silêncio depois dessas palavras. Os dois ficaram sentados por um momento, perdidos em seus pensamentos. James olhou o relógio e virou-se para Selena, ansioso.

– Chegou a hora, querida!

– Já? – ela resmungou e James fez que sim. – Vem comigo? – ela perguntou e, juntos, subiram as escadas. Foram até o quarto e entraram no banheiro. Selena ficou parada e deixou James entrar primeiro – Você olha. Eu não consigo. – A voz dela falhava e a incerteza estava estampada em seu rosto.

– Hum... – ele balançou a cabeça e caminhou até onde ela estava. – O que o doutor Walters nos disse?

– Que a cirurgia tinha sido um sucesso, mas que isso não significava que a gravidez fosse acontecer logo na sequência, pra não desanimarmos.

Assim que James colocou um anel de noivado na mão de Selena, eles marcaram uma consulta com o ginecologista de Casey. Selena queria consultar alguns especialistas a respeito de seu problema de fertilidade.

Às vezes, James ficava preocupado de terem acelerado as coisas, mas, depois de tanto tempo separados, ambos estavam mais do que prontos para começar a vida juntos. Com um noivado muito curto e muitos Montgomery com experiência em casamentos à disposição, o casamento aconteceu três meses depois. Com a ajuda de Casey e todos os contatos de Selena, fizeram a cerimônia em casa, numa enorme cobertura montada no quintal e membros da família Montgomery até onde os olhos podiam enxergar.

Fazia muito tempo que James não via muitos de seus primos e ele ficou tocado por todos terem arranjado tempo para vir ao casamento. Seu tio William estava ali, orgulhoso, com os padrinhos – não parecia correto deixá-lo de fora sendo que tinha sido tão fundamental em reaproximar o casal. James ainda sorria ao se lembrar de seu tio quase cair em prantos quando foi convidado para ser padrinho.

Na semana seguinte à volta da lua de mel em Paris, Selena fez a cirurgia. James não se lembrava de se sentir tão impotente. Muitos de seus desejos dependiam do resultado daquele procedimento. Eles haviam discutido adoção e barriga de aluguel, mas ambos queriam um filho dos dois. Com tanta experiência de vida sobre como as coisas nem sempre saem como o planejado, sabiam que não importava como a família fosse crescer, seriam felizes, desde que estivessem juntos.

Selena contou a ele sobre seus medos de ficar grávida e algo de ruim acontecer. Ainda doía quando James pensava em tudo o que ela tinha passado sem ele, todos os anos em que tinha lutado e sofrido sozinha... E suas lágrimas com certeza eram justificáveis. James a levou a um psicólogo e quando isso não foi suficiente para aliviá-la, foram conversar com o especialista que realizaria a cirurgia para que ela pudesse contar todos os seus medos. Isso, enfim, pareceu trazer alguma paz para Selena. James sentia que tinha esgotado suas opções, e tudo o que podia fazer no momento era prometer estar ao lado dela para que não precisasse passar por nada sozinha.

Ele apenas desejava conseguir cumprir tal promessa e que nada de ruim acontecesse a eles outra vez. Já tinham vivido mais do que a cota de sofrimento. Ele estava pronto para que essa pequena nuvem negra pudesse sair de cima deles e ir para outro lugar.

Só o fato de pensar nisso já parecia insensível. Só o que ele sabia é que tinham esperado tempo demais e lutado muito para chegar àquele ponto em suas vidas, e ele só queria que tivessem a chance de prolongar a felicidade deles.

– Ok, então – ele disse gentilmente. – Não importa o que o teste diga, vamos ficar bem, certo?

– Quero tanto que dê positivo... – ela disse, ansiosa – Sei que seria um milagre isso acontecer de primeira, mas não consigo evitar. – Selena se agarrou à camisa de James, com seus enormes olhos verdes brilhando de esperança.

Por mais que ele quisesse ver o resultado, precisava, antes, confortar Selena.

– Estou tão ansioso quanto você pra termos um filho, querida. – Ele pegou o rosto dela com suas grandes mãos. – Se não for positivo, isso só significa que vamos continuar tentando e praticando muito mais. E você sabe como adoro praticar com você. – James se inclinou e beijou suavemente o pescoço dela.

– Ah, chega disso – Selena o afastou rindo, agradecida por sua tentativa de distraí-la. – Olha logo antes que eu perca a cabeça.

Ele a beijou mais uma vez.

– Por favor – ela suplicou.

A verdade é que James também estava com medo do que o teste diria. Por mais que soubesse que as chances eram mínimas de um sucesso tão rápido, saber o quanto Selena desejava isso o fazia querer por ela. Por eles. Ele não sabia como conseguiria encará-la para dar uma má notícia. Ela merecia tudo o que sempre quis e mais e ele queria ser o responsável por fazer isso tudo acontecer.

– Ok – ele disse, enfim, indo até a bancada.

– Não consigo olhar – Selena disse ao sair do banheiro e se jogar na cama para esperar. E esperar. E esperar. E esperar. Então ela franziu as sobrancelhas e buscou algum som vindo do banheiro. – James?

Ele entrou devagar no quarto e sentou-se ao lado dela. Sua expressão era triste. Ela se sentou ao lado dele.

– Deu negativo, né? – ela perguntou, esforçando-se para não chorar.

– Fiquei ali parado pensando como dizer isso pra você. – Ele se virou para olhar nos olhos dela. – Odeio desapontá-la…

– Tudo bem. – Selena se forçou a dizer ao engolir as emoções. – Podemos praticar, não é mesmo? – Lágrimas começaram a cair de seus olhos. Ela queria ser forte, e não desmoronar.

Um leve sorriso surgiu no rosto de James.

– Você sabe como adoro praticar, mas parece que não será necessário, porque deu positivo! – Ele não podia conter a alegria em sua voz e o olhar de Selena seria algo de que ele se lembraria para sempre. Colocando a mão na barriga dela, James se inclinou e a beijou. – Tem um bebê Montgomery aqui.

– Com certeza! – Alegre, Selena colocou a mão sobre a dele.

James não conseguia falar. O caminho que tinham percorrido para voltar um para o outro tinha sido longo mas, agora, sentir o que estava sentindo fazia o caminho todo ter valido a pena.

Este livro foi composto nas fontes Adobe Devanagari, Courier New e Miss Le Gatees,
e impresso em papel *Norbrite* 66,6 g/m² na Imprensa da Fé.